PRIYA

LE SILENCE DES NONNES

MARIE CAPRON

PRIYA

LE SILENCE DES NONNES

ÉDITIONS VIVIANE HAMY

D'après une conception graphique de Pierre Dusser
Photo de couverture : © Lorado / iStock ; © Evgeniya Sheydt / Shutterstock
ISBN : 978-2-3814-0210-9

À mes deux amours : Elliot et Énée,
deux gosses qui poussent droit dans la tempête…

I

La souricière

Moi, c'est Priya Dharmesh. Une petite bonne femme d'un mètre soixante, d'origine réunionnaise. J'ai la peau mate, les yeux en amande et les cheveux coupés en bataille. Le résultat de ma dernière opération sur le terrain, qui s'est soldée par une douche à l'acide. Les joies du métier. Je suis commissaire de police dans la région parisienne.

Bref, pas la profession idéale pour devenir maman d'une ado de 13 ans à 54 balais. Ce n'est pas l'avis de ma mère, Pandialé, qui regarde les bâtiments de l'Aide sociale à l'enfance d'un air dégoûté.

— Tu ne vas pas faire entrer ma petite-fille dans ce taudis, Priya !

L'immeuble de l'ASE est à l'image de notre service public : en pleine décrépitude. Et ça n'est pas près de s'arranger. Dans le hall, la secrétaire nous dévisage. Il faut dire qu'on forme un sacré trio : coincée entre le sari de ma mère et mon uniforme, Lison est aussi pâle que le formulaire qu'elle tient dans sa main.

L'autre n'a pas dû voir pareil spectacle depuis le carnaval.

— Vous avez rendez-vous ?

Pandialé la fusille du regard, du haut de son mètre cinquante-cinq. Ma mère est l'archétype de ce qu'on appelle au pays la « monmon malbar ». Capable de vous enterrer puis de fleurir votre tombe tous les dimanches. J'interviens avant que la situation ne dérape :

— Nous avons dix minutes d'avance.

La secrétaire lève les yeux au ciel. Je croise les bras. Elle m'agace déjà.

— Qui dépose la demande ?

Pandialé se hisse jusqu'au comptoir et plante ses prunelles dans les yeux effarés de son interlocutrice. La scène a beau être cocasse, personne ne rit.

— C'est ma fille, la commissaire de police Priya Dharmesh, articule-t-elle, comme si elle s'adressait à une demeurée.

— Allez vous asseoir là-bas, bafouille la fonctionnaire, pressée de se débarrasser d'elle.

Elle lui indique des bancs crasseux dans le couloir. Ma mère prend Lison par la main et traverse la salle d'un pas altier. La secrétaire attend qu'elle soit à distance pour me sermonner :

— Vous savez que le premier entretien se déroule uniquement en présence des candidats à l'adoption ?

Sa remarque ressuscite de vieux fantômes. La dernière femme qui a prétendu à l'adoption de Lison est morte. Mais pas son testament. La lettre de la fille du boucher, la meurtrière des parents de la petite, n'a pas quitté ma poche. Je la connais par cœur : « Vous allez devoir finir ce que j'ai commencé. » Je ne conduirai pas Lison aux Enfers. Je veux adopter cette gosse pour la ramener vers la lumière. Et ce n'est certainement pas une vieille secrétaire acariâtre qui va m'en empêcher. Je n'ai pas le temps de lui répondre : mon téléphone sonne.

Je jette un rapide coup d'œil à l'écran. C'est « le boss », le commissaire divisionnaire de l'Unité centrale de criminologie, dite UC, à laquelle je suis affectée depuis la restructuration des services de la police deux ans plus tôt. Pour finir, le gouvernement a renoncé à nous privatiser, annonçant dans la foulée un recrutement. De fait, nous sommes le nouvel eldorado d'une jeunesse en quête de justice, biberonnée aux séries explosives et aux jeux vidéo patriotiques. Ils vont bien déchanter ceux qui débarqueront dans nos UC !

La secrétaire me jette un regard excédé. Je sais que le boss déteste attendre mais je ne veux pas risquer de rater ce premier entretien. Tant pis. Je remets le téléphone dans ma poche et lui joue la scène de l'intimidation :

— Je suis la seule candidate à cette adoption. Lison Ober est la victime d'une affaire qui m'a été confiée. Le tribunal m'a fourni une dérogation exceptionnelle suite au décès de ses parents. J'ai été désignée comme sa tutrice légale, en attendant la régularisation.

— Vous verrez ça avec la psychologue, abrège-t-elle. La dame là-bas, c'est votre mère ?

— Oui. C'est Pandialé Dharmesh. La grand-mère adoptive de Lison.

— Il vaut mieux qu'elle attende dehors.

Notre échange est interrompu par l'arrivée d'une jeune femme blonde en tailleur-pantalon, la trentaine tout au plus. Ses iris céruléens, comètes de glace dans un visage austère, me jaugent en un éclair. La secrétaire se lève, heureuse d'être enfin libérée :

— Madame Dharmesh, voici madame Kowalski, la psychologue responsable de votre dossier.

Elles se retournent vers Pandialé. Ma mère, raide comme la justice, tient toujours la main de Lison. Les deux greluches se jettent un regard entendu. Je n'aime pas leurs manières.

— Je vous en prie, suivez-moi, conclut la psy avec autorité.

*
* *

J - 3 : 5 h 30, laboratoire des Martinez

Bérénice traverse la forêt d'eucalyptus, une tasse de café fumante à la main. Pour rien au monde, elle ne raterait ce rituel matinal. Elle vient rejoindre sa chouette, Hayamatsumi, un rapace japonais d'une rare beauté. Son bijou. Chaque jour, elle inspecte les branches, change son eau, vérifie ses pelotes de déjection pour savoir si elle a apprécié son repas : un lot de souris vivantes prélevées dans l'animalerie du domaine familial.

— Bonjour ma belle, lui susurre-t-elle d'une voix enjouée, en ouvrant la porte de la volière.

Bérénice s'assoit sur un tronc d'arbre à terre. Elle boit son café en s'étirant, remonte ses cheveux, joue avec ses boucles folles tandis qu'elle raconte à l'oiseau les découvertes de la veille au laboratoire. En général, Hayamatsumi ponctue les confidences de la jeune femme de cris perçants, et pousse l'amabilité jusqu'à se poser sur son épaule. Ça ne risque pas d'arriver aujourd'hui. Sans rien remarquer, Bérénice commence sa litanie.

— On y est presque, ma beauté. Fini l'héro, et bienvenue à la came du siècle. Je te présente la : « Do It Yourself ». Avec la DIY, plus de dealeurs, plus de producteurs, plus de marché noir et plus d'État qui s'en fout plein les poches. Cette dope-là sera fabriquée par le consommateur avec des produits en vente libre. Les recettes seront accessibles via notre application. L'autonomie totale de l'usager, c'est le rêve de tous les défoncés de la planète – donc le cauchemar des politiques. Une vengeance sublime. Le grand-père aurait adoré.

La jeune femme soupire. Une moue ravissante éclaire son visage doré.

— Pour l'instant, Tristan merde un peu. Ce n'est qu'une question de temps. Il finit toujours par trouver.

Hayamatsumi reçoit l'information en silence, imperturbable sur son perchoir. Contrariée, Bérénice lève la tête.

— Ben alors, ma grande, tu fais la gueule ?

Soudain, elle pousse un cri de dégoût. Elle vient de poser son talon sur quelque chose de visqueux. D'un coup, son visage s'assombrit. Elle observe la sciure sous ses pieds. Une masse informe de fourrure blanche maculée d'ombres grenat colle à sa peau. Elle racle des morceaux de l'amas répugnant avec un bâton, puis observe de plus près. Son cœur se soulève quand elle découvre des dents et des griffes où de minces intestins, tels des spaghettis écumants dans une passoire visqueuse, se colorent d'une teinte verdâtre.

Elle les reconnaît enfin. Les restes des souris apportées la veille. Certaines ont encore les yeux grands ouverts. Elles ont l'air de contempler le spectacle des fragiles mâchoires de leurs semblables, gorgées d'organes et de poils. Mortes.

— Mais qu'est-ce que tu leur as fait à ces bestioles ? s'indigne-t-elle.

Elle doute du spectacle qu'elle a sous les yeux : même si elle a l'impression que les rongeurs se sont entre-dévorés, elle sait bien que c'est impossible. Le comportement de sa chouette lui semble d'autant plus inexplicable.

Vexée, Hayamatsumi quitte sa branche pour décrire de larges cercles au-dessus d'elle. Elle lui planterait bien son bec dans le crâne pour la punir de ses accusations. Mais elle attend un nouveau repas. De la chair qui couine, des os qui craquent sous la pression de ses serres mordorées. Et Bérénice est sa seule chance, depuis que Tristan ne vient plus. Il a trop peur d'elle pour la nourrir.

Furieuse, la jeune femme ramasse une écuelle pour y déposer les cadavres des rongeurs, avant de refermer la porte de la volière d'un claquement sec. D'un pas vif, elle traverse la passerelle de béton armé qui surplombe une piscine rectangulaire pour rejoindre le bâtiment principal, vaste loft de deux étages construit par un architecte de renom dans les années 1960, héritage du grand-père dont son frère et elle ont la charge. Une photo de Jacques Martinez orne le mur du salon. Pas un jour ne passe sans qu'elle gratifie le sémillant barbu, abattu en pleine force de l'âge, d'un sourire nostalgique. Jacques Martinez, le meilleur chimiste de la French Connection, est tombé chez lui, dans son jardin, à l'issue du grand nettoyage amorcé par les forces conjointes de la Drug Enforcement Administration et du gouvernement français, laissant sa grand-mère sur le carreau et sa mère orpheline. Entre autres drames.

Pressée de comprendre pourquoi la chouette a massacré son repas sans avaler la moindre bestiole, elle dévale l'escalier qui la conduit au sous-sol. Son frère, chimiste comme elle, héberge sous les fondations de la maison de feu Jacques Martinez un laboratoire pharmaceutique, censé proposer des remèdes, produits de l'agriculture biologique. Cette couverture idéale leur permet de bénéficier de subventions copieuses de la région, contre la création d'huiles essentielles à la lavande et autres crèmes à la rose dont raffolent les mémères botoxées de la jet-set. Sans s'annoncer, elle fonce vers son frère, géant roux tassé devant sa paillasse.

— Regarde ce qu'elle a fait, déglutit Bérénice, solaire dans sa colère.

Malgré sa mine chiffonnée, elle reste belle à se damner, constate Tristan. Pour masquer ses pensées coupables, il plonge une pipette dans la mousse orangée d'un tube à essai. Bérénice. Sa malédiction. L'amour de sa vie. Sa demi-sœur.

Le jeune homme lui montre le liquide. L'échantillon de leur fameuse DIY n'est pas encore au point. La came lui donne du fil à retordre, et pour l'instant, les composés ne réagissent pas comme il le souhaiterait. Fabriquer une dope puissante et non létale avec l'épicerie de la ménagère est un défi de taille. Il se sent prêt à le relever.

Si les petits-enfants de la famille Martinez se sont racheté une réputation, ils n'ont rien perdu de l'art du grand-père, mettant sur le marché pas moins d'une dizaine de nouvelles drogues ces dernières années. Mais rien qui atteigne les heures glorieuses de la French Connection. Alors ils ont décidé de sortir du circuit. Tristan s'est juré de faire ses preuves. Moins pour sauver l'honneur de la famille que pour conserver l'admiration de sa sœur. Cette admiration, rien n'a réussi à la détruire, pas même le drame qui les lie.

— Arrête tes conneries, insiste Bérénice, lui collant les souris sous le nez.

— D'où elles sortent, celles-là ?

— D'après toi ?

Des pépites d'or liquide s'embrasent dans les iris noisette de Bérénice. Tristan n'a jamais pu résister à cette combustion. Troublé, il soulève son corps dégingandé et passe une main malingre dans sa tignasse carotte. La pâleur de son teint, presque verdâtre, contraste avec l'éclat mat de la peau de sa sœur.

— OK, on va voir ça.

Il la pousse vers l'animalerie. Une odeur rance d'urine et d'excréments sature l'air de cette arche de Noé éclairée d'une ampoule crue. Bérénice déteste cet endroit, inauguré par le grand-père en personne. Elle a refusé que la chouette y termine ses jours, construisant elle-même la volière, sur le lieu où le corps de Jacques Martinez est tombé, et enterré. « On ne fait pas de chimie sans animalerie », martèle Tristan chaque fois qu'un nouveau candidat à plumes, à poils ou à écailles intègre la prison, sous les récriminations de sa sœur.

— Tu les as prises dans quel lot ?

— Le lot numéro 6. Celui que tu réserves à l'alimentation des pensionnaires depuis toujours, rétorque Bérénice, renonçant à son café à cause de la puanteur.

Elle n'a pas le temps de finir sa phrase. Elle a tout de suite compris l'erreur grossière tandis que Tristan saisit la plaquette métallique du lot numéro 9, dont le chiffre a été aimanté à l'envers. Enfin, ils sont d'accord : Hayamatsumi vient d'échapper au pire.

*
* *

J - 3 : 18 heures

Affalé sur une chaise en plastique estampillée Ricard, l'officier McKay noie le gâchis de sa vie dans un whisky-Coca, souvenir chéri d'un temps qui n'est plus. Autour de lui, de vieux édentés en béret tapent le carton. Ces bouseux surpassent la caricature du Frenchy zigzaguant à vélo, sa baguette sous l'aisselle. Bercé par les « Putain con ! » et les « T'es complètement fada peuchère » qui ponctuent désormais son quotidien, il se rappelle ses débuts glorieux à la CIA, lorsque, jeune diplômé de Camp Peary, il envisageait encore une carrière prestigieuse au cœur des plus grands conflits internationaux.

Pas un jour ne passe sans qu'il pense au 11 septembre, date anniversaire de son fiasco professionnel. Depuis vingt ans, les rapports internationaux pleuvent, accablant le manque de coordination, l'aveuglement et l'incompétence des services de renseignement américains face à un drame terroriste qui aurait pu être évité. Des accusations dont le cynisme l'amuse, depuis qu'il a eu accès à la déclassification de certains documents officiels, attestant le rôle joué par la CIA au cours des années 1980 dans la naissance d'Al-Qaida. Ce monstre a alors été bien utile aux États-Unis pour alimenter la résistance afghane des moudjahidines contre les forces armées de l'URSS.

Aujourd'hui, McKay, agent obéissant dans cette mascarade, n'est plus rien. Au lendemain de l'attentat, lorsque le gouvernement Bush a compté les morts et compris sa bévue, il a été l'un des premiers à sauter.

Sa rêverie est interrompue par le patron, ancien dealeur marseillais monté dans l'arrière-pays pour se refaire une santé. Le gaillard lui colle une grande claque dans le dos, l'enserrant de ses pectoraux tatoués. McKay sent les poils de son torse se coller à sa nuque, et réprime un frisson de dégoût. L'autre poursuit de sa voix tonitruante :

— Bonne mère, l'Ecossais, vé moi cette tête de gobi ! Reste pas en plein cagnard, fra. Viens avé nous siffler le pastaga.

Habitué à tenir son rôle de pharmacien veuf expatrié dans le sud de la France depuis qu'il a été mis au placard, McKay décline. Plongeant aussi sec le nez dans son whisky-Coca, il le vide d'un trait, laissant sur le comptoir un billet de 50 euros. Il écoule sans vergogne son stock au bistrot, depuis que le gouvernement a annoncé la fin des liquidités pour l'année à venir, remplacées par l'euro numérique et les cryptomonnaies. Quittant la tonnelle sous les hourras de ses voisins de table, il traverse la place à vive allure. Un vrai pays d'arriérés, grogne-t-il, en roulant les *r* pour parfaire son faux accent écossais : une mission que même un débutant à l'Actors Studio dédaignerait.

*
* *

Le bureau de la Kowalski, d'une propreté d'hôpital, contraste avec la vétusté du bâtiment. À croire qu'elle a su tirer parti des remaniements gouvernementaux. La lumière brutale perçant par la baie vitrée nous éblouit. Je ne vois que deux chaises. Elle a bâti la scéno parfaite pour jouer au mauvais flic et déstabiliser ses interlocuteurs. Manque de bol, je suis la reine de l'interrogatoire. Et ma mère est une jeteuse de sorts hors pair. Le match s'annonce tendu.

— Lison, ça te dirait de regarder un peu la télé pendant qu'on parle entre adultes ? lance la Kowalski en ouvrant une porte latérale.

J'aperçois un canapé et un écran. Lison n'a pas l'air emballée :

— Vous avez *La Casa del amor* ?

Vu sa tête, elle ne doit pas connaître la *telenovela* qui cartonne chez les ados. Un mauvais point pour une psy.

— On a plein de documentaires éducatifs.

Ma fille grimace. L'autre lui ferme la porte au nez, pressée de commencer l'interrogatoire. Pandialé l'interrompt, outrée :

— Vous avez des enfants ?

— Non. Mais je les adore. Alors je veille à ce qu'ils tombent entre de bonnes mains.

— On n'adore que Dieu, madame, rétorque ma mère.

La psy la gratifie d'un sourire hypocrite puis continue comme si de rien n'était :

— Pour être franche, madame Dharmesh, j'ai plusieurs interrogations.

Mon téléphone se remet à vibrer dans ma poche. Pas question de lui laisser le point. Je contre-attaque :

— Allez droit au but.

Elle décide de m'ignorer. Elle s'adresse à Pandialé :

— Vous êtes bien d'origine réunionnaise ?

Son air condescendant me donne la nausée.

— À quoi voyez-vous cela ? demande ma mère, ironique.

— J'étudie mes dossiers. Vous vous entendez bien toutes les deux ?

— Je suis très fière de ma fille Priya.

— Vous avez combien d'enfants, madame ?

— Sept. Et ils ont tous réussi. Priya en fera autant avec Lison. C'est de famille.

La Kowalski a l'air surprise.

— Vous avez donc un grand sens de la famille. Mais alors, comment expliquez-vous que Priya ait quitté la sienne ? Trente ans loin des vôtres…

La garce fait mine de feuilleter ses documents.

— Pas de mariage, pas d'enfants… Diriez-vous qu'elle a fui la vie qu'elle veut aujourd'hui embrasser, à savoir la maternité ?

Cette fois, c'en est trop. Pandialé reprend son ton d'institutrice. Celui qu'elle employait pour me faire réciter mes leçons debout dans le salon, à la virgule près. Ce spectacle me réjouit d'avance.

— On ne fait pas un enfant pour soi, madame, mais pour qu'il devienne libre. Ma fille est une grande enquêtrice. Elle a choisi de protéger les autres. Ça ne lui a pas laissé beaucoup de temps pour batifoler. Faire des gosses, c'est à la portée de tout le monde. Les éduquer, c'est autre chose. Vous devez le savoir, et c'est pour ça que vous n'en avez pas.

La Kowalski ne se laisse pas démonter. Elle progresse dans cet interrogatoire comme un bûcheron déchaîné, malgré sa silhouette gracile. À présent, elle s'adresse à moi :

— Pensez-vous que vos horaires seront compatibles avec l'éducation de Lison ? Elle habiterait avec vous à l'UC, c'est bien ça ? C'est un lieu chargé de souvenirs douloureux, si j'en crois les éléments de votre dossier…

Mon téléphone vibre à nouveau. C'est la troisième fois. Encore le boss. Vraiment pas le moment.

— Excusez-moi, dis-je, en déchiffrant les appels en absence. Urgence professionnelle.

La psy croise les bras, exaspérée. Tant pis. Je sors du bureau et compose le rappel automatique de mon chef. Sa voix hurle déjà à l'autre bout.

— Mais qu'est-ce que vous foutez, bordel ! Ça fait une heure que j'essaie de vous joindre. C'est pas pour prendre de vos nouvelles, figurez-vous !

— Je suis avec Lison en plein rendez-vous ASE. C'est une vraie galère et la psy…

— On verra ça plus tard, Priya. Laissez la petite à Pandialé. Ziad va vous conduire sur place.

— Sur place ? Mais où ça ? Et pour quoi faire ?

— Je laisse le gosse vous expliquer ça. Vous allez adorer.

Il a déjà raccroché. Je connais assez la voix de mon chef pour savoir ce que cet appel signifie. Les vacances sont terminées.

II

Les nonnes

J – 2 : 6 heures

McKay a passé une sale nuit. Il est à peine 6 heures, et il en a déjà plein le dos. Ce n'est pas à cause de la charge de travail que lui impose son supérieur. Bien au contraire. Tous les matins, assis derrière son écran, les pieds raclant les tomettes rouges de la bicoque qui lui sert désormais de bureau et de garçonnière, il convoque ses souvenirs. Il se remémore son excitation, à l'époque où ses chefs, confiants en ses capacités exceptionnelles, le surchargeaient de dossiers palpitants. Il n'était jamais aussi heureux que lorsqu'il dormait deux heures par nuit, sautant d'avion en avion. Le dernier s'est écrasé sur une tour. Il n'y était pas. Une chance qui n'a pas empêché la dégringolade de sa carrière.

Il y a un an, on l'a privé de son binôme, au motif que la mission ne justifiait plus le maintien de l'antenne. Désormais, c'est un NOC. Un *non-official cover* ; traduire un clampin posté seul dans un village du trou du cul de l'Europe, payé chichement pour un boulot que même la Drug Enforcement Administration considère comme inutile. Il doit surveiller les rescapés de la French Connection, dans un costume d'apothicaire éploré. Un deuil factice qui lui rappelle l'ampleur de sa chute. Une mise au ban de l'Empire américain, dans le pire pays d'Europe. La France. Une terre d'arrogants en pleine perdition. Des gens qui ne passeront pas le XXIIe siècle, un peuple incapable de tirer profit de la grandeur du capitalisme. Et, pire que tout, une nation qui s'est laissé envahir par l'islam. L'islam. La bête noire de McKay et de son supérieur.

Oui, il regrette le temps où les Français confondaient terroristes et musulmans, parce que cette erreur linguistique avait le mérite d'effrayer le peuple. Aujourd'hui, il déplore que les mosquées, toujours plus puissantes, investissent dans l'activité économique du pays, et que les femmes voilées aillent à l'université. Croire en Allah est un raffinement d'intellectuels auquel de plus en plus d'âmes perdues veulent accéder. La terre des philosophes des Lumières s'est fait bouffer jusqu'au trognon par les Sarrasins, et ces abrutis en redemandent.

Pire. Les siens lui imposent de finir sa carrière dans un pays léopardisé. Le comble de l'ironie pour un Américain. Il n'en peut plus. Pourtant, il se donne bonne conscience en rédigeant son rapport.

Une fois par semaine, il l'envoie à la base. Son supérieur, happé par les crépitements de la vie parisienne, ne le lit pas. McKay pourrait lui envoyer la liste de courses de sa boulangère que le supérieur Lawrence s'en tamponnerait le coquillard.

Pour clore le tout, surveiller le cheptel de la French Connection s'avère aussi passionnant que de repeindre les ailes des mouches un jour de mistral. Sur la Côte d'Azur, les rescapés du grand nettoyage mené par la DEA se sont reconvertis depuis longtemps. Bien loin du train de vie dispendieux construit par leurs aïeux, ils mènent des existences pathétiques sur les ruines d'une époque disparue. Résultat, son humeur du jour est aussi fade qu'à l'accoutumée.

Saisi d'un désir d'insubordination grandissant, McKay décide que ce matin, il ne travaillera pas. Au lieu de ça, il ira se payer du bon temps chez les Martinez, rien que pour le plaisir de reluquer la petite Bérénice, une bombe de vingt-cinq printemps qui réveille sa libido d'ours frustré. Il lui a fait le coup de se présenter à sa porte il y a six mois, en tant qu'acheteur désireux de développer le marché écossais. Elle a mordu comme une bleue.

La vérité, c'est que son alibi ne pèse plus bien lourd, depuis que le grand-père Martinez a été abattu par les renseignements français. Certes, dans les années 1960, le brillant chimiste fournissait en héroïne la mafia marseillaise, qui s'envolait directement pour Miami. Une balle dans la tête, deux balles dans la poitrine, voilà le sort que ses compatriotes ont réservé au vieux, grâce à l'aide de la DEA. Il est tombé dans le jardin de sa propriété, sous les yeux de sa veuve Françoise Orsini. L'héritière de la mafia corse a mis fin à une collaboration familiale fructueuse.

Après le carnage, Françoise et sa fille, Antonia Martinez, ont survécu comme elles le pouvaient, sur le pactole laissé par Jacques Martinez. Les rapports de ses prédécesseurs de la DEA, chargés de surveiller la famille, attestent la cessation totale des activités frauduleuses sur la propriété. Le matériel du laboratoire a été saisi, et les forces de la police française ont mis la veuve et sa gamine sur écoute, pendant environ dix ans.

À ce qu'il a lu dans son dossier, Antonia Martinez était une adolescente complètement camée. Elle se faisait sauter sur toutes les banquettes arrière des coupés de la Côte d'Azur, sans parler de ses crises de folie. Le commissariat local déborde de plaintes déposées par le voisinage à cause du tapage nocturne. Lorsqu'elle a eu 18 ans, Antonia a planté sa génitrice pour fuir aux États-Unis, où elle a tenté une carrière de starlette. Son départ pour Miami a été accueilli avec joie dans le quartier huppé où feu son père avait fait construire la villa. Sauf pour Françoise Orsini, désespérée de ne jamais revoir sa fille. Elle a fini par en mourir de chagrin quelques années plus tard. Prévenue par le notaire de son héritage tout frais, Antonia a rappliqué en France avec deux mioches en bas âge, récupérant un loft qui avait triplé de valeur depuis sa naissance.

La suite, McKay ne la connaît pas bien. Antonia a été portée disparue il y a cinq ans, comme l'atteste l'état civil de la ville de Nice, et ses gosses, Tristan et Bérénice, ont hérité du domaine. Tous deux sont diplômés de la faculté des sciences de Sophia-Antipolis. Ils ont ouvert une entreprise familiale de phytothérapie, afin de mettre en valeur la biodiversité locale. Point barre. Rien qui justifie d'être encore sur les fichiers de la CIA. Si McKay passe une fois par mois, c'est plus pour reluquer les formes de la gironde gamine que pour mériter son salaire. Il se donne bonne conscience en achetant quelques cartons de savon aux frais de la princesse, qu'il envoie à ses sœurs au fin fond de la Virginie. Ça fait plaisir aux vieilles. Et ça réveille ses ardeurs.

McKay n'a jamais été marié mais il aime la chair tendre. Du temps de sa splendeur, il levait des gazelles dans tous les ports où ses missions le conduisaient. Depuis qu'il végète en France, son sex-appeal s'est fait la malle aussi vite que les kilos ont matelassé son tour de taille, la faute au régime charcuterie fromage auquel il a succombé dans ce fichu pays de la gastronomie. Tout guilleret à l'idée de revoir Bérénice, il se lève en sifflotant, et prend la pose devant le miroir.

Il rentre son ventre et gonfle ses pectoraux, souriant à l'officier dégarni d'un mètre quatre-vingts qui lui fait face. « Tête d'œuf ». Un surnom donné par ses collègues de l'antenne parisienne, qui lui va malheureusement très bien. « Si tu te remettais un peu au sport, mon gars, tu ferais des ravages. Tu pourrais même lui plaire, tu sais », affirme-t-il à son reflet en se rengorgeant.

Il y a tout à parier que la petite s'ennuie comme un rat mort avec son grand dadet de frère, qui passe sa vie à secouer des tubes, alors que la gosse rêverait sûrement de croisière à Saint-Tropez. Si seulement il l'avait connue avant, il lui aurait fait le coup de l'enlèvement en hélicoptère et du dîner au bord de l'eau. Elle aurait résisté deux heures avant de changer d'avis, le temps de plaquer sa culotte contre le capot de l'hélico : emballez, c'est pesé !

« Du calme, mon gars, du calme », se sermonne McKay, enfilant son costume de veuf affligé, composé d'un short et d'un polo bleu marine dont l'allure respectable semble lui avoir attiré la sympathie de la jeune femme. « Aujourd'hui, tu vas l'inviter à dîner. » Ravi de ce projet, il sautille jusqu'au perron.

Sa bonne humeur disparaît aussitôt en apercevant sa voisine, une musulmane voilée diplômée de Sciences Po, qui milite pour le retour de la polygamie dans le département du Var. Contre la dérive polyamoureuse et les ravages du féminisme, de nombreuses familles de la région défendent cette pratique archaïque, au nom d'une sororité consentie. Les femmes, riches et éduquées, achètent de plus en plus de terres dans l'arrière-pays, fondant des communautés en autogestion parfaitement indépendantes. Ces nouvelles ZAD voient croître des enfants élevés au potager bio et aux balades dans la nature, tandis que les gosses de divorcés et autres rescapés de familles monoparentales s'entassent dans les cités HLM où les populations issues de l'immigration avaient fait leurs débuts en Gaule. Voilà qui lui rappelle les mormons ou les amish de chez lui, dont beaucoup prédisent qu'ils seront les seuls rescapés de la fin du monde, grâce à la stabilité de leur mode de vie, leur fertilité et leur résilience. Une perspective qui lui fait froid dans le dos, lui qui est un enfant de Woodstock.

En attendant, il refuse de bouder son plaisir. Après plusieurs tentatives de démarrage, sa Clio préhistorique toussote. Il va peut-être enfin passer une bonne journée.

*
* *

— Le Carmel de Montmartre ?

Ziad hoche la tête, gare le fourgon dans une rue adjacente et sifflote. Mon lieutenant est d'humeur rêveuse en ce moment. Je soupçonne une romance avec Caroline Turpin, notre légiste. Même si ces deux-là ne cracheront jamais le morceau, je sens bien qu'une idylle a commencé entre eux.

L'arrivée de ma mère et de Lison sur le palier des appartements de fonction de l'UC ne doit pas les arranger, malgré l'affection qu'ils portent à la petite. Sans compter les nouvelles recrues qui vont débarquer cet après-midi.

J'ai besoin de savoir de quoi il retourne. La psy va me demander de justifier ce départ précipité, et quelque chose me dit qu'elle n'acceptera pas d'excuses bidon.

— Le boss est devenu mystique ? On va se coltiner une retraite au pays des muettes ?

— C'est la prieure qui nous a contactés. Douze sœurs enfermées dans la chapelle depuis 8 heures ce matin. Serrure obturée et silence de mort quand elle les appelle.

Je regarde ma montre. 11 h 45. Trois heures et demie qu'elles sont là-dedans, ce n'est pas un drame. Encore moins un motif pour nous déranger.

— Et ça c'est une raison d'appeler des flics ? dis-je, furieuse. Elles ont fait vœu de silence, non ? En attendant, le mien risque de me coûter l'adoption de Lison.

— La prieure est inquiète. Ça s'est passé en son absence. Elle avait un rendez-vous médical. À son retour, elle croit avoir entendu des bruits étranges. Elle a peur qu'un individu s'en soit pris aux sœurs. Les hommes sont interdits sur place. Même les privés. Le boss lui a promis que tu te chargerais de l'inspection. En toute discrétion.

À ces mots, Ziad se marre en me tendant un sac en tissu à l'effigie du Carmel. Je lui jette un regard effaré. Celle-là, on ne me l'a encore jamais faite. Je découvre avec horreur une tenue complète de carmélite, rigidifiée par une sacrée dose d'amidon. J'appelle le boss, hors de moi.

— Depuis quand est-ce que j'ai signé pour entrer dans les ordres ?

— Depuis que c'est la seule façon de pénétrer dans ce couvent interdit au public. La religion a toujours été un sujet sensible, ne faites pas de vagues, Priya. Sans compter que le quartier grouille de touristes. La prieure réclame de la discrétion. Alors vous serez bien mignonne de passer le voile le temps d'inspecter les lieux et de libérer les bonnes sœurs. Ziad vous attendra dehors. Vous garderez le déguisement pour Lison, elle sera ravie.

Quelques minutes plus tard, mon coéquipier éclate de rire en me voyant sortir du fourgon. Avec mon voile noir et mon long manteau blanc, je ressemble à un manchot du Cap perdu sur la banquise. La robe de bure me démange déjà et la cotte est si raide que je me sens incapable de mettre un pied devant l'autre.

— En avant ma sœur ! pouffe le gosse, en m'escortant le long de la rue Lamarck.

Je me console en l'entendant rire, même à mes dépens. Quelques minutes plus tard, le visage austère de la prieure m'accueille sous le porche.

Je n'ai pas la moindre idée de la manière dont on salue la supérieure d'un carmel. J'opte pour un « Bonjour, ma mère », en baissant les yeux de peur d'avoir commis une bourde. Je ne me suis jamais sentie aussi ridicule de toute ma carrière. La prieure me gratifie d'un signe de tête énergique et m'invite à pénétrer dans le cloître. C'est une grande femme, de corpulence imposante. Sans aucun doute une figure d'autorité parmi les siennes.

— Vos sœurs sont enfermées dans la chapelle, et elles ne répondent pas quand vous les appelez, c'est bien ça ?

La prieure acquiesce. Elle n'a pas l'air commode.

— Elles sont combien là-dedans ?

— Douze. Elles assistaient à l'eucharistie.

— Pas vous ?

— Non. J'avais exceptionnellement un rendez-vous chez le médecin. Une urgence. Les civils, sauf à l'occasion de certaines fêtes religieuses, ne sont pas autorisés à entrer au carmel. J'ai dû me déplacer.

— Pourquoi n'avoir pas appelé le Samu ? Ou les pompiers ?

Elle semble étonnée par ma question.

— À mon retour, j'ai entendu des bruits suspects depuis la rue.

— Quel genre de bruits ? Des cris ? Des coups de feu ?

— Comme des hurlements.

Je note qu'elle ne met pas beaucoup de conviction dans sa dernière réponse.

— Venez avec moi, m'ordonne-t-elle.

Je sens qu'elle souhaite prendre les choses en main, alors j'obéis, me déplaçant avec peine dans le couloir immaculé qui sent la cire et la lavande. Mon hôte s'arrête devant une lourde porte. Du bois sculpté. Je la sens troublée. Je remarque qu'elle porte des gants blancs. Ses empreintes digitales n'ont pas pollué la poignée. C'est toujours ça de pris pour la suite des opérations.

Je m'accroupis pour observer la serrure. Elle a été bouchée par un joint translucide, dont j'ignore la composition. Des morceaux de bois semblent fichés à l'intérieur. Un bricolage artisanal des plus intéressants. J'essaie à mon tour d'appeler les captives.

— Priya Dharmesh, commissaire de police, tout va bien là-dedans ?…

Pas de réponse. Je réitère, et finis par crier. Le visage de la prieure se crispe. Je la rassure.

— Ne vous en faites pas, c'est une chapelle, pas une armurerie.

— Donc elles n'ont aucune raison de ne pas répondre, me rétorque la prieure, d'un ton qu'elle essaie de maîtriser.

— Bon. Il y a une autre sortie à l'intérieur ? Une fenêtre ? Une bouche d'aération ?

— Deux fenêtres qui ne s'ouvrent pas. Et cette porte.

Je soupire. D'abord parce que je commence à crever de chaud dans cette tenue de pingouin, ensuite parce que ma présence ici me semble de moins en moins justifiée. Je suis payée pour constater des actes criminels, certainement pas pour servir de serrurier-dépanneur.

Je jette un rapide coup d'œil à la porte, du chêne massif qui ne va pas être facile à enfoncer, et je rends mon verdict.

— Écoutez, ma mère, il n'y a pas trente-six solutions. Va falloir laisser entrer mon lieutenant, et les chances pour qu'il accepte de se travestir en carmélite pour venir jusqu'ici sont proches de zéro. La bonne nouvelle, c'est qu'il est le champion de l'effraction en toute légalité. Il va nous ouvrir ça en moins de deux, et vos sœurs seront libérées.

— C'est entendu. Mais dites-lui d'entrer discrètement. Et sans uniforme.

J'ignore pourquoi les sœurs ont décidé de ne pas répondre à leur supérieure, ni même si les mutineries existent dans ce type de confrérie. Tout ce que je sais, c'est que j'ai besoin d'avoir les coudées franches pour que Ziad puisse faire son boulot. Et vite.

Quand mon lieutenant se présente enfin, je ressens un bref soulagement. Même si on ne verse pas dans les grandes démonstrations d'affection, on forme une sacrée équipe tous les deux.

Dès que la prieure s'éloigne, Ziad sort sa torche, dégage l'intérieur de l'orifice avec la pointe de son cutter, jusqu'à ce qu'un amas de petites lames de bois tombe au sol.

— Brillant. Des cure-dents coupés, recouverts de mastic. Un truc de vieux, simple mais efficace.

Je lui tends le trousseau, ça ne devrait plus être long.

— Il n'y a que des vierges de l'autre côté, il vaut mieux que ce soit toi qui leur ouvres, plaisante-t-il.

Je me bats avec la clé qui ne veut plus sortir de l'orifice collant. Enfin, la porte cède. Nous sommes au seuil d'une chapelle épurée, au parquet de chêne clair. Mon regard balaie les murs blancs, dont les crucifix de bois sans fioritures indiquent les quatorze stations du chemin de croix. Ziad, derrière moi, retient son souffle. Je note la présence de deux larges fenêtres condamnées sur ma gauche, par lesquelles pénètre une lumière douce. Elles éclairent une sculpture de la Vierge à l'Enfant qui m'enveloppe de son austérité bienveillante. Cette sensation d'apaisement ne dure pas.

Je lève la tête. Au fond de la pièce, j'aperçois la partie supérieure d'un orgue, sur une estrade clôturée d'un claustra noir. On y accède par trois larges marches de pierre. J'avance dans sa direction. À mesure que je m'approche, je distingue les motifs d'un buffet lourdement sculpté, qui contraste avec le mobilier contemporain des lieux. Le meuble, disproportionné, écrase la pièce de son ombre inquiétante. Le portillon, haut de deux mètres environ, me barre le passage. Je tends la main vers la poignée. Mon lieutenant m'attrape par le bras, m'interdisant tout mouvement.

— Au sol ! Dans le coin droit ! chuchote-t-il sans me lâcher.

Je repère des filets vermillon se faufilant à travers les croisillons métalliques de la grille. Dégoulinant le long des marches. Presque à mes pieds. Je recule. Ils ont l'air de provenir de l'estrade, dessinant des algues maléfiques entre les barreaux. Je prends une profonde inspiration, monte les marches et ouvre le portillon d'un geste sec. Un grincement lugubre répond à mon geste. Je baisse à nouveau la tête. Au milieu d'une lave d'hémoglobine, sur le bois clair du parquet, je distingue un amas de corps. Enchevêtrés.

Ziad essaie de garder son sang-froid. Me tend une torche et une paire de gants, enfile les siens. Je suis happée par la vision des vêtements sanguinolents, éparpillés sur les marches de l'estrade. Ils semblent avoir été arrachés par un démon, découvrant des fleurs de chair éventrée sur des peaux diaphanes. Je sens ma respiration s'accélérer.

Je m'approche encore. Des mâchoires béantes vomissent un sang encore frais. Il m'est impossible de dénombrer les corps, dans cette imbrication de membres déchiquetés. Partout, des plaies fleurissent dans cette mêlée humaine qui semble s'être livrée à une barbarie inouïe. Je ne peux toucher à rien, tant l'ignominie de ce spectacle dépasse l'entendement.

Soudain, mes jambes s'affaissent, et je tombe à genoux malgré moi, devant cet amoncellement, distinguant à présent des visages tordus par une rage inexplicable, les dents plantées dans les poitrines nubiles, les ongles lacérant les toisons pubiennes, les yeux exorbités par je ne sais quelle funeste urgence. Quand je me redresse enfin, mon regard croise celui des chérubins sculptés sur la corniche du buffet, témoins outrés de la tragédie que nous n'avons pu empêcher.

Je dois prévenir le boss. Un bruit sourd me sort de ma torpeur. Derrière nous, la prieure, que je n'ai pas entendue entrer, vient de s'évanouir.

*
* *

J – 2 : 8 heures, laboratoire des Martinez

Bérénice ne quitte pas les souris des yeux. Les petites têtes aux yeux vides, ou ce qu'il en reste, affichent encore un rictus féroce. Elle les a posées sur une planche, séparant les corps déchiquetés avec le plus grand mal à l'aide d'une pince à épiler. Une mêlée à mort, qu'elle ne comprend pas.

— Tu m'expliques ? demande-t-elle à son frère, posant les mains sur ses hanches, plaquant le tissu fin de son tee-shirt contre ses seins pleins et fermes.

À travers le coton, le jeune homme contemple la rondeur des mamelons. Elle n'a pas encore enfilé de soutien-gorge, remarque Tristan malgré lui. Le moment de la journée qu'il préfère. Rougissant, il plonge de plus belle la tête au-dessus de ses tubes.

— Mes dosages ne sont pas bons, esquive-t-il.

— Dis-moi la vérité. Qu'est-ce que tu leur as injecté ? Elles sont mortes de quoi ?

— Pour une fois, pas des coups de bec de ta chouette adorée.

— Très drôle. On a toujours été d'accord là-dessus toi et moi. Tu testes les produits, mais tu ne fais pas crever les bêtes.

— Tu crois peut-être qu'il n'en a pas dégommé le vieux, des souris, avant de mettre au point l'héro ? Je ne sais pas ce qui a merdé, finit par s'excuser Tristan, espérant clore la discussion. Faut que je retourne bosser.

Bérénice n'a pas le temps de lui rétorquer quoi que ce soit. Un coup de sonnette strident retentit. Furieuse, elle lève les yeux vers la caméra de sécurité. Tristan grimace en reconnaissant le vieil Écossais.

— Tiens, c'est ton amoureux. Matinal, ton veuf. « Tête d'œuf », ça lui irait bien comme surnom, tu ne crois pas ?

Bérénice n'a aucune envie de répondre à la provocation de son frère. Faire attendre « Tête d'œuf » est une mauvaise idée, cet abruti a beau causer comme le proprio du château d'Edimbourg, il a une tronche de flic, elle l'a senti dès le premier jour où il a garé sa caisse pourrie devant le portail de leur domaine. Elle sait qu'il n'y a qu'une seule façon de l'endormir. Faire semblant d'être sensible à son charme ringard, lui servir un café au bord de la piscine, et minauder. Elle tient cet art de sa mère Antonia. Le monstre lui a tout de même transmis quelques armes utiles.

Elle remonte l'escalier quatre à quatre, dénoue ses cheveux, attache son tee-shirt pour découvrir son nombril. Puis tire le panneau japonais qui cache la porte du laboratoire clandestin. Enfin, tout sourire, elle se dirige vers la porte d'entrée.

McKay frise l'arrêt cardiaque devant le ventre doré de Bérénice. Ses seins superbes tressaillent sous un haut qu'elle a dû enfiler à la va-vite. Un début d'érection l'empêche de lui tendre le bouquet de mimosas qu'il vient de cueillir pour elle.

Bérénice, feignant la surprise, affiche une moue désarmante.

— C'est pour moi ?

McKay se rappelle qu'il n'a pas pensé au prétexte de sa visite. Il doit mobiliser son savoir-faire d'ex-don Juan pour quitter le banc de touche. C'est encore dans ses numéros d'improvisation qu'il est le meilleur. Sans filet, il se lance.

— Ma sœur m'a appelé hier. Votre savon à la rose lui a donné des allergies. Elle a fini aux urgences. Elle est encore sous anti-inflammatoires. J'aimerais vérifier la composition du lot.

Bérénice blêmit. Tête d'œuf est plutôt du genre mielleux. Elle se demande ce qui lui prend. Elle ne s'est pas trompée en le soupçonnant de flicailler. Elle ne sait pas encore pour qui il bosse, mais elle doit lui couper l'herbe sous le pied.

Content de son coup, McKay attend, continuant à reluquer ses nibards.

— Je suis désolée d'entendre ça. Venez avec moi. Je vous sers un café et je vérifie.

Ravi du malaise qu'il provoque chez elle, McKay décide de continuer à jouer les durs.

— Pas besoin de café, je suis plutôt pressé ce matin. Je vais vous filer un coup de main. Ça ira plus vite.

Décidément, le vieux lui tape sur les nerfs. Elle passe à la vitesse supérieure.

— J'ai oublié de vous dire ! On a fabriqué de nouvelles huiles de massage. Fleur d'oranger, lavande, romarin. Entièrement issues de l'agriculture biologique. Une tuerie. Je vous fais essayer ?

Bérénice l'entraîne par la main dehors, le poussant presque sur un transat face à la piscine. Instinctivement, McKay sent que quelque chose cloche. Pour la première fois, son radar d'officier frémit. Il se laisse installer sur la serviette de mousse et regarde Bérénice s'éloigner à la hâte. Il observe son empressement et la joie fausse qu'elle déploie pour faire diversion. Il est évident qu'elle refuse de le conduire au laboratoire. Et cela suffit à titiller sa curiosité.

— Mettez-vous à l'aise. Je ne peux pas vous masser en polo, susurre-t-elle, revenant avec un peignoir et un plateau chargé de flacons odorants.

S'il est une compétence que l'officier McKay peut se targuer d'avoir acquise, depuis qu'il travaille à la CIA, c'est celle de repérer la manipulation déguisée en offrande. Il laisse la jeune femme croire qu'il est dupe de son jeu de séduction pour mieux l'endormir. Il a déjà tout prévu. Bérénice s'affaire au-dessus de ses flacons, glisse la main dans son dos, puis étale l'huile par légères pressions circulaires. Quand elle a terminé, au lieu de la remercier, il la dévisage. Glacial.

Bérénice tente de déguiser sa déception derrière un sourire. Mais il note, avec une satisfaction grandissante, le tremblement qui s'accentue au coin de ses lèvres.

III

Bienvenue à l'UC

En attendant plus de renforts, le boss nous a envoyé la légiste, Caroline Turpin, qui, avec Ziad, a pris la prieure en charge avant de l'envoyer à l'hôpital. La visioconférence avec l'UC doit commencer dans quelques minutes. Alors que je tente d'établir la connexion avec la salle des icebergs, l'écran me montre le hall d'accueil de l'UC. J'aperçois le sari de Lison derrière un des fauteuils. Elle crayonne à même le sol, absorbée par la reproduction détaillée de la fougère qui lui fait face. Elle n'a rien à faire là, encore moins sans surveillance, même si elle habite désormais à l'UC. J'appelle illico ma fille, via les haut-parleurs, et je m'efforce de paraître détendue :

— Où est Pandialé ? Qu'est-ce que tu fabriques toute seule ici ?

Lison sursaute en reconnaissant ma voix. Je n'ai pas le temps de poursuivre, le visage du boss apparaît sur l'une des trois fenêtres de mon écran. Je reconnais la salle des icebergs derrière lui. Un nom de baptême donné par l'ancienne équipe à notre salle de réunion, en raison des blocs de résine blanche aux arrêtes inégales, figurant des îlots de glace, qui font office de chaises, de bureaux et d'écrans tactiles. L'*open space* dernière génération aux allures de banquise est une piètre consolation offerte par l'État il y a deux ans pour compenser la désorganisation de nos services. On frappe à la porte. Mon chef fronce les sourcils, déjà furibard.

— Revenez plus tard ! aboie-t-il à l'intention des nouvelles recrues de l'UC, pourtant ponctuelles.

Les pauvres n'ont pas le temps de s'émerveiller de ce joyau technologique. Je les observe quitter les lieux aussi vite qu'ils sont arrivés, choqués par cet accueil. Ils ne sont pas habitués à la rugosité ancienne école de notre hiérarchie. L'un d'entre eux marmonne un juron. Le boss lui tourne le dos. Il se refuse à prendre en compte l'évolution de notre métier, qui veut que nos services soient désormais dotés de syndicats puissants et de RH tout prêts à écouter des dépôts de plainte pour harcèlement moral. Je n'ai pas la patience de lui rappeler que l'époque où les flics humiliaient les bleus est révolue. Il a déjà obscurci les vitres de la verrière, plongeant la salle en deux secondes dans une lumière bleue.

Une photo du massacre s'affiche sur l'écran principal : celle que je viens de lui envoyer. Le boss tousse, se passe la main sur le visage, mâchoires crispées devant l'amas de corps dénudés, dont les plaies semblent s'être encore élargies, sous l'effet du traitement numérique.

— Où est Turpin ? demande le boss.

— Avec la prieure. Elle va la faire transférer en lieu sûr.

Enfin la légiste me rejoint dans la chapelle. C'est une jeune femme énergique, dont le carré roux flamboyant tranche avec l'uniforme pantalon-blouse verte qu'elle porte en permanence à l'UC. Elle se tient campée devant les corps agglutinés. Ziad est à ses côtés.

— Je vous confirme que ce n'est pas joli, commence-t-elle en tournant son visage vers l'écran. Les douze décès sont avérés. Je n'ai pas la place d'autopsier toutes les dépouilles ici aujourd'hui. Va falloir envisager de confier certains cadavres à une autre UC si vous êtes pressés. Pour la prieure, le processus vital n'est pas engagé, mais je l'ai fait transférer en unité psychiatrique. Elle est sous le choc.

— Impossible de prévenir d'autres UC, rétorque le boss. L'évêque est en route, il devrait arriver sur les lieux avant 19 heures. D'ici là, il nous a ordonné de procéder sans vagues. Ce qui signifie que je ne peux ni boucler le périmètre, ni transporter personne avant demain. Il ne veut aucune fuite d'information avant d'avoir pris la mesure de la tragédie « en personne ». Ce sont ses propres mots.

Je suis prise de remords. Je suis au carmel depuis plus de deux heures, et mes nouvelles recrues, que le boss a rudoyées, ne devraient pas plonger si tôt dans le grand bain. Mais je n'ai pas le choix :

— Envoyez-moi la nouvelle équipe.

Le boss n'attendait que cela :

— Oh Priya ! Je vous envoie donc deux agents de police technique et scientifique, ainsi que deux gardiens pour assurer la sécurité extérieure. Briefez-moi tout ça dans la cour du carmel ; je ne veux pas qu'ils voient les corps sans y avoir été préparés. Caroline, continuez le boulot et faites comme vous pouvez.

— Et vous ? demandé-je.

— Je vous rejoindrai en moto quand j'en aurai fini ici. Faites-les poireauter et attendez-moi avant de les faire entrer dans la chapelle.

Nous avons partagé tellement d'heures sans nous parler lorsque nous étions en convalescence à l'hôpital, suite aux brûlures provoquées par l'acide pulvérisé par la fille du boucher, que j'interprète sans peine son regard appuyé. Le pire est à venir. Je coupe la communication.

Un dernier point me contrarie. Je me demande quand je pourrai revoir la prieure. La légiste répond à ma question avant même que j'aie le temps de la lui poser :

— Priya, tu pourras sans doute interroger la prieure demain matin. Le chef de service de l'hôpital est un ami. Il tiendra sa langue. Tu seras seule avec elle. Tu auras environ un quart d'heure. Elle sera encore sous sédatifs : il faudra y aller mollo.

Je quitte la chapelle et rejoins la cour du carmel, réfléchissant à la meilleure manière d'accueillir ma nouvelle équipe. J'en profite pour continuer à inspecter les lieux. Trente minutes plus tard, mon téléphone sonne. Lorsque j'ouvre les portes qui donnent sur la rue, une équipe bigarrée, « à l'image de la diversité du pays », comme dirait sans doute la psy que j'ai vue ce matin, m'attend en silence.

— Suivez-moi, ordonné-je, vérifiant que personne ne remarque leur entrée.

J'ai de la chance, la rue est presque vide. Je les conduis dans le cloître. Un briscard barbu dont les pectoraux sont moulés dans un polo noir harangue les trois autres, comme si la responsabilité du groupe lui incombait déjà. Ma bienveillance vient de s'envoler.

— Présentez vos fonctions à la commissaire Dharmesh.

Alors que je veux m'interposer, mon téléphone sonne à nouveau. C'est Pandialé. Je m'écarte pour décrocher.

— Personne ne nourrit tes employés, Priya. Ils sont partis le ventre vide. Je ne t'ai pas élevée comme ça. Je leur prépare un cari, en attendant que tu leur montres leur chambre, quand vous serez de retour.

Je me mords les joues pour m'empêcher de répondre à ma mère que l'UC ne répond pas aux règles d'hospitalité de la famille réunionnaise, et que ces agents sauteront plus d'un repas et d'une nuit sous mon commandement. Le temps presse et l'heure n'est pas à la gastronomie.

— Je ne peux pas te répondre, j'ai beaucoup à faire. Lison est avec toi ?

— Oui. Elle dessine les fougères du hall d'accueil. Ma petite-fille est vraiment très douée, Priya.

— Emmène-la se promener. Je dînerai avec vous ce soir… Promis, ajouté-je d'une voix suppliante.

Pandialé a raccroché. Je me demande par quelle injustice de la génétique je n'ai pas hérité l'autorité naturelle de ma mère. L'anxiété me tord le ventre. Je prends une profonde inspiration : je peux réinvestir mon rôle de commissaire autoritaire, et me plante devant le briscard. Les autres reculent, méfiants.

— Commissaire Priya Dharmesh. À la tête de cette UC. On va se passer des présentations. Votre première mission commence tout de suite.

Ignorant mon sermon, le briscard devance une jeune fille frêle et voilée.

— Agent de sécurité Georges Vernet. Trente ans au service des banques suisses. Et zéro bavure sous mon commandement, lance-t-il à la cantonade. Elle, c'est Léa, ajoute-t-il d'un ton condescendant. Ça nous arrive d'Indonésie. Un pur produit de l'intégration réussie. Ses parents ont eu la bonne idée de ne pas l'appeler Fatima, et pourtant voilà le travail. Aujourd'hui ça porte le voile plutôt que de s'émanciper. Si on la laisse faire, elle finira dans la ZAD avec ses copines thésardes, à planter des choux bio au milieu d'une douzaine de chiards. Si elle veut avoir la chance de bosser avec moi, va falloir qu'elle retire son torchon, commissaire.

Abasourdie, je rétorque :

— Oubliez vos requêtes racistes, agent Vernet, ou vous serez mis à pied avant d'avoir commencé. Ceux affectés à la police technique et scientifique, les PTS, me suivent. Ceux affectés à la sécurité surveillent le périmètre jusqu'à l'arrivée du boss. Et pour info, ne comptez pas sur un retour à l'UC pour faire vos lits. Votre première nuit ici sera blanche.

L'agent Vernet me fixe, interloqué, tandis que son binôme me remercie d'un signe de tête. Il se dirige vers le jardin du cloître, vexé. Je profite de son départ pour glisser deux mots à l'oreille de la jeune femme, tandis que je déchiffre son identité sur son badge.

— Le voile ne fait pas partie de l'uniforme avec lequel vous travaillerez, agent Effendi. Et j'ai autre chose à faire que de vous apprendre à vous faire respecter. Secouez-vous ou vous ne ferez pas long feu ici.

À la stupéfaction générale, elle fait glisser le morceau de tissu noir, découvrant un crâne rasé, traversé par une large cicatrice. Fraîche.

— Très bien. Vous porterez un bonnet, dis-je, coupant court au malaise qui vient de s'installer.

Tandis qu'elle s'éloigne, un couple, teint halé et corps sculptés, se poste devant moi. Ils ressemblent plus à des culturistes parachutés des plages de Miami qu'à des rats de bibliothèque.

— Pas le style de la maison, commente le jeune homme devant ma mine perplexe. Ne vous en faites pas, on nous l'a déjà dit.

J'acquiesce, me remémorant la tête de mon supérieur lors de ma première prise de service en métropole, alors que j'avais oublié d'ôter mon bindi. « Virez-moi ça tout de suite, c'est pas le carnaval ici ! » avait-il hurlé, en guise de bienvenue.

L'heure tourne. Je décide d'écourter l'interrogatoire.

— Le style de la maison, c'est l'efficacité, le courage et la discipline. Pour le reste, ça ne me regarde pas. Expérience du terrain dans la police technique et scientifique ?

Le couple sourit à ma question. La jeune femme répond :

— On sort juste de l'école, commissaire. Avec un très bon classement et un diplôme d'instructeurs en CrossFit. Le bronzage, c'est parce qu'on revient de notre voyage de noces, s'excuse-t-elle.

Cette candide déclaration me laisse en bouche un goût amer. La photo de Laurie et Nicolas Pelletier, que je n'ai pu sauver des griffes de la fille du boucher, me revient soudain. Leurs corps pareillement bronzés, leur passion pour le sport, leur amour brisé par ma négligence.

— Parfait, vous apprendrez sur le tas, comme on dit chez nous. Vos noms ? Où sont vos badges ?

— Agents Kellya et Jordan Martin, déclare la jeune femme, très amoureuse.

— Bien, dis-je, décidant d'ignorer ce détail de leur vie privée pour cacher mon trouble. Rassemblez votre matériel. Vous rejoindrez la légiste, Caroline Turpin, votre supérieure hiérarchique directe, après avoir été briefés par le boss et moi-même.

Je laisse passer quelques secondes, me demandant si je dois les prévenir, ou les laisser découvrir le carnage. Je me souviens alors de la première visite à la morgue de l'écrivain Marc Ober, le père de Lison. Et de son évanouissement. Le remords me prend.

— On a douze cadavres salement amochés. Le crime a l'air frais, et on est les premiers sur le coup. Chaque détail compte pour espérer coffrer le coupable. Alors tâchez de ne pas m'esquinter les preuves.

Le couple hoche la tête. Kellya inspecte son sac à dos tandis que Jordan y déverse son matériel. Ils enfilent une blouse, une charlotte, des chaussons et une paire de gants.

— Nous sommes prêts.

Je me garde de leur dire qu'on ne se prépare jamais à l'horreur, le boss et moi en savons quelque chose.

*
* *

J - 2 : 20 heures, laboratoire des Martinez

Bérénice soupire en ouvrant une bouteille de Perrier, le seul champagne auquel son frère ait droit.

— Putain, c'est pas passé loin ! constate-t-elle, en versant le liquide pétillant dans une coupe de cristal, vestige des agapes mafieuses de ses ancêtres, qu'elle tend au jeune homme.

Tristan lève le breuvage en direction de la lune, portant un toast à la voûte céleste.

— À mon enjôleuse de sœur, reine du massage, siffle-t-il, plein d'ironie.

— Arrête ça, Tristan. T'avais mieux à proposer ?

— Je ne sais pas. Peut-être que tu n'aurais jamais dû laisser Tête d'œuf passer la porte d'entrée. Peut-être que t'aurais dû respecter l'adage qui a sauvé les nôtres pendant plusieurs décennies. « *Sólo familia* », grince-t-il, imitant, dans un mauvais espagnol, la voix de vipère d'Antonia.

Bérénice frissonne à l'évocation du fantôme maternel. Rien que la famille. Un commandement qu'elle vomit, et qui lui a valu de vivre enfermée avec son frère, sous l'emprise du monstre, avant leur libération. Une mort qu'ils ont fait passer pour une disparition. Aussi rapide que la lame fendant l'air du salon. Sabrant la tête. Unissant le frère et la sœur à jamais dans le crime. Puis dans l'oubli. Vite. Faire diversion avant que Tristan ne refasse une crise. La dernière lui a valu de passer trois jours aux urgences du service psychiatrique de Grasse, au chevet de son frère en camisole de force. Son frère. Un être intelligent mais faible. Incapable de gérer la pression. Heureusement qu'elle a trouvé le moyen de lui faire oublier le drame.

— T'inquiète pas, sœurette, je prends toujours mon traitement. On n'ira pas à l'hosto ce soir. Du moins pas encore, ironise-t-il, vidant son verre d'un trait. En revanche, j'ai bien avancé pendant que tu tripotais Tête d'œuf. Et ce que j'ai trouvé ne va pas te plaire.

— C'est-à-dire ? déglutit Bérénice, reposant son Ricard d'une main tremblante.

— Je sais maintenant de quelle façon sont mortes les souris. Et on a tout intérêt à ce que ça reste « *sólo familia* ».

*
* *

J - 2 : 21 heures, bicoque de McKay

Allongé dans son fauteuil relax, une mauvaise imitation du confort américain acquise chez Emmaüs, McKay savoure sa victoire. Il sirote un double whisky-Coca, un sourire béat figé sur sa face plate. Seuls ses yeux rieurs se plissent sous l'effet de l'alcool et du succès total de sa journée. Il a posé ses filets, maintenant, il n'a plus qu'à attendre que la proie morde. Son instinct lui dit que cela ne devrait plus tarder. S'il s'est laissé masser par Bérénice, il n'en a pas moins posé des mouchards partout dans la propriété. La petite a des mains de fée, il en a bien profité. Une fois la séance terminée, il est retourné à sa voiture, sous prétexte de changer de tee-shirt. Il a sorti du coffre une mallette qui n'avait pas servi depuis longtemps. Ensuite, il a demandé à prendre une douche.

Il a non seulement collé des micros partout où il a suivi la jeune fille, des transats autour de la piscine jusqu'aux pots à crayons de l'entrée, mais il s'est surtout régalé à installer une caméra dans la douche, pour son plaisir personnel. Une gâterie que James Bond en personne ne se serait pas refusée.

Comme tout chasseur qui se respecte, il sait que l'impatience est l'erreur du débutant. Aussi s'est-il servi deux larges verres, avant de s'installer à son bureau, raclant ses pieds calleux sur les tommettes rouges. Malgré l'alcool, McKay sent l'adrénaline l'inonder en déclenchant le premier enregistrement. La prise est au-delà de ses espérances.

*
* *

J – 1 : 7 heures, cave de McKay

Pour la première fois depuis longtemps, Bérénice sent des larmes de rage creuser leur sillon sur ses joues. Une ampoule blafarde éclaire la cave dans laquelle Tristan et elle sont enfermés depuis la veille.

— Soyez bien sages, mes petits lapins, et il ne vous arrivera rien, a promis McKay, lorsqu'ils se sont réveillés dans cette prison.

Comment est-il parvenu à les transporter ? Bérénice n'en sait rien. Elle se souvient seulement du retour de Tête d'œuf, tard dans la soirée, de sa surprise de voir le vieux débouler pour la deuxième fois dans la même journée. Ensuite, elle est tombée. Il l'a piquée très vite, dans le bras, avant qu'elle ait pu faire le moindre geste. Elle se souvient d'avoir été impressionnée par la dextérité du veuf, qu'elle a toujours pris pour un faux flic emmanché. Il a dû la transporter dans la voiture en premier, puis répéter l'opération avec son frère. Tristan ne se souvient de rien non plus, si ce n'est d'avoir vu débarquer Tête d'œuf dans le laboratoire clandestin, et d'avoir appelé sa sœur, en vain. Un travail de maître.

La cave est vide, le vieux avait prémédité son coup. Il a laissé une couverture au sol, un jerrican d'eau propre, un seau muni d'un couvercle pour leurs besoins, un rouleau de papier-toilette, et une glacière, contenant des denrées diverses. De quoi tenir quelques jours. Il a soigneusement évité les boîtes de conserves, couverts et autres objets contondants.

— Il nous veut vivants, peste Bérénice, tandis que Tristan, affalé sur la couverture, lui tourne le dos.

Elle n'a aucune idée de ce que le vieux a bien pu emporter du laboratoire, mais une chose est sûre, il n'a dû trouver qu'une partie de ce qu'il était venu chercher. Sinon, il se serait débarrassé d'eux. S'il les tient à sa merci, c'est qu'il les juge utiles. Pour qui ? Pour quand ? C'est ce qu'elle doit découvrir. En attendant, le danger est dans la cave, avec elle.

Tristan est parti sans son traitement. Elle surveille sa respiration avec anxiété, sachant que la crise peut survenir à tout moment. Et qu'elle sera seule, enfermée avec lui, incapable de se protéger. Il se tournera vers elle, et plantera ses yeux fous dans ses prunelles terrifiées. Elle ne devra pas montrer sa peur. Elle ne pourra trouver refuge que dans un coin de sa tête, en restant impassible, comme elle le faisait avec Antonia, lorsque le monstre déployait son labyrinthe tentaculaire, pour la perdre dans sa psyché de démente.

Pour dissiper son angoisse, Bérénice se lève sans bruit. Elle s'empresse de murmurer le mantra appris en thérapie pour chasser les fantômes. « Ça suffit maintenant », chuchote-t-elle à trois reprises. Elle ne doit pas le réveiller. Des aboiements retentissent. Sans doute des chiens dans la cour d'en face. Aussitôt, Tristan, tiré de sa léthargie, se tourne vers elle. La respiration de son frère s'accélère. Ce n'est pas bon signe. La veine qui traverse ses tempes se met à palpiter. Il se recroqueville et penche la tête vers elle. Ses épaules s'agitent de soubresauts nerveux. Ses lèvres s'étirent en un affreux sourire.

— C'est rien, des chiens, rendors-toi, tente-t-elle, frémissant devant le visage de son frère allumé par le feu sadique de la schizophrénie.

Trop tard, la bouffée délirante est déclenchée.

— Tu vas me payer ça, ma petite fille, lui répond le jeune homme, d'un ton saturé par la perversité.

Bérénice le connaît bien. Celui d'Antonia. Elle recule vers la porte.

— Tu veux que je te montre où j'en suis à cause de toi, petite salope ?

Sans explication, Tristan se lève, et baisse son pantalon, désignant de l'index l'intérieur de sa cuisse.

— Regardez ça, les enfants, siffle le malade d'une voix putride. Regardez ce que vous faites à votre mère. Vous voyez cette cicatrice ? On m'a encore prélevé un mélanome ! À cause des soucis que vous me donnez. Parce que vous ne soutenez pas votre mère contre votre garce de grand-mère, qui trempe jusqu'à l'os dans la mafia…

— Arrête, Tristan ! supplie Bérénice, hypnotisée par la cicatrice imaginaire, dont l'évocation ravive d'atroces souvenirs. Remets ton pantalon ! Elle est partie, tu entends ! Partie ! hurle-t-elle de plus belle. J'ai besoin de toi pour qu'on se tire d'ici.

Tristan se redresse, un rictus mauvais étirant le coin de ses lèvres féroces. Le pantalon toujours baissé sur les chevilles, il progresse comme un pantin sur le carrelage moisi de la cave. Bérénice n'a plus de temps à perdre. En une fraction de seconde, elle arrache son tee-shirt et son soutien-gorge, utilisant le seul pouvoir qu'elle détienne, pour chasser la mère et faire revenir l'homme, dans le spectre des perversions qui le construisent.

Aussitôt, le désir malsain prend le pas sur la crise. Le jeune homme revient à lui. Le désir qu'il éprouve pour sa demi-sœur est une tare qu'il n'assume pas. Il se redresse, empêtré dans son corps dégingandé, ne sachant que faire de ses membres maladroits, secoué par la honte.

— Couvre-toi ! chuchote-t-il, avec une voix de petit garçon.

Bérénice sait que le soulagement sera de courte durée, mais elle savoure cette brève victoire. Antonia n'a pas gagné cette manche. Elle n'a que quelques heures pour se préparer à la suivante.

*
* *

J – 1 : 7 heures, gare de Nice

De bon matin dans le TGV pour Paris, McKay s'agace en découvrant qu'il a sélectionné le mauvais wagon. La SNCF propose depuis un an des trajets « communautaires », en fonction de la religion, sexualité ou spiritualité des voyageurs. Un vaste bordel destiné à apaiser les tensions dans le pays pour être plus en phase avec « l'évolution du paysage démographique français et la liberté de chacun ». Mais surtout un gros coup de com soutenu par le ministère de l'Écologie pour réduire les trajets en avion.

En général, il apprécie le wagon « Bouddhisme », souvent rempli de célibataires frétillantes très enclines au dialogue spirituel. En gare, il s'achète un bol de lentilles royales au quinoa, un plat insipide qui ne lui sert qu'à mieux se fondre dans les tribus végétariennes qui s'échangent des brochettes de tofu entre les rangées, entre deux gloussements nirvanesques.

Manque de pot, on l'a calé chez les « Athées, agnostiques, autres ». Un wagon plus vivable que le wagon « Islam » dans lequel il ne pénétrerait pour rien au monde. Mais qui présente l'inconvénient de la banalité, plein de quidams entre deux âges, n'ayant pas choisi leur camp. Ici, pas de jeunettes éthérées, mais un troupeau de ménopausées terrées dans un mutisme déprimant.

Traînant sur le quai pour voir s'il peut compter sur un désistement, McKay considère les options restantes, sans pouvoir se décider. Hors de question qu'il monte chez les « Féministes », un convoi d'hystériques, ni chez les « LGBTQIA » et consorts, des dégénérés qui se croient toute l'année en carnaval. Quant au wagon « Christianisme », il remporte tellement peu de succès qu'il se cantonne désormais à quatre rangées, insérées ironiquement dans le compartiment « Judaïsme », ce qui ne manque pas de faire grincer des dents chez les culs-bénits.

Reste le wagon des « Hindouistes », une communauté en pleine croissance, que McKay évite pour des raisons esthétiques, ayant une allergie marquée pour les couleurs criardes. Serrant son sac de sport bleu marine contre lui, toujours impeccable dans sa tenue de pharmacien veuf écossais, il se décide enfin à monter dans le wagon des athées et autres indécis, s'asseyant à regret à côté d'un grincheux acariâtre qui mord à pleines dents dans un pâté-cornichons. Son sac bien calé sur ses genoux, il se demande quelle tête fera son supérieur, l'officier Lawrence, lorsqu'il en déballera le contenu demain sur son bureau. « La roue vient de tourner mon vieux », murmure-t-il en répétant une dernière fois mentalement les étapes de son plan de reconquête. Brillant.

IV

Les cannibales

J – 1 : 10 heures, cave de McKay

— Faut se tirer d'ici.

Bérénice observe Tristan s'agiter, caresser les briques pleines le long des murs immaculés, à la recherche d'une faille. Du matériau solide extrait des carrières de calcaire typiques de l'époque romane. Tête d'œuf habite un monument historique. Ce crétin ne doit même pas le savoir.

Ils ont déjà fait l'inventaire des issues. La cave voûtée est éclairée par un soupirail grillagé. À peine de la taille d'une demi-lune. Impossible de passer à travers. Il donne sur une cour privée. Au-dessus d'eux, un plancher costaud.

Enfin, un escalier, d'où il a fait dévaler leurs corps, la veille. Les premiers bleus viennent d'apparaître. Il ne les a pas ménagés. Au bout, la porte. Trois verrous. Ils n'ont ni outil ni téléphone. Autant dire que s'évader relève du fantasme.

Bérénice, recroquevillée sur la couverture, tente de se concentrer. Si une solution se présente, elle ne pourra venir que de l'extérieur. Soudain, un fracas retentit au-dessus de leur tête. Des bris de glace. Puis des pas précipités font grincer le plancher. Il leur semble qu'on avance vers eux. Ils doivent être plusieurs. Le silence revient. Leur respiration se fige.

— Tête d'œuf se fait cambrioler ! chuchote Tristan, le visage illuminé d'une joie mauvaise.

Des pensées se précipitent dans le cerveau de la jeune fille. Ils ont deux options. Faire les morts, allongés sur leur couverture, ou essayer d'entrer en contact avec eux. Dans les deux cas, le danger est imminent. Seule la deuxième option leur laisse une chance de s'en sortir. Tristan et Bérénice se regardent, hochant la tête d'un air entendu.

Le vacarme reprend au-dessus d'eux. D'un bond, Bérénice se précipite dans les escaliers, tambourinant de toutes ses forces contre la porte. Tristan la rejoint, battant le chambranle à coups de pied. Les pas se rapprochent, à grandes enjambées.

Tristan serre le poignet de sa sœur. Il peut sentir son pouls s'accélérer sous la pression. Alors, il se met à hurler :

— La thune est ici ! Dans le coffre. On n'y a pas touché. Nous on veut juste se barrer !

De l'autre côté, les voix se taisent. Puis les pas s'en vont.

— C'est foutu, déplore Bérénice, se laissant tomber sur les marches.

Tristan colle son oreille à la porte.

— Ils vont faire péter les serrures et défoncer la porte. Pousse-toi !

Il entraine la jeune femme vers le point le plus éloigné de l'entrée, ramassant la couverture pour en faire un bouclier contre d'éventuelles projections.

De longues minutes s'écoulent encore. La jeune fille étouffe sous la couverture poussiéreuse, son frère lui interdit tout mouvement. La porte s'ouvre enfin, sans bruit.

Quand les mains de Tristan, tétanisées, lâchent le tissu, quatre individus déboulent dans l'escalier. Cagoule vissée sur une tenue de combat noire. Le jeune homme n'a pas le temps d'en voir plus. Aussitôt, des bras le soulèvent, tandis qu'on fixe un adhésif sur leur bouche. Bérénice se laisse couvrir la tête d'un sac. On l'installe sur une banquette. Une portière claque. Elle sent le corps de son frère se raidir derrière la ceinture qu'une main nerveuse boucle pour eux.

Quelques minutes s'écoulent, puis un puissant moteur vrombit. Au total, l'opération n'a pas duré plus d'un quart d'heure, la jeune fille en mettrait sa main au feu. Du vrai travail de pro. Et certainement pas celui de cambrioleurs. À moins, pense-t-elle terrifiée, qu'ils ne soient le butin.

***

Quand le boss arrive enfin rue du Chevalier-de-la-Barre, j'en avertis les quatre nouveaux qui se mettent en rang d'oignons dans la cour. Compte tenu de leur première rencontre désastreuse avec leur supérieur, je les sens tendus jusqu'à la moelle. Le boss ne fait rien pour se rattraper. Il les dévisage une seconde fois sans cacher sa déception. Sa colère atteint son paroxysme en apercevant Léa Effendi, dont le bonnet trop grand lui tombe sur le front.

— Qui m'a recruté des boulets pareils ? Et qu'est-ce que c'est que cette histoire de bonnet ? m'interroge-t-il, tout en dévisageant la gamine, prostrée devant lui.

— La petite a une cicatrice. Je n'ai pas encore regardé ses états de service mais elle a dû morfler.

Le boss balaie ma remarque d'un revers de main et poursuit, en désignant Vernet :

— Et ce grand escogriffe qui me regarde de travers ! C'est quoi cet animal-là ? J'ai plié des barbus plus costauds que lui dans ma carrière. Un pas de travers et il retourne dans sa grotte en rampant sur les coudes.

J'attends que la mauvaise humeur de mon chef s'estompe. Même si je partage ses premières impressions, on ne peut pas se permettre une réduction d'effectifs à quelques mètres de la scène de crime.

— Et ces deux-là, continue-t-il, déchainé, avec leur tête de puceaux qui bronzent en cabine ! Mais ma parole, ils les recrutent au berceau maintenant ? Qu'est-ce que vous voulez qu'on foute avec ces boulets ? Hein ? Ne comptez pas sur moi pour me coltiner tout seul la formation de ces empaffés.

Cette fois c'en est trop, même pour moi. L'équipe me regarde, attendant que je mette fin à la tempête. Je leur adresse un signe de tête compréhensif et je tire le boss à l'écart.

— Je me doute que vous espériez mieux. Mais je vous rappelle que les nouveaux recrutés connaissent leurs droits. Et l'humiliation collective n'en fait pas partie. Ce serait dommage d'avoir les RH sur le dos parce que vous ne savez pas gérer votre humeur de chien.

Le boss ouvre la bouche, estomaqué par mon culot. Je ne lui laisse pas le temps de me reprendre :

— En attendant, on a douze cadavres qui refroidissent et aucune piste. Prenez la sécurité en main, je m'occupe de la PTS. Ils finiront par prendre le pli. Et vous aussi.

Mon chef me tourne le dos en râlant et interpelle les deux agents de sécurité.

— Vous ! éructe-t-il à l'intention d'Effendi, servez-vous de votre gabarit de tirette de starter pour vous faufiler partout où un suspect pourrait avoir pénétré les lieux, en oubliant la porte d'entrée, ça va sans dire. Cherchez-moi la moindre trace d'effraction, la moindre feuille écrabouillée dans le parc, et pas par l'opération du Saint-Esprit.

Il se retourne vers Vernet, qui affiche un sourire jubilatoire. Sa mesquine satisfaction de troufion est de courte durée.

— Quant à vous, Vernet, sachez qu'il n'y a pas de place pour deux mâles alpha dans mon équipe.

La première est déjà occupée par la commissaire Dharmesh.

Je baisse les yeux sous l'effet de ce compliment aussi maladroit qu'inattendu, tandis que le boss flanque Vernet devant l'entrée.

— Postez-vous là, et faites les cent pas. Signalez-moi toute anomalie. Vous la voyez celle-là ? ajoute-t-il en désignant la caméra de sécurité qui filme la rue.

— Oui, monsieur le commissaire divisionnaire.

— Eh bien ouvrez vos mirettes. Je veux un rapport complet sur la vie du quartier. Je veux connaître le nombre de chiens qui viennent pisser contre la porte, rien ne doit vous échapper, vous entendez ! On ne trucide pas impunément douze bonnes sœurs en plein jour sans laisser de traces. Alors au boulot nom de Dieu !

— À vos ordres, monsieur le commissaire divisionnaire ! hurle Vernet, complètement galvanisé par les vociférations du boss, les mains sur la couture de son treillis.

Ziad déboule sur le perron, le visage déjà marqué par de profondes traces de fatigue. Le boss fonce vers lui.

— On arrive, gamin. Le renfort est mou du genou, mais va falloir composer avec. Agents Martin, suivez le lieutenant. Priya, conduisez les opérations. J'ai un coup de fil à passer et je vous rejoins.

Avant d'entrer, j'interpelle Ziad. Je fais signe à Kellya et Jordan de nous attendre dans le couloir.

— Du nouveau ?

— Rien de plus que cette serrure bouchée. Pas de traces d'effraction, j'attends que nos agents fassent le relevé d'empreintes, mais apparement, les sœurs n'ont pas été massacrées par une tierce personne.

— Comment alors ?

Ziad n'a pas le temps de répondre, Caroline Turpin nous appelle de la chapelle où elle nous attend depuis tout ce temps. Le couple Martin pénètre dans la pièce. Kellya marche d'un pas décidé vers la légiste, et se présente main tendue. Je scrute son visage, espérant qu'elle ne flanchera pas… Je note que les corps se sont encore rigidifiés depuis mon départ. Des taches rouges se dessinent à présent sous les tissus, tandis que l'horreur de la scène se révèle dans toute sa cruauté.

Caroline Turpin leur adresse un rapide signe de tête. J'observe une imperceptible crispation des mâchoires chez Jordan Martin, qu'il déguise en ouvrant sa mallette d'un geste sec.

— Je prépare les prélèvements ? demande-t-il, en secouant un flacon de luminol pour se donner une contenance.

— Briefing d'abord, si vous voulez bien, coupe la légiste. Je vous préviens, le crime auquel nous avons affaire n'est pas ordinaire. D'après la température des corps, les douze sœurs sont décédées vers 9 heures ce matin. La rigidification des muscles se poursuit comme vous pouvez le constater. Elle atteindra son pic vers 21 heures ce soir. Autant vous dire qu'il est parfaitement inutile de vouloir déplacer ni transporter les dépouilles avant, au risque de casser des os et de perdre des informations précieuses.

— Ça nous laisse environ quatre heures pour formuler nos premières hypothèses, dis-je.

— Les premières hypothèses, nous les avons déjà, m'interrompt Caroline.

Je lui jette un regard perplexe.

— Approchez-vous tous, nous ordonne-t-elle, en se penchant au-dessus du corps déchiqueté d'une des sœurs, dont la bouche béante révèle une cavité pourpre. Passez-moi la pince, demande-t-elle au couple, tandis qu'elle change de gants. Priya, tenez la lampe torche au-dessus du visage.

Je m'exécute, retenant un spasme de dégoût tandis que la pince métallique plonge entre les dents du cadavre, pour en extraire un morceau de chair ensanglanté, parsemé de poils. Caroline approche le lambeau de la lampe, désignant un autre corps.

— Vous aimez les puzzles ? lance-t-elle à la cantonade.

Personne n'a le cœur à répondre.

— Eh bien tant pis pour vous, il n'est pas trop tard pour vous y mettre. Parce que ce que nous avons ici est un des plus grands puzzles de chair humaine jamais éparpillé.

Sans nous laisser le temps de saisir le sens de sa révélation, elle déplace le morceau de chair pour le positionner au-dessus d'une béance, sur le pubis du cadavre voisin. Il réintègre parfaitement sa place, la toison pubienne étant à présent complète.

— Les sœurs n'ont pas été tuées. Elles se sont entre-dévorées, conclut-elle, sûre d'elle.

— Et la cause du décès est l'exsanguination, ajoute Kellya Martin à voix basse.

— Absolument.

Je plonge ma tête entre mes mains, abasourdie. Si l'horreur est confirmée, et que les sœurs se sont bien entre-dévorées, cela ne m'explique en rien pour quelle raison ces filles du Seigneur ont commis une telle abomination.

*
* *

Jour J : 14 h 15, antenne de la CIA, rue La Boétie

Voilà plus d'un quart d'heure que McKay poireaute, et il commence à trouver le temps long. Il n'a pas mis les pieds rue La Boétie depuis au moins deux ans, la CIA ne s'embarrassant plus à recevoir des ploucs de son espèce. Le chef de poste Lawrence n'a d'ailleurs pas daigné répondre à son appel. Monter à Paris, et faire le pied de grue jusqu'à ce qu'il soit reçu, reste donc la seule solution pour un NOC comme lui.

La gorge de l'officier se noue lorsqu'il pénètre dans les locaux, toujours aussi majestueux. Le contraste avec les terrasses ringardes qu'il fréquente au pays des cigales est d'autant plus cruel. On l'a fait attendre dans un hall qu'il connaît bien, abrité par un mur anti-attentat. À ses débuts, on lui aurait permis d'entrer directement par la rue de Courcelles, et on l'aurait reçu avec les égards dus à son rang, double scotch et cigare en prime.

Pour tuer le temps, il jette un œil à son portable, pour essayer de télécharger à nouveau les vidéos de sécurité prises dans sa cave. Avant son départ pour Paris la veille, le rouquin était affalé sur la couverture, et sa petite Bérénice avait perdu sa mine arrogante. Depuis sa sortie du train, son réseau est inaccessible. Un détail qui ne l'inquiète pas outre mesure, mais qu'il a hâte de régler dès qu'il sera sorti d'ici. « Restez tranquilles mes biquets, papa revient bientôt, et vous aurez votre part du gâteau », se console-t-il en replaçant le portable dans sa poche.

— Agent McKay ? demande la vieille secrétaire en uniforme qui vient se planter devant lui.

— Lui-même.

— L'officier Lawrence ne pourra pas vous recevoir ce matin.

McKay jauge la bique à lunettes et comprend qu'insister ne servira à rien. Pire, il pourrait se faire refouler à l'interphone la prochaine fois qu'il se présentera. Sans se démonter, il décide de changer de tactique.

— Bien sûr, je comprends. Vous aimez les produits naturels ? s'enquiert-il, de son timbre le plus avenant.

— Je vous demande pardon ?

— Je lui avais apporté quelques échantillons de produits cosmétiques du Midi. Pour sa femme. C'est encombrant et je suis venu en métro, s'excuse-t-il, lui tendant un sac en tissu. Des savons à la rose, des huiles essentielles, des crèmes parfumées. Elles sont à vous !

La vieille fronce les sourcils, agacée.

— Agent McKay, les cadeaux aux employés de notre institution sont considérés comme des tentatives de corruption. Veuillez quitter les lieux. Le chef de poste Lawrence a été informé de votre venue. Il vous contactera quand il le jugera utile.

D'un claquement de doigts, elle appelle deux gorilles qui encerclent McKay avant même qu'il ait eu le temps de riposter. L'officier affiche un sourire amer. Au placard jusqu'au bout alors. Il va devoir faire le boulot lui-même. Jusqu'à ce qu'ils comprennent. Et qu'ils ne puissent plus se passer de lui. Qu'à cela ne tienne.

D'un pas décidé, il se dirige vers le métro, direction la banlieue. Il a quelques emplettes à effectuer, en toute légalité. Et nullement l'intention d'abandonner.

*
* *

Il est plus de minuit quand je rejoins l'UC. Le transport des corps n'a pas été une mince affaire. Ils sont entreposés à la morgue, sur des bâches au sol.

Je suis lessivée et j'ai mauvaise conscience : je n'ai pas pu dîner avec Lison et Pandialé.

Assaillie par les images de ces corps meurtris qui se succèdent comme dans un mauvais film, je n'ai pas fermé l'œil de la nuit. Une seule chose au monde est capable de m'apaiser en situation de crise : courir en forêt avec mon lieutenant. Au petit matin, j'appelle Ziad en passant mon survêtement. Je file au pas de course en direction du parking où le gosse m'attend déjà. Lui non plus n'a pas dormi. Je sais qu'il est crevé, mais il n'en montre rien. C'est ce qui rend notre tandem précieux : aucun de nous deux n'est prêt à lâcher l'autre.

— Direction la forêt ?

— On retourne chez Marc.

Ziad frémit à l'évocation du prénom du père de Lison. Marc Ober. L'écrivain que nous avons dû accueillir à l'UC, parce que sa maison d'édition avait fait un gros chèque à une entreprise américaine nommée Témoin Numéro Un. La boîte offrait des séjours en immersion totale dans notre unité de criminologie, frissons garantis. Officiellement, le moyen pour lui de retrouver l'inspiration. Un pacte avec le diable conclu entre le gouvernement et TN1, pour tenter d'injecter des fonds privés dans notre secteur en pleine décrépitude. Une histoire qui s'est aussi mal terminée que le roman de l'écrivain.

— Tu sais que le boss ne veut plus te voir courir là-bas…

Je ne réponds pas. J'y vais tous les dimanches. Soi-disant pour surveiller l'héritage de Lison, en vente depuis la mort de ses parents. La vérité est moins glorieuse. J'ai besoin de retrouver le fantôme de la fille du boucher. Un pèlerinage qui vire à l'obsession. Parce qu'elle a réussi à me cacher ses crimes et sa fausse identité jusqu'à la fin. Et parce qu'elle me renvoie à mes failles. Il s'en est fallu de peu que j'y laisse ma peau. Je me suis juré que cela n'arriverait plus.

Ziad se gare à l'entrée du petit chemin qui conduit au garage en sous-sol du loft. Un lièvre nous fixe de ses yeux glauques, pris dans les phares jaunes du Duster. Une légère bruine se met à tomber. J'emplis mes poumons de l'odeur familière de l'humus et m'enfonce dans les bois, en petite foulée. J'entends le souffle régulier de mon lieutenant derrière moi. J'accélère.

Les troncs sombres défilent, mes pensées se perdent à nouveau. Lorsque nous dépassons la clairière, je repense à la jeunesse de la fille du boucher, penchée sous les arbres, fouillant les racines de ses mains à la recherche de champignons. Je ralentis, pour voir si j'aperçois moi aussi le précieux végétal dont Pandialé raffole. Ziad s'esclaffe :

— T'es un peu trop vieille pour te défoncer aux champis, tu ne crois pas ?

La suite se passe en une fraction de seconde. L'histoire de Pont-Saint-Esprit percute ma mémoire, en même temps qu'un point de côté fulgurant me plie en deux.

— Ça ne va pas, Priya ?

— Pont-Saint-Esprit, ça te dit quelque chose ?

Mon lieutenant fait non de la tête. Je me redresse, inspirant à pleins poumons. Je parle vite.

— Faut retourner au carmel. J'ai une histoire pour toi. Ça s'appelle : « L'affaire du pain maudit. » Je suis sûre que tu vas l'adorer.

Mon lieutenant ne dit pas un mot, habitué à mes brusques changements de cap. Nous rebroussons chemin et dix minutes plus tard nous remontons dans le Duster, trempés.

— Monte le chauffage, c'est pas le moment de tomber malade.

Ziad s'exécute. Il brûle d'impatience :

— Alors ça vient ?

— Ça se passe en 1951. T'étais pas né.

— C'est l'avantage de bosser avec une ancêtre. Raconte.

— Pont-Saint-Esprit est un bled paisible. Jusqu'à la nuit du 17 août. La presse locale dit que, cette nuit-là, le village a été frappé par le diable.

— Pourquoi ?

— À cause du comportement des habitants. Ils ont commencé à avoir des hallucinations. Des femmes ont raconté qu'elles avaient eu l'impression de brûler de l'intérieur. Certains se sont jetés du toit. D'autres ont dévoré leurs voisins.

— Tu veux dire comme nos bonnes sœurs ?

— Exactement. On a même retrouvé un gamin étranglé par sa mère. Ça a duré plus d'un mois. Au total, il y a eu une dizaine de morts et une soixantaine d'hospitalisations en psychiatrie. Certains n'en sont jamais sortis.

— Et soixante-dix ans plus tard, j'imagine que tu ne crois plus à cette histoire de diable…

— Non. Mais la présence de symboles religieux, comme dans notre enquête, est troublante. Au Moyen Âge, on appelle ce phénomène le « mal des ardents ». Ou encore le feu de saint Antoine. On pense qu'il frappe les infidèles.

— Tu veux dire les possédés dont on explique les accès de folie par une punition divine. Jusqu'à ce que la science fasse son travail, rigole Ziad.

— Quel travail ?

— Celui d'identifier les molécules responsables du dérèglement psychique des victimes.

— Tu as raison, ils ont fini par le comprendre en découvrant qu'elles se trouvaient dans l'ergot de seigle, un champignon parasite. Donc d'après toi, quel est le point commun entre tous les possédés du village de Pont-Saint-Esprit ?

— Le pain, répond Ziad.

J'acquiesce.

— On doit retourner sur place et vérifier les cuisines. Le réfectoire. Les factures envoyées par les fournisseurs. Vite !

Trente minutes plus tard, nous sommes au carmel. Par chance, personne ne traîne dans la rue. Nous entrons en silence, rasant les murs. Je sors ma lampe torche :

— Ne touche pas aux interrupteurs. On commence par la salle à manger.

La propreté des lieux me frappe : pas la moindre miette sur la table. Je doute que la prieure se soit livrée au ménage pendant que ses sœurs étaient enfermées. Je m'approche de la vaisselle : assiettes, bols, couverts sont secs. Les vivres ne semblent pas avoir été sortis. Je ne trouve que des verres sur l'égouttoir.

— Elles n'ont rien mangé hier matin, conclus-je.

Ziad me regarde sans comprendre.

— Ben elles ont dû jeûner. Ça se fait beaucoup chez ces gens-là. Ou alors, par solidarité, elles ont attendu le retour de la prieure pour se griller une tartine. Notre histoire de pain maudit tombe à l'eau.

Je me précipite vers la fontaine.

— Justement. L'eau, Ziad. C'est la seule chose qu'elles ont dû consommer…

Mon lieutenant me fixe, affolé.

— La fontaine. Faut vérifier la cartouche filtrante.

— Et prélever un échantillon.

Quelques minutes plus tard, je tiens le sac hermétique sur mes genoux, à destination des Martin. Je frémis en regardant le liquide transparent s'agiter dans la bouteille en verre, à côté de sa cartouche. Si nos suppositions sont exactes, la boisson que je rapporte est le pire danger jamais introduit dans notre UC.

V

L'eau bénite

Ambiance plombée dans la salle des icebergs. Avec trois heures de sommeil, mes agents ne vont pas faire de miracle. Le bronzage des Martin semble avoir viré au gris. Léa Effendi est encore plus pâle qu'à son arrivée. Je me dédouane en me répétant que les ordres viennent du boss. Je pose devant nous un plateau chargé de cafés fumants.

Mon chef en attrape un au vol, qu'il vide cul sec. Puis il retrousse les manches de sa chemise chiffonnée, et lève un doigt menaçant dans notre direction. Les veines de son cou se gonflent, décrivant des ruisseaux impétueux à la surface de sa peau rougie. Ça va encore barder.

— Ouvrez bien vos écoutilles parce qu'il n'y aura pas de session de rattrapage. Si j'ai bien compris votre rapport, Martin, vous n'avez pas fini d'analyser cette foutue flotte. Dans le doute, on dira qu'il y a assez de liquide là-dedans pour transformer tous les membres de notre UC en cannibales de la première heure. Un amateur d'aile ou de cuisse dans nos rangs ?

Tout le monde garde la tête baissée. L'humour noir du boss ne trompe pas mon équipe : le danger plane.

— Parfait. Alors je veux savoir comment ce fichu breuvage est arrivé chez les sœurs. C'est clair ?

Nouveau silence de plomb dans les rangs. Sautant du coq à l'âne, le boss me tire par le bras. Je me retrouve sur l'estrade.

— Priya, donnez-leur la version officielle.

Je ne sais pas de quoi il parle, alors j'improvise. Pas le moment de flancher devant mes ouailles.

— Soyez les plus discrets possible. Ne parlez à personne de ce carnage et…

— Quel carnage ? siffle le commissaire divisionnaire. Les sœurs sont décédées d'une intoxication alimentaire. Ça vous pose un problème, Priya ?

— Aucun, déglutis-je.

— J'aime mieux ça. Parce qu'il n'y aura qu'une seule version, et ce sera la mienne.

— Et pour les journalistes ? demande Ziad. On leur dit quoi ?

— Attendez-vous à du grabuge. La valetaille va vous coller à l'arrière-train comme le veau sous sa mère. Préparez-vous. Il ne s'agit pas d'un acte terroriste, mais d'un regrettable accident. Basta.

— Martin, faites un point sur vos résultats, m'enquis-je, on a besoin d'en savoir plus.

Mon agent, incapable de répondre, garde les bras croisés. Caroline vient à sa rescousse. Sa mine est grave. Du haut de l'estrade, je vois un frisson parcourir les épaules de mes coéquipiers, qui se tassent dans les cubes laiteux qui leur servent d'assise.

— J'ai une bonne et deux mauvaises nouvelles. Pour la bonne, on a identifié une des molécules. Il s'agit de l'hydroxy-dimethyltryptamine.

Je sursaute au nom du composé chimique contenu dans le champignon de Pont-Saint-Esprit.

— Oui, Priya, tu as vu juste, si ce n'est que le champignon qui contient la psilocine n'existe plus dans la région depuis le Moyen Âge.

— Donc il s'agit d'une molécule de synthèse, la coupe Jordan Martin, qui vient de recouvrer ses esprits.

— C'est le boulot d'un chimiste de haut vol et pas d'un chasseur-cueilleur, nous sommes d'accord, tranche la légiste. Maintenant, passons aux mauvaises nouvelles. Désolée de vous l'apprendre, mais les effets de la psilocine ne suffisent pas à provoquer le cannibalisme.

Je proteste :

— Pourtant, les rapports de l'époque sont formels : ce champignon parasite, l'ergot de seigle, provoque des hallucinations, une tendance à l'agressivité, à la paranoïa et au suicide.

Un rire gras éclate au fond de la salle. C'est Vernet.

— J'en ai boulotté des champis dans ma jeunesse. Et pas qu'une fois. Mais je n'ai jamais taillé dans le bifteck de mon voisin. Des marrades à se faire péter le bide, ça oui, j'ai même vu...

— La ferme ! feule le boss. J'ai autre chose à foutre que d'écouter vos Mémoires, Vernet. Martin, poursuivez.

— On a trouvé autre chose.

— Une substance présente dans l'eau et dans le corps des bonnes sœurs, précise Caroline.

— La méthylènedioxypyrovalérone, complète Jordan.

Le boss esquisse un geste d'impatience.

— Traduisez, Martin, tout le monde ne parle pas turc ici !

— De la MDPV ? le coupe Ziad. Mais c'est étrange, le truc n'a jamais été commercialisé.

— On dit du Cloud 9, le corrige Léa Effendi.

Toute l'équipe se retourne vers le fantôme qui vient de prendre la parole. Indifférente à notre stupéfaction, elle poursuit. Seules ses lèvres blêmes remuent, sur son visage gracile.

— On appelle ça aussi « sels de bain ». C'est interdit à la vente depuis 2012, mais quand on en cherche, on en trouve encore. C'est une saloperie. Un psycho-stimulant puissant, qui diminue l'inhibition. Un aphrodisiaque. Une des drogues que les violeurs préfèrent.

Le silence se fait, tandis qu'elle retombe dans son mutisme, comme un automate qu'on vient de débrancher.

— Donc cette flotte a pu provoquer un comportement agressif, des hallucinations, mais comment expliquer le cannibalisme ? relance Ziad.

— Comme Caroline Turpin vient de vous le dire, nous n'avons pas fini d'identifier les molécules du cocktail, répète Jordan.

— Hein ? glapit le boss, furieux. Mais qu'est-ce que vous attendez bon sang ! Au boulot ! Les autres, préparez-moi les sœurs de façon que leurs corps ne reflètent pas ce carnage. Il ne faudrait pas que l'évêque tombe en pâmoison en les voyant !

Mes agents quittent la salle, tandis que j'attrape une seconde tasse de café, absorbée par la contemplation du filtre à eau contaminé posé devant moi. Qui a bien pu le subtiliser aux cartouches saines, et pourquoi avoir provoqué cette barbarie dans un lieu de paix et d'amour, voilà qui me laisse sans voix. J'ai beau me concentrer, je ne trouve aucune réponse à ma question.

*
* *

Jour J : 14 h 30, antenne de la CIA, rue La Boétie

— La situation est sous contrôle, monsieur. L'agent McKay est retourné à son hôtel.

— Très bien. Rompez. Faites comme convenu. Je le veux ici pour 17 heures.

Quelle nuit… Sans doute l'une des plus excitantes de sa carrière. Le chef de poste Lawrence déboutonne sa blouse et quitte la zone blanche. Un espace aménagé dans le plus grand secret, sous le bâtiment principal, pour conduire les opérations délicates. D'un pas fébrile, il rejoint son bureau au premier étage, et défroisse le col d'un costume de flanelle qu'il porte très ajusté, pour flatter sa carrure athlétique. Il n'a pas encore pris le temps de se changer. C'est un quadra fringant à qui la vie parisienne réussit bien. Après dix ans passés dans les bureaux de la CIA à Rome, il savoure sa montée en grade. Il a conservé de son séjour italien un goût prononcé pour les costards de luxe, ainsi qu'un accent chantant, lorsque les circonstances le demandent. Pour brouiller les pistes, les agents de la CIA expatriés doivent s'exprimer dans la langue du pays avec l'accent européen de leur choix. Un truc vieux comme le monde pour éviter de repérer les Amerlocs qui déclenchait de sacrées crises de rire pendant leur entraînement en Virginie. Le français saveur italienne de Lawrence est beaucoup plus réussi que l'écossais frelaté de son NOC, qui le tient en haleine depuis trois jours.

Malgré son aptitude à gérer les situations de crise, il n'ignore pas que le coup imaginé par le faux veuf peut lui valoir la gloire ou la tête sur le billot. Bien sûr, Tête d'œuf lui servira de bouclier. Jusqu'à un certain point. Il avoue avoir été estomaqué en découvrant le machiavélisme de son agent. Il s'en est fallu de peu qu'il ne passe à côté du pot aux roses ; McKay étant plutôt du genre volcan endormi ces dernières années.

Il a rarement monté une opération aussi vite. Une heure après la découverte de McKay, son avion était en route. À bord, quatre de ses meilleurs hommes. Deux pour organiser le kidnapping des gosses, les deux autres pour récupérer les échantillons de Martinez, McKay n'ayant pas grâce à Dieu pensé à vider les stocks. Le lendemain, les biquets de McKay étaient bien au chaud en cellule rue La Boétie. Pendant que McKay comatait à l'hôtel, il orchestrait les événements du lendemain. Comment il a eu l'idée de cet endroit ? En s'inspirant des comptes rendus du vieil Écossais, qu'il lisait chaque jour avec attention. L'autre, persuadé de lui écrire dans le vide, s'amusait à lui rédiger des rapports sociologiques circonstanciés, fustigeant le rôle de l'islam, grand déclencheur du naufrage français.

Lawrence se félicite de sa vigilance. Il a toujours surveillé ses NOC, question de principe. La mixture des Martinez lui a donné des frissons. Pendant le carnage, il est resté rivé à son écran, incapable de détacher ses yeux du spectacle. Le premier test a réussi au-delà de ses espérances. La xénophobie a toujours engendré de puissantes machinations, Hitler en a donné la preuve à l'humanité. Le projet de Tête d'œuf est beaucoup plus subtil. En réveillant l'islamophobie dans un pays rongé par le communautarisme, Lawrence est sûr de mettre la France à genoux en trois mois. L'Europe suivra, laissant le champ libre aux États-Unis pour conclure de nouvelles alliances et renforcer sa suprématie mondiale. Le tout grâce à lui.

— Karen, apportez-moi un café, vous voulez bien ? susurre-t-il à sa fidèle secrétaire, qu'il sait comment amadouer.

La vieille bique accourt vers lui, se dandinant dans son tailleur.

— Monsieur ne préfère-t-il pas un thé à la cardamome ? Comme la dernière fois ? Il me semble que monsieur l'a bien apprécié.

— C'est vrai. Mais c'est indien ce truc-là, non ? Si vous alliez nous chercher de quoi nous restaurer, attendez…

Lawrence tapote sur sa montre connectée, cherchant l'application Communiteasy, un service de la mairie de Paris permettant d'identifier les communautés majoritaires par arrondissement. Très organisés, ces Frenchies. Une évolution prometteuse.

— Si vous voulez me faire plaisir, apportez-moi quelques pâtisseries arabes. Tenez, ça tombe bien, c'est dans le VIIe. Tout près de chez nous.

*
* *

Jour J : 16 heures, hôtel de McKay

En pénétrant dans sa chambre d'hôtel, McKay a envie d'un bain. Ôtant sa veste, il pose sur le lit le fruit de ses emplettes et commence à se dévêtir. Soudain, une envie lui vient. Il accompagnerait bien cette trempette d'images alléchantes. L'idée du corps de Bérénice séquestrée est un fantasme qui l'excite. D'un clic, il allume son portable pour essayer une nouvelle fois de se connecter aux caméras de la cave. Bingo.

L'écran de son ordinateur lui offre le spectacle stupéfiant d'une cellule vide. Fou de rage, il clique sur toutes les fenêtres, espérant une fausse manipulation. Ou un bug du système. Mais le moniteur continue à révéler l'infamie. Ses biquets se sont fait la malle. Impossible. Serrant les poings sous l'effet de la colère, il n'a pas le temps de se rhabiller lorsque deux hommes ouvrent la porte de sa chambre, le découvrant nu comme un ver, en pleine débandade.

*
* *

La sonnerie stridente du téléphone me fait sursauter. J'ouvre des yeux pleins de torpeur. Pandialé pose des rondelles de citron sur le front de Lison. Je n'y comprends rien. Je saute sur le combiné, découvrant que je me suis endormie tout habillée.

— Madame Dharmesh, c'est la vie scolaire. Lison est absente ce matin. Vous n'avez pas prévenu… s'indigne l'assistante d'éducation.

— Ma fille est malade, j'étais de service cette nuit, je n'ai pas eu le temps de vous appeler, improvisé-je d'un ton sec.

— Votre fille est malade et vous la laissez seule ?

— Je suis commissaire de police, j'ai des urgences professionnelles. Lison est avec sa grand-mère. Qui ne connaît pas les démarches.

— N'oubliez pas de remplir son carnet et de lui fournir un justificatif médical, rétorque la voix, agacée.

— Je ferai le nécessaire, au revoir, tranché-je, raccrochant le combiné.

Un mal de tête violent m'étreint ; il me faut interroger la prieure dans moins d'une heure : je dois prendre une douche.

— Comment ça va, ma chérie ? dis-je, déposant un baiser sur le front tiède de Lison, les yeux toujours clos sous les rondelles de citron.

— Pas fort, chuchote la petite voix.

Pandialé me tire à l'écart.

— Elle avait un contrôle de maths ce matin. Elle a eu mal au ventre toute la nuit. Un peu de repos ne peut pas lui faire de mal.

Ma mère semble avoir déjà pris sa décision, il est inutile de chercher à la contredire. L'heure tourne.

— Lison, tu y retournes demain, dis-je pour me donner une contenance, avant de foncer m'enfermer dans la salle de bains.

Je m'immerge sous le jet d'eau brûlante. Aussitôt, la vision de Marc Ober, le père de Lison, l'écrivain hanté par son œuvre, délaissant sa gamine, se déploie. Je frotte mon visage au savon aussi fort que j'ai haï cet homme. Emplissant mes joues d'eau, je crache son égoïsme et le mal qu'il a fait à la gosse. Vite, je sors de la cabine. Dans le miroir, je contemple cette femme entre deux âges, au teint mat. Moi. Des mèches sombres et embroussaillées encadrent son regard perdu. Elle a fait une promesse qu'elle ne tient pas. En passant un coup de brosse rapide dans ma tignasse humide, je me rappelle que je me suis juré de faire mieux. La culpabilité me gagne.

De retour au salon, j'ai la surprise de découvrir mon lieutenant, des caramels dans la main. Lison s'empiffre. Elle a retrouvé des couleurs.

— Alors, qui fait semblant d'être malade pour sécher le contrôle de maths ? lance Ziad, pour la taquiner, tout en s'emparant du sachet.

Ma mine se renfrogne. Il coupe court au malaise.

— Priya, tu me rejoins dehors ? On a du nouveau. Le boss veut nous voir.

Je m'habille à la hâte. Dans le couloir, je jette un œil aux alentours pour vérifier que les nouveaux ne traînent pas dans le coin. En chemin vers le bureau de mon chef, Ziad m'interpelle :

— C'est un acte intentionnel. Il ne peut pas en être autrement, nous sommes d'accord là-dessus. Les tarés qui ont fabriqué cette dope ont conçu un aller simple pour l'enfer. Pourquoi, d'après toi ?

La porte du bureau du boss est ouverte. À peine nous aperçoit-il qu'il s'exclame, la mine illuminée par l'excitation :

— Vous n'allez pas en croire vos oreilles !

Il nous colle un papier sous le nez. Un article de presse. L'affaire du pain maudit de Pont-Saint-Esprit.

Le boss arbore un sourire triomphant, Ziad l'observe, dubitatif. Je n'y comprends rien.

— Il existe une autre version à votre histoire de champignon, poursuit le boss. Un journaliste américain a rouvert le dossier dans les années 2010. Je vais aller droit au but. Il a découvert que le village de Pont-Saint-Esprit n'a pas été intoxiqué aux champignons. Il a été bombardé de nuit par des agents de la CIA. Mais pas par des missiles. Non. Par du LSD.

— Hein ? s'esclaffe Ziad. Bombardé au LSD ?

— Pulvérisation aérienne, si vous préférez.

Je garde le silence, sonnée par les révélations de mon chef. J'ai un interrogatoire à mener, et la journée va être longue. Je ne suis pas d'humeur à encaisser les fantaisies du boss.

— Dans les années 1950, la CIA travaillait sur la manipulation mentale comme nouvelle arme de guerre. Ils appelaient ça l'opération *Bluebird*, ensuite rebaptisée *Artichoke* ou artichaut, si vous préférez. Il s'agissait de mettre au point des armes chimiques, capables d'agir sur le psychisme de l'adversaire.

Le boss chausse ses lunettes et entreprend de nous lire une citation de l'article.

— « Nous est-il possible de faire commettre à un individu un acte d'assassinat contre sa volonté, sous l'influence d'*Artichoke* ? », c'est ce qu'espère découvrir la CIA en bombardant le village. L'idée, si vous préférez, ce n'est plus de détruire l'ennemi. C'est de faire en sorte que les ennemis se détruisent entre eux.

Mes cours d'histoire ont beau dater, je ne comprends toujours pas le lien entre l'organisation secrète la plus puissante du monde et ce patelin perdu. Ziad devance mes pensées.

— Et pourquoi les Américains s'en seraient-ils pris à des villageois planqués dans le trou du cul de la France ? rigole mon lieutenant.

— Parce que le village abritait les ancêtres d'une certaine Jacqueline Bouvier.

— Vous voulez dire Jacky Kennedy ? Mais quel rapport ? demandé-je, de plus en plus perdue.

— Nous sommes en plein contexte de guerre froide, s'enflamme le boss. Les Français sont accusés de collaborer avec les communistes et une branche de la CIA en veut au clan Kennedy. Le reste coule de source. Pont-Saint-Esprit leur offre des cobayes sur un plateau.

Je hoche la tête, perplexe. Cela ne nous dit pas qui est derrière tout cela. L'hypothèse du boss me paraît tirée par les cheveux. Je quitte le bureau sans mot dire, en direction du service des urgences psychiatriques. J'ai la prieure à interroger. Ziad me suit, aussi déboussolé que moi.

*
* *

Jour J : 17 heures, laboratoire de la CIA, rue La Boétie

Leur nouvelle cellule est une cage de verre. À peine plus sophistiquée que l'aquarium des souris de laboratoire que son frère maltraite. L'ironie du sort. Deux lits, une table, deux chaises. Pour s'occuper l'esprit, Bérénice observe les allées et venues autour d'eux. Elle n'a pas la moindre idée du lieu où ils se trouvent. Si ce n'est qu'une lumière artificielle les agresse en permanence. Pas de porte, pas de fenêtre. Sans doute un sous-sol. Oppressant.

La prudence lui intime de ne pas poser de questions. Les geôliers sont armés et masqués. Et ne parlent jamais en sa présence. L'apanage des terroristes. Ils n'ont exercé aucune violence à leur encontre depuis leur irruption dans la cave de Tête d'œuf. La veille, le trajet jusqu'à l'aéroport a été rapide, on leur a permis de retirer leur cagoule pendant le vol. Lorsqu'elle a demandé du Lexomil pour son frère, ils ont fourni le cachet sans faire d'histoire. Quelle que soit la raison de leur captivité, on les veut vivants. Pour le moment du moins.

L'homme vêtu de noir leur fait un signe derrière la vitre. La lucarne coulisse, Bérénice réveille son frère.

On les escorte jusqu'à un autre cube de verre, beaucoup plus vaste. Bérénice blêmit en reconnaissant Tête d'œuf, avachi et menotté dans l'un des fauteuils. Il se décompose en les apercevant à son tour.

De l'autre côté de la table, un homme d'une quarantaine d'années se lève à leur arrivée. Bérénice note son élégance, qui tranche avec l'austérité militaire des hommes en noir postés derrière lui. Il porte un costard gris clair, sur une chemise ouverte. Pas de cravate. Le genre faussement décontracté qu'auraient affectionné les parrains de son clan. Autre détail d'importance, il leur offre son visage à découvert. Le luxe du chef, en déduit la jeune femme, qui continue à dévisager le quadra.

Le chef de poste Lawrence observe les gamins d'un œil satisfait. Ce vicelard de McKay n'avait pas tort, la petite est gironde. Quant au grand escogriffe au regard perdu, il doit s'agir du petit génie du labo. Un duo intéressant, conclut-il avant d'embrayer, de son timbre le plus avenant :

— J'espère que vous avez fait bon voyage, que puis-je vous offrir à boire ?

Tristan répond par un grognement.

— Nous allons passer pas mal de temps ensemble, alors croyez-moi, autant apprendre à s'apprécier. Mais j'oubliais, vous devez être ravis de retrouver votre ami ! s'exclame Lawrence, se tournant vers Tête d'œuf.

McKay serre les dents. Sa rage croît à mesure que les secondes passent. S'ils sont allés chercher ses biquets jusque dans sa cave, ce n'est certainement pas pour jouer à la dînette. La zone blanche est réservée aux opérations confidentielles, Lawrence veut donc obtenir quelque chose de lui. Quelque chose que les deux gosses détiennent. Il rechigne à accepter l'abominable vérité. Son chef lui a piqué son bébé. Ses découvertes, et son seul espoir de revenir sur le devant de la scène. Les petits n'en savent encore rien, mais ils n'auront aucun moyen de refuser la coopération. Piégé comme un rat, il garde le silence, toisant son supérieur, qui lui répond par un silence insolent.

— Dites-moi, mes chers, lequel de vous deux a fabriqué ceci, demande Lawrence, sortant de sa veste un flacon translucide.

D'un accord tacite, Bérénice et Tristan gardent les yeux baissés au sol.

— Vous ne voulez pas parler. Très bien. Laissez-moi vous expliquer les choses. Je vous offre deux options. Collaborer, c'est-à-dire m'aider à produire beaucoup plus de cette précieuse substance, ou mourir.

— Vous nous tuerez dans les deux cas, rétorque Bérénice, sans ciller.

— Pas sûr, annonce Lawrence avec un cynisme calculé. Mais si vous choisissez la seconde option, la torture que vous subirez dépassera votre imagination.

— Nous sommes nés dans le berceau de la mafia, siffle Bérénice. Un pays que vous devez bien connaître, si j'en crois vos intonations. Peut-être bien que vous êtes de la famille vous aussi… Donc vous savez que j'ai vu la mort tous les jours, qu'ils m'ont appris à l'apprivoiser, quand je ne l'ai pas provoquée.

— Vraiment, la coupe Lawrence.

D'un claquement de doigts, il appelle ses sbires. Ils posent une tablette devant la jeune femme.

— Lancez la vidéo, ordonne le chef de poste.

Il ne faut que quelques secondes à Bérénice pour sentir la crise de Tristan monter. D'un bond, elle se jette sur le fauteuil de son frère, tentant de le protéger du spectacle d'horreur filmé en gros plan. En vain. Les sbires l'immobilisent, laissant son frère se tortiller sur le sol, hurlant d'une voix sinistre.

Par bravade, elle conserve les yeux grands ouverts jusqu'à ce que Lawrence, satisfait, referme la tablette d'un coup sec.

— Occupez-vous de lui, ordonne-t-il à ses assistants, soudain très sombre.

Les molosses s'exécutent, empoignant le jeune homme dont les convulsions augmentent.

McKay, horrifié, n'a pas bougé d'un cil. Il comprend à présent que cette enflure de Lawrence ne l'a pas attendu pour commencer les tests. Ils ont eu lieu au petit matin. Il n'a désormais aucune emprise sur les abominations qui en découleront. Bérénice, quoiqu'en état de choc, continue de fixer les deux hommes.

— Comme je vous le disais, reprend l'officier avec une joie mauvaise, vous allez nous aider à produire beaucoup plus de ce produit. Pas d'inquiétude, nous allons soigner votre frère. Ces désordres nerveux ne sont pas compatibles avec la manipulation en laboratoire, pas vrai mon cher ?

Il se tourne vers Tête d'œuf, avec une mine encourageante. McKay acquiesce, se décidant enfin à prendre la parole.

— Et la prochaine intervention est prévue pour quand ?

— Le plus tôt possible. Croyez-moi, ce ne sera plus un coup d'essai, s'amuse-t-il, un rictus péremptoire au coin des lèvres.

— Vous n'y arriverez pas, répond Bérénice, soudain très calme.

— Et pourquoi donc, ma chère ?

La jeune femme conserve le silence. Lawrence feint le découragement, calant son dos musclé au fond du fauteuil. Cette gamine l'amuse. Elle a du cran. Puis, d'une voix lasse :

— Nous avons fait déménager l'intégralité de votre laboratoire dans nos locaux, très chère. Absolument tout. Animaux compris. Une vraie ménagerie d'ailleurs.

— C'est bien ce que je dis, insiste la jeune femme, tenace.

Une lueur d'espoir s'allume dans l'œil de McKay. Il ignore ce que la petite a dans le crâne, mais cette obstination commence à lui plaire. Il s'en faut de peu qu'elle ne les oblige à retourner au pays du pastis. Un voyage dont il aimerait être, plus que tout au monde.

— Précisez, s'agace Lawrence.

— Nous collectons les déjections de Hayamatsumi. Dont les repas sont faits de souris génétiquement modifiées. Hayamatsumi, notre chouette, précise Bérénice.

— Et vous pensez que la région ne peut pas vous fournir de la volaille japonaise ?

— De la volaille, certainement. Mais une chouette qui ait survécu à la grippe aviaire, c'est plus difficile. Produisant des anticorps atypiques. Donc des déjections tout aussi particulières. Que nous laissons se décomposer sur un sol dont la biomasse est exclusivement locale. Ce que j'essaie de vous expliquer, résume Bérénice, c'est que la trouvaille de mon frère est le fruit d'un fragile équilibre. Une terrible erreur. Que nous ne pourrons reproduire qu'en retournant sur place, conclut la jeune femme.

Lawrence se lève, et se plante devant le fauteuil de Bérénice. Sans prévenir, il s'agenouille devant elle, parodiant la posture du chevalier.

— Votre chouette vous reviendra dans son univers naturel, très chère, je m'y engage personnellement.

— Et si nous refusons de vous aider ? le défie Bérénice.

— Vous voyez ceci ? demande Lawrence, agitant devant elle une seringue minuscule.

La jeune femme continue à le toiser, sans répondre.

— Mes hommes n'hésiteront pas à vous piquer, puis à vous enfermer avec votre frère et votre rapace. Votre fin sera filmée bien sûr, pour ma collection personnelle. Mais le plus triste, conclut Lawrence avec cynisme, c'est que vous ne récolterez jamais les lauriers de votre prodigieuse invention.

VI

Le Geisha

Il y a quelques années, McKay aurait adoré sa mission. Être envoyé en repérage dans un sauna libertin est un job pour lequel il aurait déployé tout son savoir-faire. Nu devant la glace de sa salle de bains, il observe ses bourrelets et se demande comment il osera se pointer, dans le plus simple appareil, devant les naïades en chaleur. Lawrence lui a permis de regagner son hôtel, et il n'est pas assez stupide pour imaginer qu'il puisse s'enfuir. Il connaît assez bien les rouages de la maison pour savoir que, désormais, la liberté dont il jouissait n'est plus qu'un lointain souvenir.

Une toison épaisse et peu ragoûtante couvre son torse de poils entortillés. Pas le genre à faire fureur dans les baisodromes. Il regarde sa montre : 14 heures. Plus le temps d'aller chez l'esthéticienne, à moins d'arriver l'épiderme à vif, comme un poulet qu'on vient de déplumer. La soirée « Débutants » est à 18 h 30. Il doit agir maintenant. Il sort son rasoir et s'enduit d'une mousse épaisse, essayant d'oublier sa ressemblance avec le bonhomme Michelin.

Quelques heures plus tard, un taxi le dépose devant Le Geisha. L'établissement huppé, en périphérie parisienne, présente à ses clients la façade d'une honorable bâtisse japonaise sur trois étages. Emplissant ses poumons pour mieux bomber le torse, McKay franchit la grille du jardinet de bonsaïs et se présente à l'accueil. Il est 18 h 45, il n'y a pas foule. Un homme sans âge, crâne rasé et queue-de-cheval de samouraï tombant sur sa nuque large, lui fait les honneurs de la maison.

— Première fois chez nous ?

McKay hoche la tête, mal assuré malgré le soin qu'il prend à dissimuler sa gêne. Il espère qu'on ne lui demandera pas sa pièce d'identité. L'autre le remarque et lui balance un :

— Détendez-vous. Dans une heure, vous serez comme un poisson dans l'eau.

Blasé, il lui tend un paquetage entouré d'un ruban rouge. Serviette en coton rêche mais propre, préservatifs et chaussons en papier à usage unique. « Pour ne pas glisser », précise le mastard.

— Suivez-moi, enchaîne le samouraï de pacotille, en sortant de sa cage en bois exotique.

McKay remarque qu'il porte un débardeur noir, laissant paraître ses bras déformés par la gonflette, couverts de dragons. Un gars qui prend son boulot au sérieux, se dit l'officier, plongeant ses mains dans les poches de son pantalon, pendant qu'il a encore le droit de le garder.

L'autre le conduit dans le vestiaire, une salle carrée dont les murs sont couverts de casiers de bois peints en noir. Un numéro, en rouge, se détache sur chacun d'entre eux. Un bracelet magnétique étanche fait office de clé.

— Pour se déshabiller, c'est ici, commence le molosse. Le vestiaire est mixte. C'est calme ce soir, pas de bol pour vous. Mais ça vous permettra de prendre la température. Les vêtements ne sont pas autorisés au-delà de cette ligne. Vous pouvez garder la serviette autour des hanches si vous préférez. La douche est obligatoire avant et après, vous trouverez des distributeurs de capotes sur tous les murs, et des poubelles. Il est interdit d'uriner et de cracher par terre, pour le reste c'est à vous de voir. Besoin de savoir autre chose ?

— Ça va aller, répond McKay, de plus en plus mal à l'aise.

Le vestiaire est vide, c'est une aubaine. D'un œil averti, il cherche les caméras de sécurité : il n'est pas là pour une promenade de santé. Rien dans cette première pièce, ni sans doute dans les autres, pour le respect de la vie privée du client, se réjouit-il. Il garde à la main sa caméra portative étanche, et planque le reste autour de son ventre, à l'aide d'adhésifs. Pas de Jacuzzi pour lui. Puis, arrimant sa serviette autour de sa taille, il quitte le vestiaire d'un pas nonchalant.

Le bassin, d'une taille imposante, occupe tout le rez-de-chaussée. Deux vieux Blancs y discutent, aussi à leur aise qu'au bar du coin. Ils ne prêtent aucune attention à McKay, qu'ils ont instinctivement classé dans une catégorie sans intérêt.

Le lieu, trop ouvert, ne lui semble pas propice à l'exécution des opérations. Il est aux commandes d'un projet sérieux, pas d'un remake des *Dents de la mer*. De son point de vue, Lawrence a saboté la première opération. Puisque la seconde s'effectue sous son commandement, il entend soigner le scénario.

Au premier étage, deux femmes d'âge mûr se pelotent sans conviction dans l'une des six alcôves situées de chaque côté du couloir. Manque de bol, les portes sont toutes équipées de plusieurs trappes, pour faciliter le plaisir des voyeurs. Voilà qui posera un problème d'étanchéité, constate l'officier, collant son œil à l'orifice. Une violente odeur d'antiseptique bon marché et de Skaï chauffé agresse ses narines. Malgré le raffinement de la décoration, Le Geisha pue le fauve. Curieux, il lève les yeux à la recherche du système d'aération. Un endroit parfait pour planquer ses mouchards. Une fois sa tâche accomplie, il poursuit son chemin au deuxième étage, vaste terrain de jeux pour adeptes de bondage, fétichisme et sadomasochisme. Il se prend à rêver au corps de Bérénice en caressant les menottes vissées à une croix de saint André, lorsqu'une voix fluette le fait sursauter.

— Ça vous tente ? lui susurre une gamine nubile, plate comme une limande-sole.

Pas du tout son style, un ramassis d'os saillants sur une figure en pointe.

Sans demander son reste, l'officier s'engouffre dans les escaliers du troisième étage, découvrant à sa grande satisfaction le théâtre idéal pour l'exécution de ses projets. Un sauna norvégien six places, à la fermeture parfaitement hermétique. Jetant un œil à gauche et à droite pour vérifier que l'intruse famélique ne l'a pas suivi, il se précipite dans la cabine de bois, qui pour changer fleure bon l'eucalyptus et la pierre volcanique. Il en ressort dix minutes plus tard, délesté de son équipement ventral.

Puis il redescend en sifflotant, rêveur devant les *glory holes* qui percent le panneau laqué à l'emblème du Geisha. Quelques minutes plus tard, il passe à nouveau devant le molosse de l'accueil, lui rendant paquetage et bracelet.

— Ben dites donc, vous êtes un rapide. Vous partez avant la bataille, mon gars, la fête n'a même pas commencé.

— Je reviendrai, promet McKay avant de s'engouffrer dans le taxi qui l'attend, planqué au coin de la rue.

*
* *

Comme Caroline Turpin me l'a promis, le service des urgences psychiatriques ne fait pas d'histoire pour me conduire à la chambre de la prieure. Une infirmière plutôt avenante me donne les consignes.

— Vous avez environ vingt minutes. La patiente est fatiguée mais son état s'est stabilisé. Elle ne semble pas avoir subi de pertes de mémoire. Quoi qu'il en soit, évitez les questions trop brutales ou tout ce qui pourrait lui causer des émotions désagréables. Elle est encore fragile.

— Je vous remercie, dis-je, en pénétrant dans la chambre individuelle, non sans appréhension.

Je peine à reconnaître la prieure qui m'a accueillie quelques jours plus tôt. Sans sa tenue stricte et sa coiffe, elle ressemble à un hibou désorienté, la tête blanchissante aux cheveux courts perdue sur l'oreiller. Ses mains jointes tiennent un chapelet. Elle me regarde avec insistance tandis que je m'installe sur la chaise à côté d'elle.

— Bonjour, ma mère, comment vous sentez-vous ce matin ?

Elle ignore ma question, pressée d'entrer dans le vif du sujet.

— Vous avez du nouveau ?

— Pas grand-chose. L'enquête de voisinage n'a rien donné pour l'instant.

La prieure semble soulagée à l'annonce de cette nouvelle. Je me demande bien pourquoi.

— Évidemment. Notre carmel est une institution respectée. Cette tragédie passera pour une terrible injustice aux yeux des hommes. Vous privilégiez la piste de l'intoxication accidentelle, c'est bien ça ? On m'a appris que le filtre à eau était contaminé ?

— Qui vous a dit ça ?

Un voile passe devant ses yeux, quelques larmes roulent, je lui tends un mouchoir.

— Ma mère, je suis désolée, mais je ne peux vous fournir aucune information sur les avancées de l'enquête pour l'instant. Croyez-moi, je le déplore sincèrement.

J'approche ma chaise de son lit, et me penche vers elle, adoptant le ton de la confidence. Mon instinct me souffle qu'elle me cache une information cruciale. Je me lance :

— Il est très important, à ce stade des recherches, que nous écartions la piste criminelle. Votre témoignage est d'une importance capitale, tout comme la confiance que vous m'accordez. Vous connaissiez-vous des ennemis ma mère ? Auriez-vous reçu les jours précédant ce drame un appel anonyme, une lettre de menace, quoi que ce soit d'inhabituel, qui aurait pu alerter votre vigilance ?

Je la vois fermer les yeux et se murer dans un bref silence. Puis, d'une voix raffermie :

— Mes filles ont donné leur vie pour servir le Seigneur. Malgré les dérives que notre société connaît, notre démarche est respectée. Je n'arrive pas à croire à un acte criminel. J'ai beau connaître la nature humaine, j'ai foi en mon prochain. C'est une épreuve. Terrible. La pire sans doute que j'aie eu à traverser depuis mon noviciat. Mais elle ne sera pas l'occasion de me tourner vers la haine, la vengeance, ou quelque forme de colère que ce soit.

Elle retrouve tout à coup son aplomb et me sermonne, un doigt menaçant levé dans ma direction :

— « Vous avez appris qu'il a été dit : Œil pour œil et dent pour dent. Eh bien ! Moi je vous dis de ne pas riposter au méchant ; mais si quelqu'un te gifle sur la joue droite, tends-lui encore l'autre. »

Je ne suis pas une de ses ouailles et son ton de pédagogue m'agace. J'essaie pourtant de me montrer coopérative. De vieux souvenirs de catéchisme me reviennent. Je m'empresse de répondre, espérant l'adoucir.

— Jésus. Le Sermon sur la montagne, c'est bien ça ?

Elle hoche la tête, satisfaite.

— Ne vous torturez pas. Mes filles sont en paix. Faites-en autant. Et surtout, aucune déclaration dans la presse. Après l'enterrement, j'irai me retirer dans un autre carmel. J'y ferai vœu de silence. C'est notre dernière conversation.

— Vous croyez en la justice divine, lui demandé-je à brûle-pourpoint, pour tenter de poursuivre l'échange, qui n'a duré que cinq minutes.

— Ce n'est pas un registre dont je puisse m'entretenir avec vous. Vous êtes une bonne fille, commissaire Dharmesh. Je ne peux pas vous en vouloir d'accomplir votre travail avec conviction. Allez dans la paix de Dieu.

Frustrée, je me lève, sentant qu'elle ne dira pas un mot de plus.

— Au revoir ma mère, dis-je d'un ton sec.

Dans le couloir, je rallume mon portable. Quatre appels en absence. Ziad m'attend sur le parking, surexcité.

— Elle nous a planqué une preuve, lâche-t-il.

À ma grande stupeur, Léa Effendi descend à son tour du fourgon, toujours aussi blafarde. Ziad pousse la gamine vers moi. Elle me tend une grande enveloppe sous scellé, ainsi qu'une paire de gants.

— Qu'est-ce que ça veut dire ?

Léa Effendi rajuste son bonnet et m'explique, tandis que j'ouvre l'enveloppe :

— J'ai procédé à une inspection en règle du bureau de la prieure. J'ai crocheté les tiroirs, ouvert tous les livres de la bibliothèque, jusqu'à ce que l'idée me vienne de soulever la bible massive posée sur son bureau.

Je m'impatiente :

— Et alors ?

— Le livre était léger comme une plume.

— Un leurre ? Je ne savais pas qu'on en fabriquait avec des objets sacrés.

— Cette bible-là a été évidée de toutes ses pages. C'est une boîte à secrets. C'est là que je l'ai trouvé.

Intriguée, je chausse mes lunettes. Dans l'enveloppe, je reconnais un exemplaire de la une du *Charlie Hebdo* représentant la caricature de Mahomet, qui avait valu aux rédacteurs de subir la vengeance d'un attentat terroriste au journal et de perdre ses plus précieux collaborateurs.

— J'ai trouvé cette note griffonnée à l'intérieur.

Elle désigne de l'index une phrase au crayon, sans doute de l'arabe.

— « *Harakat al-muqâwama al-islâmiya* », lit Ziad.

— Comment voulez-vous que je déchiffre un truc pareil ? dis-je, agacée.

Docile, Léa Effendi me présente une traduction sur son bloc-notes.

— C'est de l'arabe. Cela signifie : « mouvement de résistance islamique ».

— Dont l'acronyme donne Hamas, si tu vois ce que je veux dire, complète Ziad.

Sidérée, je regarde mes agents. Le procédé me paraît trop grossier pour ressembler à une piste. Impossible cependant de l'écarter, nous n'en avons pas d'autre.

— Quand avez-vous mis la main là-dessus, agent Effendi ?

— Ce matin, commissaire.

— Vous êtes retournée au carmel aujourd'hui ? dis-je, éberluée. Mais de quel droit ? Et sans m'en parler, en plus ?

— Je suis le seul responsable, me coupe Ziad. J'étais sûr qu'on avait oublié quelque chose. Je ne voulais pas avoir l'armada sur le dos. Mon instinct me disait que le filtre à eau contaminé n'était pas le seul indice. J'ai embarqué Léa avec moi. Elle a recommencé la fouille du bureau.

— Je serai dans l'obligation de faire remonter ça au boss, menacé-je, les fixant tous les deux.

— Je vous présente mes excuses, commissaire. Je pensais que le document nous aiderait.

— C'est le cas, agent Effendi. Mais la prochaine fois, veuillez travailler dans les règles. Maintenant, attendez-moi ici. Le mensonge est un péché, je vais me faire un plaisir de confesser notre bonne femme.

Je tourne les talons, la caricature sous scellé en main, et m'engouffre dans le hall de l'hôpital, bien décidée cette fois à obtenir la vérité. Coup de chance, le couloir est vide lorsque j'entre sans frapper dans la chambre de la prieure. Elle sursaute en m'apercevant.

— Rebonjour ma mère. Avant votre vœu de silence, y aurait-il quelque chose dont vous auriez oublié de me parler ? articulé-je, comme si je m'adressais à une gamine prise la main dans le sac.

D'un geste vif, elle tire sur la sonnette. Cette vieille bique vient d'appeler l'infirmière.

— Vous ne devriez pas jouer à ça. D'une manière ou d'une autre, vous devrez expliquer comment cette page a pu se retrouver dans votre bible. La rétention de preuve est une infraction au code pénal. Vous vous sentiez menacée. Voilà pourquoi vous avez appelé notre UC plutôt que le Samu.

Je n'ai pas le temps de poursuivre. L'infirmière qui m'a accueillie entre, surprise de me trouver encore là.

— Pouvez-vous demander à la commissaire Dharmesh de se retirer ? chuchote la mère supérieure, d'une voix de mourante. Ses questions m'ont fatiguée. J'ai dit tout ce que je savais. Je souhaite qu'on me laisse me reposer.

L'infirmière me reconduit jusqu'à la porte, sans me laisser le temps de lui expliquer la situation. Je sors pour la seconde fois bredouille, avec la désagréable sensation de m'être fait manipuler comme une bleue. Au nom du Seigneur, c'est encore plus rude.

De retour sur le parking, je m'engouffre dans la camionnette, de sale humeur.

— On file à l'UC, ordonné-je à l'intention de mon lieutenant, les yeux fixés sur le journal.

Je ne suis pas pressée d'expliquer la situation au boss.

*
* *

Ils n'ont pas perdu de temps. Deux jours en tout et pour tout. Le mafieux en costard a tenu promesse. Assise à même le sol, Bérénice contemple sa chouette adorée se cogner contre la surface en Plexiglas, reprendre son vol, avant de heurter la paroi suivante. Un spectacle insupportable. Pourtant, elle reconnaît les moindres branchages, le perchoir de racines sèches et de mousses, les orchidées, l'humus brun mêlé aux fougères. Maintenant qu'ils ont trouvé la poule aux œufs d'or, elle reçoit un traitement royal. À l'exception de leur obstination à vouloir parquer tous les êtres vivants de ce lieu dans des aquariums, sans doute pour leur rappeler qu'ils ne sont que des cobayes au service d'une expérience qu'elle redoute plus que toutes les horreurs qu'elle a vécues, c'est dire.

Ce matin, Tristan est parti travailler. Ils l'ont mis sous traitement. Il n'a pas fait de nouvelle crise. Depuis qu'ils ont compris qu'elle n'y était pour rien dans la découverte de la nouvelle substance, ils lui interdisent l'accès au laboratoire. Ils ont peur qu'elle ait une mauvaise influence sur son frère. Ils ont bien raison. Elle le retrouvera ce soir, dans leur cellule sous surveillance. Impossible d'échafauder un plan d'évasion. Pour l'instant.

Depuis l'interrogatoire, elle n'a pas revu Tête d'œuf. Quelque chose lui dit que son salut viendra de lui. Il lui faut juste être patiente. Tout comme elle l'a été pendant ces longues années de captivité sous l'emprise de sa mère.

Effleurant du bout des doigts le tronc sur lequel elle est assise, elle répète à voix haute un proverbe chinois appris par cœur, un jour de torture : « Si tu attends suffisamment longtemps assise au bord de la rivière, tu finiras par voir passer le corps de ton ennemi. » Alors, dans un effort de concentration, elle visualise le torrent imaginaire, et le flot de cadavres qu'il charrie. Puis elle sourit.

*
* *

Lison me colle un baiser sur la joue avant de me répéter les instructions pour la troisième fois depuis que le réveil a sonné.

— Tu te gares sur le parking visiteurs. Ensuite, tu vas à l'accueil et tu dis que tu es la mère de Lison Ober, et que tu viens en tant qu'accompagnatrice pour la sortie des 4e au Numérilycée.

Je sursaute en entendant le nom du bâtiment qui déchaîne l'opinion publique depuis sa sortie de terre il y a six mois. Le prototype est l'objet de vives discussions entre ma fille et moi, creusant notre conflit générationnel. Je préfère botter en touche.

— Ne t'inquiète pas, j'ai tout retenu. Je vais demander si tu travailles bien en classe, si tu as un amoureux et si tu mets bien tes lunettes en cours de maths, ajouté-je d'une voix espiègle.

Lison me fusille du regard.

— Tu te rappelles l'heure ?

— Le bus part à 14 heures pile, mais je dois être là à 13 h 30 pour aider à faire l'appel.

— Très bien. Alors à tout' !

En un éclair, elle disparaît de l'appartement, laissant derrière elle l'effluve fruité que j'aime tant. Cette sortie scolaire m'ennuie au plus haut point, mais elle démontre mon engagement dans cette nouvelle aventure qu'est la maternité. Et mon sens du sacrifice pour y parvenir : je n'ai pas une once de patience. L'idée de me retrouver coincée dans un bus plein d'adolescents me file des angoisses insoutenables. Par-dessus le marché, l'expérience personnelle me fait défaut. Je ne me souviens pas avoir déjà participé à ce genre d'excursions, nos sorties scolaires se résumant à un pique-nique au lagon de l'Hermitage, au cours duquel nous n'avions pas le droit de nous baigner, sécurité oblige.

Quant au motif de la sortie – initier les futurs lycéens aux outils numériques leur permettant de suivre la moitié des cours chez eux dès l'entrée en seconde –, j'y suis totalement réfractaire. Je m'arrache les cheveux en pensant aux économies gouvernementales réalisées sur le dos de l'Éducation nationale pour payer des profs qui tripleront l'effectif de leurs classes virtuelles, réduisant ainsi le nombre de postes. Ce n'est pas l'avis de ma gamine qui se réjouit déjà à l'idée de recevoir un équipement numérique flambant neuf, lui garantissant des cours en réalité virtuelle et autres oripeaux destinés à masquer la plaie qui nous gangrène : notre incapacité grandissante à garantir le vivre-ensemble et les valeurs de la République dans l'espace éducatif.

Comme si ça ne suffisait pas, je n'ai pas encore revu le boss, et j'appréhende. J'ai mis ces deux jours à profit pour peaufiner mes hypothèses et envoyer le journal au labo. Je prie pour que les Martin m'aient trouvé quelque chose. J'embrasse Pandialé avant de quitter l'appartement, la boule au ventre.

— Tout se passera bien, ma fille. Il a besoin d'une femme de ta trempe.

Pandialé a une fois de plus deviné mes pensées. Je fais semblant de ne pas comprendre l'allusion. Je sais à quel point ma mère aimerait voir un homme comme le boss, divorcé et célibataire depuis des lustres, me passer la bague au doigt. Elle n'a jamais renoncé à me voir rejoindre les rangs, malgré mon âge. J'ai repéré son petit manège et les efforts qu'elle déploie pour garder mon chef à dîner le plus souvent possible.

Ce rapprochement, je me refuse à l'imaginer. J'ai relégué ma vie sentimentale aux oubliettes depuis belle lurette. Sans parler de nos deux caractères explosifs. Je me répète que ma priorité est d'apprendre à être mère. Un défi que je peine à relever.

Nerveuse, je tire sur le col de ma veste avant de m'engouffrer dans l'ascenseur, direction le dernier étage. Toute l'équipe est à nouveau réunie. Le boss scrute le journal. Il ne m'adresse pas un regard. Je prends place sur l'estrade et commence le briefing.

— Compte tenu de la découverte, il y a deux jours, d'un exemplaire du *Charlie Hebdo* par l'agent Effendi, à l'intérieur duquel la devise du Hamas a été griffonnée, nous devons à présent envisager la piste terroriste. Jordan, le relevé d'empreintes a donné quoi ?

— Pas d'autres empreintes que celles de la prieure sur le journal. Idem au carmel. Les gars sont pros, se lamente-t-il.

L'impuissance se lit sur son visage.

— Qu'est-ce qui vous fait penser qu'ils étaient plusieurs ?

— Aucune idée, avoue Jordan, un peu confus.

Vernet lui coupe la parole.

— J'aurais très bien pu faire ça tout seul, fanfaronne le briscard. Ce carmel, c'est tout sauf Alcatraz. Les sœurs ont un emploi du temps réglé comme du papier à musique, j'ai photocopié leur planning. Tenez, ajoute-t-il, en se levant pour m'apporter une feuille calligraphiée en pattes de mouche. Elles fréquentaient cette fichue chapelle six fois par jour. De 6 heures à 7 heures pour l'oraison, de 8 heures à 9 heures pour l'eucharistie, moment de notre scène de crime, de 13 heures à 14 h 30 pour la lecture spirituelle, de 17 heures à 18 h 30 pour les vêpres, puis de 21 heures à 22 h 30 pour les matines. Une véritable autoroute spatio-temporelle pour n'importe quel taré désireux de s'infiltrer peinard.

Je hoche la tête, surprise par sa perspicacité.

— Dites-moi, agent Vernet, vous avez officié dans la sécurité pendant votre carrière, n'est-ce pas ? Quel créneau auriez-vous choisi pour pénétrer dans les lieux sans vous faire repérer ?

L'agent répond sans hésiter.

— Je me serais pointé pendant les matines, mais sans les faire sonner, s'esclaffe-t-il, déçu que personne n'ait jugé bon de rire à son piètre mot d'esprit. Et je serais passé par la porte. N'importe quel serrurier est capable de vous ouvrir ça en moins de trois minutes. Ce n'est même pas une serrure trois points. Incroyable que la ville de Paris n'ait pas investi pour sécuriser ce monument historique.

— Accouchez, Vernet, s'impatiente le boss. Vous auriez fait quoi après avoir franchi la porte ?

— Sachant que la prieure assiste à toutes les prières avec ses sœurs, je ne me serais pas fait de bile. Je me serais mis en planque dans le jardin du cloître, derrière un muret. Elles n'ont pas le droit de s'y promener avant le temps libre qui précède le coucher, j'ai vérifié. Vers 1 heure du mat, j'aurais changé le filtre à eau, ni vu ni connu, puis je serais retourné roupiller.

— Et si l'une d'entre elles avait eu soif pendant la nuit, et qu'elle était venue se servir en cuisine ?

— Impossible, tranche Vernet. Elles ont l'eau courante dans chaque cellule, donc aucune raison de jouer aux somnambules. Sans compter que les couloirs ne sont pas chauffés, et que ça pèle sec les pierres froides.

— Et ensuite ? demandé-je, curieuse d'entendre la fin de son scénario.

— Ensuite ça passe crème. De toute évidence, le tueur connaissait l'emploi du temps de la prieure. Dès qu'elle a quitté le carmel, il est sorti de sa tanière. Après avoir vérifié que les sœurs étaient bien entrées dans la chapelle, il a commencé à colmater la serrure, à l'ancienne. Et puis il a levé le camp. Pas vu, pas pris.

— Je ne pense pas qu'il se serait privé d'assister au carnage, le contredit Ziad. Vu le niveau d'atrocité, il a dû se faire une joie de mater le résultat. Peut-être même qu'il l'a filmé, pour pouvoir se faire mousser de retour chez lui. Pour les tueurs, ces vidéos sont de véritables trophées.

— Dans ce cas, conclut Vernet, il a pu passer une fibre optique par le trou de la serrure et faire quelques prises, avant de colmater l'orifice et de se barrer. Il avait du temps devant lui, et personne pour l'empêcher d'agir. Une organisation de maestro.

— Et la vidéosurveillance de la rue, la veille ? Toujours rien ? demande le boss.

— Rien, souffle Ziad. Je suis d'accord avec Vernet. C'est du boulot de maître.

— Reste à savoir pourquoi la prieure vous a caché le journal, Priya. J'ai vérifié, elle l'a effectivement reçu la veille du drame. Mais pas par la Poste. Il a été déposé dans son bureau. Les types en ont sans doute profité pour faire un repérage des lieux. En toute discrétion. C'est tout de même curieux qu'elle ait dissimulé cette preuve, me tance mon supérieur d'un air sévère, comme si j'étais responsable du mensonge de la vieille.

Je me vexe :

— Ça ne me surprend pas, bien au contraire. Cette femme œuvre pour l'œcuménisme. Avouer qu'elle ait pu être la cible d'un terrorisme islamique s'apparente à un échec pour elle. Alors je suppose qu'elle a préféré ignorer la menace plutôt que d'appeler les flics. Un déni qui a coûté la vie à ses sœurs. C'est là sans doute le seul acte pour lequel elle puisse éprouver de la culpabilité. Ce n'est pas une terroriste.

Le boss a l'air satisfait de ma réponse. Il se lève et donne les instructions :

— Si vous le dites, Priya. Ziad, tu continues à m'éplucher la liste des fournisseurs qui livraient les sœurs à Montmartre. Ils avaient accès au bâtiment, donc un excellent alibi pour s'infiltrer. Effendi et Vernet, vous me faites un point sur les dernières agressions revendiquées par le Hamas ces six derniers mois. Je vais quant à moi joindre la Mosquée de Paris pour les titiller sur leurs rapports avec le carmel. Priya, vous…

Je me rapproche de lui, pour ne pas être entendue du reste de l'équipe.

— Je ne suis pas là cet après-midi, j'ai posé ma demi-journée.

Le boss écarquille les yeux.

— Je ne me souviens pas de vous avoir donné une autorisation pour des cours de tai-chi, ironise-t-il.

— J'accompagne le voyage scolaire de Lison. Au Numérilycée.

Immédiatement, son ton se radoucit.

— Ah oui, c'est vrai. Embrassez la petite pour moi. Dites-lui que je passerai la voir demain soir. Pandialé m'a promis des samoussas, ajoute-t-il, content de sa confidence.

Encore un pion avancé par ma mère. Quand j'entre dans l'ascenseur, mon agacement se transforme en colère.

*
* *

Le bus est ralenti par les bouchons. Lison s'est assise à l'arrière, entre une asperge à cheveux bleus et un petit à lunettes en survêtement de camouflage. Je me retrouve seule à l'avant, avec la prof de français, une blonde surexcitée qui m'a déjà raconté toute sa vie. L'enfer pour l'asociale que je suis.

— Alors, c'est en bonne voie pour l'adoption de Lison ? me demande la pie, dont les faux cils battent comme les ailes d'un papillon affolé.

— Je n'en sais rien. Je n'ai pas le profil idéal. Toujours en vadrouille. Pas mariée. Pas la candidate rêvée.

Dans ma poche, mon téléphone se met à vibrer. Je regarde l'écran, espérant un appel de mon boss, l'excuse parfaite pour couper court à la conversation avec ma voisine. Je ne suis pas loin du compte, c'est Ziad au bout du fil.

— Priya, regarde par la fenêtre, débite-t-il, on est sur la bande d'arrêt d'urgence. Tu nous vois ?

Je me penche, puis hoche la tête, interloquée en reconnaissant le fourgon de l'UC et la tête de Vernet derrière le volant.

— Descends tout de suite et rejoins-nous. Le boss est sur place. Je t'explique tout dès que tu seras avec nous. Grouille-toi !

D'instinct, je me lève pour jeter un dernier regard à Lison, occupée à essayer le casque audio de son voisin bigleux. Je n'ai pas le courage d'aller lui expliquer mon départ ni d'affronter sa déception.

— Quelque chose ne va pas ? me demande la blonde d'une voix qui commence à dérailler.

— Ecoutez-moi bien, lui chuchoté-je, attrapant son bras pour la tirer vers moi. Je vais arrêter ce bus trente secondes pour en descendre. Vous préviendrez Lison que j'ai été appelée en urgence par Ziad. Par Ziad, répété-je, en faisant des efforts d'articulation. Je vous ferai envoyer un agent pour me remplacer jusqu'à votre retour au collège, vous avez ma parole. C'est bien compris ?

— Mais vous allez où, s'affole la prof, et c'est qui ce Ziad ?

Je lui colle un index sur les lèvres, tandis que je me faufile entre les fauteuils. Quelques minutes plus tard, je suis assise sur le siège passager de notre fourgon, perdue.

— Peut-on au moins me dire où on va ?

Ziad, le téléphone vissé à l'oreille, écoute les directives du boss.

— Au temple du cul, commissaire, déclame Vernet, cérémonieux.

— Reprenez-vous, Vernet, on n'est pas chez mémé. Et précisez.

— Au Geisha, marmonne le briscard, l'œil toujours allumé par la concupiscence.

— Un sauna libertin, Priya, tranche Ziad, lugubre. Et cette fois, les possédés sont encore en vie, ajoute-t-il, écrasant l'accélérateur d'un pied désespéré, tandis que je me trouve projetée au fond du siège, anéantie par la nouvelle.

VII

Sauna

Ziad se gare à côté de la voiture du boss, devant l'établissement. La façade du Geisha a des allures de musée des Arts asiatiques. Pas du tout ce à quoi je m'attendais. Je n'ai jamais mis les pieds dans un sauna libertin. Je ne peux pas dire que l'expérience me tente. Encore moins dans ces conditions.

— C'est une première pour moi aussi, avoue Ziad.

Le môme devine ma gêne. Agglutinés sous une pagode, quelques ados prennent des photos, se rapprochant trop près des Rubalise à mon goût. Un molosse à queue-de-cheval les repousse de ses bras tatoués. Un attroupement se forme. Il est clair que le gars va avoir besoin de notre aide. Je me précipite hors du fourgon.

— Foutez-moi le camp d'ici, le périmètre est fermé au public ! Et pas de photo. Allez, circulez !

Un des gosses me toise, pas du tout impressionné par mon intervention.

— La rue est un espace public, non ? On partira quand on saura ce qui se passe.

Il se retourne vers les autres, bravache :

— J'vais percer sur TikTok !

Vernet fond sur lui avant que j'aie le temps de le retenir. J'ai beau ne pas être adepte des méthodes fortes, je me réjouis lorsque je le vois soulever le morveux d'un bras, collant son visage furibond à quelques centimètres du sien.

— On t'a dit de dégager, grogne-t-il, alors exécution !

L'autre déguerpit sans demander son reste. Ses copains suivent, intimidés.

— Commissaire Dharmesh ? me demande le molosse, hésitant.

J'acquiesce, consciente de n'avoir pas brillé par mon autorité lors de cette altercation. Je note le léger tremblement de ses paupières. Il est sous tension. Il me rappelle le vigile de l'usine Pouledor, lors de ma précédente enquête, dans les hangars de laquelle j'avais fini par découvrir le cadavre broyé d'un nourrisson. Un souvenir auquel j'essaie de ne plus penser, pour garder mon sang-froid.

— Votre… chef… vous attend. Troisième éta… étage. Le sauna. J'ai… j'ai jamais vu un truc pareil, bégaie le costaud, de plus en plus confus.

En temps normal, le spectacle de ce tas de muscles se décomposant devant mon mètre soixante m'aurait paru cocasse, mais je sens qu'il dit vrai. Je me demande ce qu'il a vu, pour être dans cet état.

— Combien de clients sont encore à l'intérieur ? demandé-je, tandis que j'enfile la combinaison blanche.

— Douze. Je les ai rassemblés autour du Jacuzzi. Pour ceux du sauna… Votre chef dit que…

— Ne vous inquiétez pas de ça. On va gérer. Dites-moi, vous avez un prénom ?

— José, fait le caïd, surpris.

— Bon.Voilà ce qu'on va faire, José. Vous allez monter la garde en attendant la NRBC.

— La quoi ?

— Le service de décontamination nucléaire, radiologique, biologique et chimique.

Le gardien du Geisha change de couleur à l'annonce de ma litanie. Je lui donne une petite tape sur l'épaule pour le rassurer.

— C'est la routine, pas la peine de vous en faire. Tenez, je vous présente l'agent Vernet. Il va vous tenir compagnie. Et plus personne n'entre ici ou n'en sort à partir de maintenant.

En passant devant lui, je remarque les dragons qui recouvrent ses bras. Ils complètent à la perfection la mine de cerbère de Vernet. Voilà un duo qui devrait fonctionner. Sans plus tarder, je m'engouffre à l'intérieur.

Caroline Turpin déboule dans les escaliers. Ses pupilles sont dilatées. Elle me tend un masque FFP3 et des gants étanches. Les choses sont plus sérieuses que ce que je croyais. C'est le moment de briefer mon lieutenant :

— Ziad, tu files au Jacuzzi avec les clients. Et interdiction de toucher à leurs effets personnels ! Si un abruti poste quoi que ce soit sur les réseaux, on est dans une mouise internationale.

Nous montons les marches quatre à quatre. Malgré l'entraînement, je suis hors d'haleine. Les effets de l'âge et de la tension nerveuse. Au troisième étage, je veux récupérer mon souffle mais la voix du boss m'interpelle déjà.

— Ramenez-vous, Priya, c'est par ici !

Caroline me désigne le couloir qui fait un coude. J'avance en glissant, mes chaussons ralentissent ma course sur le parquet de bois exotique. Le boss s'écarte de la porte. Les Martin fixent leurs pieds. L'oppression dans ma cage thoracique revient. Mon cœur bat avec lourdeur, mes muscles se tendent. Je lève la tête.

Le hublot dégouline de sang. Je ne parviens pas à voir combien ils sont là-dedans, ni même ce qu'ils font. Un œil se colle au carreau. Je sursaute. L'iris ensanglanté me scrute, regard de cyclope perdu dans les restes d'un visage qui n'a plus rien d'humain. Des lambeaux de crâne pendent de chaque côté de ses joues, découvrant l'os maxillo-facial, dont un morceau reste accroché à la paroi. J'entends un hurlement rauque derrière lui, puis son corps s'effondre, emportant dans sa chute le morceau qui obstruait la vitre. À l'intérieur c'est l'horreur.

Trois corps nus sont étendus sur le sol. Leurs chairs sont à vif, comme celles des carmélites. Les organes internes jaillissent des cages thoraciques. L'enchevêtrement grotesque de leurs membres atteste un récent combat. S'il y a eu acte sexuel, il n'en reste qu'un accouplement morbide : à l'extrémité des corps exsangues, les cheveux baignent dans des litres d'hémoglobine. Leur sourire dévoile une floraison de dents cassées. Atroce.

Soudain un index se tend vers moi. Une cage thoracique se soulève. Un mort-vivant respire encore. Je me jette sur la poignée, le cerveau en surchauffe. Ouvrir cette porte. Arrêter l'hémorragie. Recoudre les plaies. Libérer ce malheureux. Le boss se jette sur moi.

— Ne touchez pas à cette poignée !

Je le repousse. Il me plaque de plus belle.

— Il faut ouvrir cette porte ! m'obstiné-je.

J'entends le nourrisson de l'usine Pouledor m'appeler au secours. Les scènes de ma précédente affaire se télescopent. Je vais perdre pied. Le boss maintient son étreinte.

— La drogue est dans le système de ventilation, Priya. Si vous ouvrez, on crève tous !

Au même moment, une sirène retentit.

— Évacuation immédiate des lieux, hurle une voix dans le mégaphone.

Tous nos regards convergent vers l'escalier. Les gars de la NRBC se ruent vers nous. Je ne mets pas longtemps à comprendre qu'on doit déguerpir. Devant l'équipe en scaphandres, nos combinaisons et masques en papier ne font pas le poids. Comme un seul homme, nous courons vers la sortie. Le boss ferme la marche, retrouvant ses réflexes d'ailier de rugby.

En sortant, je ne reconnais plus la pagode dont j'ai chassé les gosses un quart d'heure plus tôt. Des sas étanches sont installés sur l'intégralité du parking. La gendarmerie, déployée en arc de cercle, empêche les curieux de franchir les lignes. Les trois gosses en fuite ont dû passer l'information : une soixantaine de civils forment un attroupement devant Le Geisha. À voir la mine affolée des gendarmes, le spectacle ne fait que commencer.

J'arrache ma charlotte. Je dois retrouver Ziad au plus vite avant que les clients ne profitent du tohu-bohu pour nous filer entre les doigts. Un flash crépite au-dessus de ma tête. Désespérée, je cherche Vernet. Il est occupé au front. Une perche et un micro avancent dans ma direction. Une journaliste de la chaîne nationale me harangue :

— La NRBC vient de faire évacuer l'établissement. Quel est le risque pour la population ?

Un autre micro m'assaille, la présentatrice de la chaîne concurrente lui coupe la parole :

— Y a-t-il des morts ? Des blessés ? Pouvez-vous nous dire ce qui se passe ?

Je me redresse, consciente que je n'ai plus la possibilité de fuir. Avec une rage à peine contenue, j'attrape le premier micro au vol, tandis que je fais signe à l'autre de s'éloigner. Trois caméras sont braquées sur moi, suivies par une marée de téléphones portables prêts à relayer l'information en direct.

— L'UC donnera une conférence de presse ce soir, lorsque nous aurons pu faire un point plus objectif sur la situation. Nous demandons aux civils de quitter les lieux, afin de faciliter le travail des secouristes et des enquêteurs. Aucun risque n'est à craindre tant que vous rentrerez chez vous, assuré-je avec conviction.

— Vous nous avez déjà affirmé la même chose lors de l'affaire de la fille du boucher, pourtant, il a fallu trois infanticides avant que vous arrêtiez la coupable, ironise la journaliste.

Le boss bondit au milieu de nous.

— Interrompez la diffusion !

— C'est hors de question ! s'indigne le cameraman.

Le boss me pousse vers le fourgon sans même le regarder. Les badauds s'en donnent à cœur joie, filmant notre altercation en gros plan. Une fois à l'intérieur, il se laisse tomber sur la banquette. Il plonge sa tête entre ses mains, un geste d'épuisement que je connais bien.

— Il faut mettre les clients et José à l'abri à l'UC, dis-je. S'ils parlent à la presse, on est foutus.

— On a plus urgent à gérer. Je viens de recevoir un appel du ministère de la Sécurité publique. Ils sont à deux doigts d'envoyer l'armée.

— L'armée ? Mais pour quoi faire ?

— La DGSI a eu vent de l'affaire de Montmartre. Ils ne mordent pas à l'hameçon de l'intoxication alimentaire.

— Mais qui a bien pu le leur dire ? Personne n'est au courant hormis la prieure, qui se drape dans le silence depuis l'accident au carmel. Par ailleurs, les sœurs n'avaient pas de famille qui puisse contester cette version à la vue des corps, lesquels de toute façon ont été restitués, cercueils scellés au diocèse. Vous pensez qu'il y a encore une taupe dans notre équipe ?

— Découvrir ce qu'on leur cache, c'est précisément le boulot de la DGSI, commissaire.

— À moins que…

— À moins que quoi, Priya ?

— À moins que les auteurs de ces crimes aient un quelconque intérêt à prévenir la DGSI.

— Où voulez-vous en venir ?

— Quand la fille du boucher a voulu nous perdre sur la piste des infanticides, elle a posté des photos du meurtre du petit Benjamin Brun sur la Toile. Quel était son objectif ?

— Provoquer une fascination morbide, créer un effet de panique, discréditer l'efficacité de nos UC…

Le boss se redresse, soudain saisi par l'évidence.

— Ils veulent nous couper l'herbe sous le pied, continué-je, exaltée par ma certitude. En prévenant la DGSI, ils créent la discorde dans nos propres services, nous mettent en porte-à-faux pour rétention d'information, et pire, installent les bases d'une psychose sociale impossible à calmer.

Mon chef retombe sur la banquette, consterné.

— Et la déclaration que vous avez promise pour ce soir ne va rien arranger. Priya, imaginez la réaction du Français moyen quand il va savoir que de potentiels terroristes islamistes, s'il s'agit bien d'eux, ont décidé de répandre une drogue mortelle dans l'espace public, pendant que nos UC sont dans l'incapacité totale de les arrêter…

La porte du fourgon coulisse avec fracas, la tête de Vernet apparaît dans l'encadrement. Il sue comme un bœuf.

— Ziad vient de m'appeler. Si on veut récupérer les clients sans grabuge, c'est maintenant ! C'est la cohue dehors. Y'a un passage à l'arrière pour les secours. Si on ne se magne pas, des petits malins vont le trouver avant nous.

— On y va, dit le boss en descendant du véhicule. Priya, conduisez les opérations et ramenez tout le monde à l'UC. Je reste sur place avec Turpin, histoire de vérifier que la NRBC n'embarque pas nos cadavres.

Quelques minutes plus tard, Vernet, le pied enfoncé sur l'accélérateur, quitte le parking à toute allure.

*
* *

Il est à peine 17 heures quand nous débarquons à l'UC avec les clients du Geisha. Dans le hall d'accueil, je découvre qu'ils sont encore nus sous leur serviette. Impossible de les interroger dans cet état. Pour ne rien arranger, Lison fait irruption derrière nous, accompagnée de sa prof, furibarde.

Je me rends compte que j'ai complètement oublié de lui envoyer le renfort que je lui avais promis. L'excursion a dû être écourtée par ma faute, et ma gosse, honteuse, regarde le carrelage en attendant que je règle la situation.

La blonde prend une bruyante inspiration, sans doute pour me débiter le flot de remontrances qu'elle a dû concocter à mon intention pendant tout le trajet, lorsqu'elle aperçoit les pensionnaires, torse nu, qui attendent qu'on les prenne en charge.

— Vous allez nous laisser à poil ici longtemps ? éructe un vieux gélatineux dont l'anatomie gagnerait à être couverte.

La bouche en cul-de-poule, la furie me regarde, oscillant entre stupéfaction et abrutissement. Je saute sur l'occasion.

— Agent Effendi, conduisez madame dans mon bureau, pendant que je fournis des vêtements aux victimes, dis-je, exagérant mon émotion. Lison ma chérie, rentre à l'appartement, je te rejoins au plus vite.

— Victimes de quoi ? s'enquiert la prof, recouvrant un peu d'humanité.

— D'être allés baiser dans un lieu autorisé, rétorque le vieux. Je le dis depuis cinq ans, mais personne ne me prend au sérieux. Ça veut jouer le pays progressiste, ça pousse au communautarisme, ça laisse les religions prendre de l'ampleur, et voilà ce qui arrive. Les honnêtes laïcs que nous sommes se font taper sur les doigts par les fanatiques. On condamne le libertinage. Et on n'en est qu'au début, vous verrez !

Sur ce, il se drape dans sa serviette comme un tribun sur l'agora. La prof me fixe, interdite. Léa Effendi revient, les bras chargés de blouses de la morgue. C'est le seul vêtement que nous ayons à disposition, pour parer à l'urgence. Je m'empresse de pousser l'enseignante vers l'ascenseur pour mettre fin à ce carnaval.

Quelques minutes plus tard, je rejoins la salle de réunion, satisfaite de m'être débarrassée d'elle. L'enseignante a écouté mes explications sans moufter, parce que je lui ai juré qu'elle en saurait plus ce soir aux infos. Elle a promis qu'elle garderait le silence sur mon absence et que l'incident ne serait pas signalé dans le dossier de Lison. Je prends le parti de la croire, j'ai plus urgent à faire.

Je monte au troisième à la hâte. Les témoins attendent en victimologie, un dortoir de vingt lits agrémenté d'un salon, conçu pour héberger les survivants d'attentats. L'interrogatoire est prévu en salle de crise, de l'autre côté du couloir. C'est un espace moderne saturé de technologie. Que je ne maîtrise pas. Je regrette que Ziad ne soit pas encore là.

Vernet discute avec les rescapés, pendant qu'il leur sert des cafés et des barres chocolatées.

— Magnez-vous, Vernet, ils ne sont pas à l'hôtel. Dites-leur de former deux groupes. Chargez-vous des hommes, et envoyez-moi les autres, ordonné-je, agacée.

Léa Effendi me regarde, consternée.

— Un problème, agent Effendi ?

— Vous leur avez demandé s'ils étaient genrés ? me glisse-t-elle à l'oreille.

— Hein ?

— Sous quel pronom on doit les inscrire.

— Je n'ai aucune envie de soulever leurs serviettes, si vous voulez savoir.

Quand je réalise ma bourde, il est trop tard. La leçon sur les iel/iels, que Lison m'a donnée cet été, me revient. Je rougis.

— Je suis de la vieille école, bredouillé-je.

— Ne vous inquiétez pas, je m'en occupe.

Elle pose sur chaque lit un imprimé, sur lequel elle ajoute la case « Non genré : à compléter ».

Quand je déchiffre un « non binaire, genre fluide », sur la feuille tendue par la première cliente de ma liste, j'ai l'impression que le monde va trop vite pour moi. Léa m'adresse un sourire rassurant pour me signifier que tout se passera bien. L'encouragement me touche, mais je n'en crois rien. Un quart d'heure plus tard, le boss surgit derrière la porte. Il me reste encore six témoins à entendre.

— Priya, venez avec moi. Effendi, prenez le relais.

Comme d'habitude, il ne fournit aucune explication. Dans l'ascenseur, il me tend une photo. Je peine à déchiffrer l'écriture, gravée d'un sang poisseux sur le bois du sauna qu'on vient de quitter.

— « Hamas », lis-je à voix haute.

Il hoche la tête, lugubre. La procédure me semble trop grossière pour être fiable.

— Vous savez ce que disent les chasseurs quand la piste vers le gibier est trop évidente ?

— Que le chasseur deviendra la proie, répond-il, glacé par sa propre déduction.

*
* *

— Karen, proposez une boisson à notre hôte, il a bien travaillé ! susurre Lawrence à sa vieille secrétaire.

Dans le fauteuil club de la rue La Boétie, McKay savoure son retour en grâce.

— Bourbon on the rocks, ordonne-t-il à la veille bique.

Lorsqu'elle dépose le plateau d'argent sur la table Art déco, il repousse le verre. Humilier celle qui l'a éconduit une semaine plus tôt est un régal dont il ne va pas se priver.

— Moins de glaçons !

Elle s'exécute en serrant les dents. Lawrence, absorbé par son écran, ne leur prête aucune attention.

McKay s'occupe en promenant son regard sur le carrelage à la viennoise. Il essaie d'imaginer Bérénice allongée sur son lit superposé, emprisonnée, une vingtaine de mètres sous lui. Le bâtiment est un mystère dont peu connaissent les secrets. Beaucoup d'histoires circulent entre les officiers. Un ancien binôme lui a affirmé la présence de cages de Faraday, des salles de torture, et bien sûr un bunker anti-attentat. Informations qu'il n'a jamais pu vérifier. Il lui tarde d'éclaircir ce mystère.

Lorsque Lawrence lève enfin la tête, un sourire carnassier illumine son visage. Il porte un nouveau costume gris, d'une teinte plus claire, sur une chemise en lin, sans cravate. L'animal est beau et il le sait, déplore McKay, qui s'impatiente.

— Officier McKay, vous m'avez prouvé que vous êtes plus qu'un simple NOC. Si j'ai pu douter de votre utilité, je comprends à présent que nos services ne pourront plus se passer de vous.

McKay n'est pas dupe, ayant lui-même utilisé ces flatteries pendant toute sa campagne de séduction avec Bérénice. Il garde le silence, préférant lever son bourbon en direction de la fenêtre.

— Trinquons en l'honneur de notre fraîche collaboration !

— Oui, trinquons, cher McKay. Vous savez, j'ai lu vos notes avec attention. La panique est semée, mais on a encore de la marge. Votre prochaine opération est trop ciblée. Je n'aime pas la facilité, alors j'ai trouvé mieux. Une troisième mission qui plongera le pays dans le chaos. Vous souvenez-vous de la problématique du projet *Artichoke*, mon ami ?

— « Nous est-il possible de faire commettre à un individu un acte d'assassinat contre sa volonté, sous l'influence d'*Artichoke* ? »

— J'admire votre mémoire. Et vous souvenez-vous de la conclusion de nos prédécesseurs ?

McKay récite sans hésiter :

— « Il ne faut plus faire la guerre à ses ennemis. Il suffit de faire en sorte que les ennemis se détruisent entre eux. »

— Vous voulez dire : « se dévorent entre eux » ! s'esclaffe Lawrence. La France est un excellent terrain d'expérimentation. Rallumer le brasier de l'islamophobie est un jeu d'enfants. Une passionnante partie de dominos d'ailleurs. Lorsque le premier tombera, les autres pays d'Europe suivront.

McKay n'aime pas ces conclusions. La menace d'une drogue du cannibale lui paraissait un outil suffisant pour redessiner les relations entre l'Europe et les États-Unis. Il n'a jamais voulu l'Armageddon. Il dissimule son inquiétude en affichant une mine enthousiaste :

— Expliquez-moi ça !

— Nous avons fait tomber quelques feuilles, nous avons entamé l'écorce, nous allons maintenant détruire les racines. Regardez la vidéo. Je vous laisse, j'ai à faire avec nos pensionnaires du sous-sol. On en recause en fin de soirée, à votre hôtel.

Sur ce, Lawrence lui tend une clé USB avant de quitter le salon d'un pas altier. McKay attend qu'il s'éloigne, puis vide son bourbon d'un trait. Il ouvre le contenu de la clé sur la bécane de son chef. Une animation commence. Quelques minutes plus tard, il repousse l'écran. Sa cage thoracique se soulève avec difficulté. Des décennies d'entraînement à la torture n'ont pas suffi à éradiquer sa part d'humanité. Ce qu'il vient de voir ne relève plus de l'ambition personnelle. Ni de la stratégie géopolitique. C'est le fruit d'un cerveau monstrueux. Auquel il refuse d'obéir.

Il sort au pas de course. Il doit sauter du navire au plus vite. Or, la tempête vient de se lever.

VIII

Muselière

Ziad slalome entre les tentes. Les gorilles de la DGSI ont fixé le point de rencontre dans la pire jungle urbaine de la capitale. Idéal pour semer les journalistes. Pour le reste, l'endroit est un coupe-gorge. Un gosse se jette sur notre fourgon. Il veut nettoyer notre pare-brise. Ziad l'esquive de justesse.

— Laisse-nous ici, ordonne le boss. Quand je pense que j'ai habité le coin. L'immeuble sur la droite. À l'époque, on était fauchés mais solidaires. Le Secours populaire nous aidait à bouffer. Maintenant, l'État laisse crever ces malheureux en toute tranquillité.

Il nous indique un squat à la façade délabrée. Quelques prostituées se réchauffent autour d'un feu. Il n'a pas tort. Les apatrides, clandestins et autres marginaux ont transformé le parvis de la gare du Nord en camping géant, sanitaires non compris. Pour raison de sécurité, les usagers ont pris l'habitude de la rejoindre en métro, sans plus s'aventurer dehors.

Ziad se gare en double file. Nous avons dix minutes d'avance. Je suis à peine descendue qu'un groupe d'adolescents nous encercle.

Le boss fouille ses poches d'un air bonhomme. Une berline noire sans immatriculation s'approche, nous éblouissant de son faisceau cru. Elle se gare en face du fourgon, et nous fait des appels de phare.

— Ils sont déjà là, dis-je à mon chef, qui continue à chercher des pièces, sans se presser.

— Priya, vous avez de la monnaie ? Je vous rendrai ça en rentrant.

Il sort un paquet et s'allume une cigarette.

— Vous avez repris ? Mais quand ?

— Depuis que les emmerdeurs de la DGSI essaient de jouer les cow-boys avec un type de ma trempe. Nous sommes en avance, ils vont attendre.

Sans répondre, je tends un billet au plus jeune. Il me gratifie d'un large sourire aux dents dorées et disparaît dans la nuit, sa meute sur les talons. Le boss aspire la fumée, absorbé dans la contemplation des feux tricolores. Je sais qu'il est assez tête de mule pour y passer la nuit, ce que j'aimerais éviter. Un coup de klaxon retentit, notre chauffeur s'impatiente.

— Sur mon île, on dirait que vous avez le coco dur, boss.

— Et vous une tête de cochon. J'ai passé l'âge de me soumettre aux techniques d'intimidation bas de gamme. Mais si vous voulez y aller avant moi, faites-vous plaisir.

Il aspire une longue bouffée, l'air narquois. Sa carrure trapue, immobile, se détache sous la lumière du lampadaire, dessinant les contours de sa mâchoire carrée. J'aime la présence rassurante de ce corps massif, bien que je me refuse à l'admettre.

— Arrêtez de me manger des yeux, ça devient gênant, commissaire.

Quand il écrase enfin sa cigarette, je perds patience.

— Ramassez vos déchets, les mégots polluent les cours d'eau pendant deux cents ans.

La portière s'ouvre, le gars de la DGSI descend.

— Papiers ! ordonne-t-il, comme s'il allait faire monter à bord des terroristes de la plus haute dangerosité.

— Vous connaissez beaucoup d'abrutis qui viendraient traîner dans le coin pour une promenade en amoureux ? l'engueule le boss, en lui tendant son badge.

— Et la dame, fait l'autre, sans me regarder.

— La dame est la commissaire Priya Dharmesh, dis-je, et elle est assez grande pour vous répondre toute seule. Vous nous ouvrez, ou bien je vais devoir vous rappeler comment on traite la hiérarchie dans ce pays ?

Le sbire s'exécute enfin, mâchonnant son chewing-gum avec insolence. Le boss, exaspéré, me rejoint. La voiture de la DGSI démarre, et nous quittons la gare du Nord.

— Pas la peine d'espérer que cet imbécile nous dise où il nous conduit, maugréé-je.

Je sors mon cellulaire, espérant me connecter au GPS.

— Laissez tomber, vous ne capterez aucun signal. S'ils se donnent autant de mal pour nous faire venir incognito, c'est que nous devons avoir des informations qui les font sacrément bander. Je ne sais pas encore qui a pondu cette fichue drogue ni dans quel but, mais croyez-moi, eux doivent avoir une petite idée sur la question. Ne soyons pas naïfs, le produit les intéresse. Alors tâchons d'en apprendre le plus possible sans révéler nos sources.

— Merveilleux. Vous avez l'air de bien connaître la machine.

— Oui.

— Je vous écoute.

— Le directeur est un vieux copain.

— Donc le voyage est aussi une visite de courtoisie.

Le boss s'enfonce dans son siège, ignorant ma remarque. Mon intuition me dit que le trajet va être long. J'exige d'en savoir plus.

— Ça fait plus de vingt ans qu'on se tire la bourre. Ça ne m'étonnerait pas qu'il nous retire l'affaire, rien que pour saisir une nouvelle occasion de me casser les couilles.

— Aurait-il une raison de le faire ?

— Une raison ? Oui. Maintenant, si vous me demandiez si c'est une bonne raison, je vous répondrais que non.

La patience n'est pas mon fort, mais je n'ai pas d'autre choix que de continuer à lui tirer les vers du nez. Je poursuis mon interrogatoire, indifférente à sa mauvaise humeur.

— Vous vous êtes connus comment ?

— On vient du même village d'Auvergne. On a tout fait ensemble. L'école maternelle, le collège, le lycée : des larrons en foire. À 16 ans, on s'est juré de devenir des superflics. On est montés à Paris, on a loué une piaule et on a bûché nos concours. Il est entré aux renseignements et moi à la PJ.

— Jusque-là tout va bien.

— Il est tombé amoureux. Une gamine de la haute, des beaux-parents au ministère. Parfait pour sa carrière. Il l'a épousée, il a grimpé les échelons. Pas moi.

— Ça ne vous plaisait pas la PJ ?

— J'avais quelques problèmes de dépendance. La coke, ajoute-t-il, plus bas. J'ai foiré deux trois affaires, je me suis retrouvé mis à pied. À la rue. Ma situation était critique.

Je me tais, gênée par la tournure que prend la discussion. La carapace autoritaire de mon chef se fissure, libérant un homme fragilisé par la confidence. Je regrette ma curiosité.

— Les gens lisses ne font pas notre métier. Les plus grandes brûlures forgent les meilleurs enquêteurs, nous le savons tous les deux.

J'essaie de lui tendre une perche, en vain.

— Il est venu à ma rescousse, il m'a pris sous son aile, envoyé en cure de désintoxication, j'ai décroché.

Il marque une nouvelle pause, avant de se tourner vers moi. J'évite son regard. Je ne suis plus sûre de vouloir entendre la suite.

— Et puis il y a eu Jo, chuchote-t-il enfin. Une collègue de travail. Médecin de la Crim. Cette femme est entrée dans nos vies comme le démon dans un confessionnal. En quelques mois, elle a tout ravagé. Son mariage, ma tranquillité, notre amitié.

— Vous n'avez pas réussi à vous raisonner ?

— Non.

— Pourquoi ?

— Parce que j'en suis tombé amoureux, confesse le boss, anéanti. Et qu'au lieu de résister, j'ai emménagé avec elle. Parce que le sacré connard que j'étais pensait pouvoir la sauver, colmater ses brèches, la rendre heureuse. On ne sauve personne, Priya. Même pas soi-même. Je suis rentré un soir, et je l'ai trouvée pendue. Fin de l'histoire.

— Et votre ami ?

— Il est retourné à son mariage raté, sa femme l'a quitté quelques mois après le décès de leur fils unique. Un accident de plongée. Ils n'ont pas voulu de moi à l'enterrement.

La berline file toujours dans l'obscurité. Je suis bouleversée. Un silence pénible s'installe entre nous. De l'autre côté de la vitre, le chauffeur ne nous prête pas la moindre attention. Lorsqu'il se gare, nous n'avons toujours pas échangé un mot avec lui. Enfin, je découvre la planque dans le halo des phares. Un pavillon de chasse désaffecté au bout d'un chemin de campagne.

Le boss descend sans précipitation, s'étirant sous la nuit étoilée. En quelques secondes, il a retrouvé son aplomb, chassant les fantômes pour redevenir le tyran auquel nous sommes habitués. Ça m'attriste.

— Par ici, fait le sbire.

Il nous conduit à l'intérieur de la baraque. Une porte grince. Dans le vestibule, des carreaux cassés laissent passer le vent frais de septembre. Je ferme ma veste. Nous le suivons jusqu'au salon, aux allures de salle d'interrogatoire. Une réplique parfaite de celles qu'on trouve dans les films de flic américains que j'affectionne tant. Même lampe métallique dont le faisceau cru éclaire une table vide. Mêmes fauteuils de Skaï dépareillés, posés devant le miroir sans tain.

Un gaillard de l'âge de mon chef, mais beaucoup plus grand, nous attend. Il est vêtu d'un costume trois-pièces bleu marine et porte des lunettes rondes vissées sur un nez aquilin. Un mélange de raffinement et d'autorité émane de sa personne. Il me serre la main, ignorant celle du boss qui tourne dans la pièce comme un fauve en chasse.

— Pas fameux la déco, siffle ce dernier. T'aurais mieux fait de venir chez nous.

— Assieds-toi.

Ignorant l'ordre, le boss s'adresse à la vitre sans tain.

— Bien le bonsoir, messieurs. Toujours un plaisir de rejoindre une de vos planques. Dites-moi, on vient de se coltiner quarante minutes de trajet à sec. On peut boire un coup avant le début des hostilités ?

Ce disant, il fixe son interlocuteur, tous crocs sortis. Ce dernier reprend la parole :

— As-tu la moindre idée de la gravité de la situation, Maurice ?

J'écarquille les yeux. C'est la première fois que j'entends quelqu'un appeler mon chef par son prénom. L'expérience n'est pas agréable.

— On va jouer à ça longtemps, Stéphane ? Continuer à se sentir le cul comme au bon vieux temps ? Pourquoi tu ne nous dirais pas plutôt ce qu'on fout là ? On a trois nouveaux cadavres sur le paletot et l'opinion publique à dos. Et toi tu nous invites à une partie de campagne au lieu de nous laisser nous expliquer avec la presse.

— Toujours à se soucier de plaire aux masses, lance l'autre, sarcastique. La démagogie au mépris de la sécurité publique. Tu ne changeras jamais.

Je sens que le duel va m'agacer. J'ai promis à Lison d'être de retour pour la coucher ; il est hors de question que je la déçoive une nouvelle fois. Je prends la parole, pour revenir au sujet qui nous occupe.

— Les meurtres du carmel et ceux du Geisha ne peuvent pas être le résultat d'un travail solo. Ils sont le fruit d'une équipe rapide, efficace et professionnelle. Pour autant, je ne crois pas à la piste du Hamas.

— Expliquez-vous, me demande l'agent de la DGSI.

— On n'a pas encore trouvé le moindre indice. Ils n'ont commis aucun faux pas. Pas d'empreintes, pas de témoins, pas de bavure. En revanche, ils veulent nous mettre sur la voie du terrorisme islamiste. Donc pourquoi stigmatiser cette communauté ?

L'agent hoche la tête. Il a l'air satisfait de mes déductions.

— Vous me prouvez une fois de plus votre perspicacité, commissaire Dharmesh.

— Dans ce cas, pourquoi nous faire venir ici ? L'épisode du Geisha ne sera pas le dernier. Vous nous faites perdre des heures précieuses. Pendant que nos criminels gagnent du terrain.

— La substance utilisée lors de ces deux épisodes n'est pas une simple drogue, commissaire. C'est une arme chimique, ajoute-t-il, le regard soudain illuminé par la convoitise.

Je repense aux suppositions de mon chef, dans la berline, et je me dis qu'il a peut-être vu juste. Le produit a l'air de fasciner l'agent de la DGSI. Il est temps d'en savoir plus. Je veux parler, mais le boss me donne un coup de coude me signifiant qu'il se charge de relancer l'offensive.

— Eh bien peut-être pourrais-tu nous en dire plus sur ce que tu sais, Stéphane… Figure-toi que personne n'est au courant pour le carmel. Alors j'imagine que si tu nous as demandé de venir jusqu'à toi, c'est qu'on a mis la main sur le gros lot. Qu'est-ce qui t'intéresse tant dans ce foutu produit ? Et ne me fais pas le coup de la sécurité publique et de ta philanthropie. Je vous connais assez à la DGSI pour savoir à quel point vous vous en battez les roubignoles. Nous non.

— Me tenir informé de ce que tu me caches, c'est mon métier, élude Stéphane.

Puis s'adressant à moi :

— Cette affaire ne relève plus de vos compétences, commissaire Dharmesh.

Je proteste.

— Nous avons besoin de temps. Nous devons unir nos forces, plutôt que de nous livrer à une guerre d'ego mal placés…

— Je n'ai jamais dit que je vous retirais le dossier. Mais contrairement à ce qu'insinue votre chef, votre sécurité me préoccupe, ainsi que celle des Français. Si le produit se répandait, vos UC seraient débordées, et vous ne seriez même pas en mesure de protéger la population.

— Et pourquoi ça ? demande le boss.

— Parce que vous pourriez en être les premières victimes. Respirer la drogue ou en ingérer.

— Bien vu, mon capitaine, raille le boss. Alors c'est quoi ta solution ? Tu vas nous faire livrer des cigares lance-flammes ? Des majorettes pare-balles ? Et ce verre de flotte, il arrive quand ?

Notre hôte fait un signe en direction du miroir. Quelques secondes plus tard, deux agents débarquent. Le premier pose des rafraîchissements sur la table. Le second un carton volumineux devant nos pieds. D'instinct, je m'écarte. Mon chef siffle le premier verre d'un trait.

— Ouvrez-le, me propose l'agent.

Je m'accroupis, arrachant le scotch sans me presser. À l'intérieur, une montagne de sacs. L'emballage plastique protège des objets sombres, dont je n'identifie pas la nature. J'en soupèse un et déchire l'emballage. Le truc est à mi-chemin entre le masque à gaz et la muselière. Je regarde l'agent, perplexe, tandis que mon chef plonge à son tour sa main dans le carton.

— Dis donc, Stéphane, c'est pas réglo de piquer du matos au Geisha.

Il secoue les courroies de l'engin avant d'ajouter :

— Je ne fais plus dans les soirées *Eyes Wide Shut* mon vieux. Va falloir rendre tes jouets.

L'autre lui reprend l'objet et me pousse vers le miroir.

— Vous permettez, commissaire ? Pouvez-vous ajuster la muselière sur votre visage, s'il vous plaît ?

— Je vous demande pardon ?

— Oui, je sais, l'appellation n'est vraiment pas terrible, mais dans l'urgence, j'ai préféré privilégier la technologie au lexique. Je vous laisse le choix de sa dénomination si vous n'avez rien de mieux à faire.

De mauvaise grâce, je passe les courroies derrière mon crâne, tandis qu'il ajuste le masque grillagé sur ma bouche.

— Pouvez-vous respirer confortablement ?

J'emplis mes poumons à bloc ; un air frais traverse la grille d'aération pour pénétrer sans peine dans mes narines. Je me détends un peu. Ce genre d'exercice est une plaie pour la claustrophobe que je suis, j'espère que l'expérience est bientôt terminée.

— Parfait. Parlez maintenant.

— On en a encore pour longtemps ? demandé-je, étonnée que ma voix traverse le système de ventilation sans subir de modification.

— C'est bientôt fini. Maintenant, pouvez-vous essayer de retirer la muselière ?

Je tire sur les sangles, sans succès. J'essaie de décoller le respirateur en l'éloignant de ma bouche, mais le système enserre ma figure comme les ventouses d'une pieuvre. J'ignore quelle technologie permet ce procédé. C'est effrayant. La muselière est impossible à ôter. La panique me gagne. J'implore le boss du regard.

— Ça suffit maintenant !

Il se précipite à mon secours, essayant d'arracher l'instrument de torture. En vain. L'agent me donne une télécommande minuscule, qui ne comporte qu'un seul bouton. Je presse dessus de toutes mes forces.

D'une pression du doigt, les sangles sautent. Je commence illico un exercice de cohérence cardiaque, pour éviter l'hyperventilation.

— Qu'est-ce que c'est que ce cirque, Stéphane ? vocifère mon chef, tout en me servant un verre d'eau.

— Ce que nous avons de plus performant pour vous éviter de finir comme les cannibales qu'on vient d'enterrer, Maurice. La muselière sanitaire. Nous n'excluons pas la possibilité qu'elle soit distribuée à la population, en cas de nouvelle attaque.

— C'est une blague ? dis-je, après avoir retrouvé ma respiration.

— C'est ce que tout le monde a dit pendant le Covid. Quelques semaines plus tard, la population entière pleurait aux portes des pharmacies pour se procurer des paquets de masques. Face à l'ampleur de la menace, l'être humain s'adapte. Notre espèce a l'inconcevable prétention de survivre. C'est donc notre mission de l'y aider.

— Je ne vois aucune commune mesure entre un outil médical qui existe depuis la nuit des temps et ton gadget ridicule, Stéphane. Dangereux, de surcroît. Et il est hors de question que nous soyons les cobayes de la DGSI ! fulmine mon boss.

— L'ordre ne vient pas de moi, Maurice. Quand l'avion est en feu, on équipe le personnel de bord en premier. Vous porterez désormais cet objet dans toutes les opérations à risque. Idem pour les membres de votre équipe.

— Parce que tu crois peut-être que les criminels nous enverront un texto pour nous prévenir de leur prochaine intervention ?

— Non. En revanche, je sais que ce dispositif empêche l'inhalation de gaz toxiques, ainsi que l'absorption de solides ou de liquides. Ce qui constitue la première étape de notre plan de protection civile. En situation d'intervention, vous serez protégés.

— Et tu attends de nous qu'on attache ces machins sur le visage des zombis ? hurle mon chef, de plus en plus furieux.

— La muselière sanitaire empêche les morsures, donc l'exsanguination. En toute logique, elle protégera les victimes de cette drogue.

Une foule de questions me viennent à l'esprit, tant l'utilisation de ce gadget me semble caduque. Je dois lui faire admettre l'imposture.

— Si on ne peut ni manger ni boire avec ce machin collé sur la figure, quid des risques de déshydratation ? Combien de temps est-on censé le porter ? Et si quelqu'un perd la télécommande ? Ou qu'elle arrête de fonctionner ? Ou qu'un des zombis s'en empare ?

— Et comment se fait-il qu'on ne puisse pas l'enlever soi-même ? Hein Stéphane ? Qui donnera l'ordre de la mettre ou de la retirer ? renchérit mon chef.

— Tout l'intérêt de cet outil, c'est justement qu'il restera en place en cas d'agression.

— Ça n'empêchera pas la violence, remarqué-je, ironique. Les zombis, comme vous le savez, ne se sont pas dévoré que le visage.

— Nous avons d'autres moyens de protéger votre corps des blessures, me coupe l'agent, agacé. En revanche, la muselière est la seule façon de prévenir la contamination. Quant à la télécommande que vous avez en main, elle n'est qu'un prototype. Notre système sera géré via l'application Sécurité.gouv.

— Et pourquoi pas muselière.gouv, tant que vous y êtes !

J'éclate de rire à cette blague du boss. L'agent poursuit ses explications.

— Vous avez raison. Il n'existe aucun moyen d'ôter le système soi-même. À part la décapitation. C'est tout l'intérêt du procédé. Une fois en place, il vous protège envers et contre vous. La sécurité intérieure est chargée de l'activation ou de la désactivation de l'application. Nous aurons donc accès aux déplacements de chaque utilisateur et pourrons l'informer d'une éventuelle menace.

— Mais que faites-vous de la protection des données personnelles ? Ou des Français qui refuseront de télécharger votre mouchard ? Sans parler de ceux qui ne possèdent pas de téléphone ?

— La protection des données personnelles est morte aux premières heures de l'informatique, très chère. C'est une lubie d'arriérés qui ne nous inquiète pas plus que ceux qui ont refusé de se faire vacciner. Ils ont résisté quelques mois, jusqu'à ce qu'on leur ferme la porte des aéroports. Un an plus tard, 90 % de la population s'était fait piquer.

Ce cynisme me fait sortir de mes gonds.

— Je défends les valeurs de la République française au même titre que les libertés personnelles.

Mais n'attendez pas de moi que je participe à la soumission de la population au nom de la sécurité publique. Jamais je n'imposerai à ma gamine d'aller au cinéma avec ce truc sur la bouche !

— Nous n'en sommes pas encore là, commissaire. Dans l'hypothèse où cette drogue terrible se répandrait chez les civils, la muselière deviendrait obligatoire, comme le port du masque il y a quelques années. Sans aucune discussion possible.

Sur ce, l'agent se lève pour nous raccompagner.

Dans la berline qui nous reconduit à l'UC, je plonge ma main dans le carton posé sur la banquette arrière. Nous avons reçu l'obligation de télécharger l'application dès notre retour.

— Ne vous faites pas de bile, Priya, nous ne nous ferons pas bouffer par cette boîte de farces et attrapes.

— Permettez-moi d'en douter.

— Je connais leurs méthodes. La moitié de ces prototypes ne fonctionne pas. Ils n'en sont qu'à la phase test. Et ils veulent nous utiliser pour affiner leur trouvaille.

— Très bien. Dans ce cas, ne donnons pas à Stéphane et à ses hommes l'occasion de fourbir leur nouvelle arme.

De retour à l'UC, je me précipite vers mon appartement, espérant que Lison m'ait attendue. Pandialé s'est endormie sur le canapé. Je traverse la pièce sur la pointe des pieds. La petite sanglote dans mon lit.

Mon cœur se brise. Elle sèche ses larmes dès qu'elle reconnaît ma silhouette.

Je la rejoins sous la couette et la prends dans mes bras. Un geste qui ne m'est pas encore familier. J'enserre avec maladresse sa petite tête brune, tandis qu'elle se blottit contre moi.

— Pourquoi pleures-tu, ma chérie ?

— Je ne pleure pas, me répond-elle, sans pouvoir retenir un torrent de larmes.

Je la serre plus fort contre moi, désemparée.

— Tu m'en veux parce que je ne t'ai pas accompagnée à cette sortie ? Je n'ai vraiment pas été une mère terrible depuis notre retour de La Réunion. Je suis en colère contre moi. Je me suis laissé bouffer par le boulot, une fois de plus. Je suis désolée…

— Tu ne pourras pas me garder, suffoque-t-elle.

— Comment ça je ne pourrai pas ? Mais bien sûr que si nous allons te garder. Je vais m'arranger avec le boss, il me donnera plus de temps libre, et nous rattraperons cet après-midi avec ta prof. Et puis le Numérilycée ne va pas s'envoler, vous aurez bien d'autres occasions d'y retourner !

Lison s'assoit en tailleur, me considérant avec un mélange de tristesse et de pitié. Tout à coup, cette gosse me fait l'effet d'avoir mille ans.

— Ma prof est une balance. Je savais que t'aurais jamais dû lui faire confiance. J'ai voulu te le dire tout à l'heure, mais t'es pas rentrée à temps. On a reçu un mail de l'ASE.

— « On » ? répété-je, étonnée.

— Tu as reçu un mail. De madame Kowalski. Quand j'ai vu son nom, je n'ai pas pu m'empêcher de l'ouvrir.

— Et ? dis-je, contrariée par cet aveu.

— Je préfère que tu le lises toi-même, me répond ma fille d'une voix blanche.

Je me lève et m'installe au bureau. Le mail s'affiche, mes mains se mettent à trembler. La nouvelle tombe comme un couperet, dans un style chirurgical. Je suis convoquée dans trois jours pour rencontrer monsieur et madame Leveneur. Une nouvelle famille d'accueil que la Kowalski recommande au juge face à ce qu'elle qualifie de manquements graves envers Lison Ober de ma part dans le cadre du suivi d'un an lié à l'obtention de la garde de la petite.

IX

Faux-semblants

Je me gare en trombe sur le parking de l'ASE. J'ai moins de soixante minutes pour convaincre la Kowalski avant de filer à la morgue, puis de recevoir les journalistes. Les Leveneur ne récupéreront pas ma gamine.

Sans passer par l'accueil, je marche d'un pas ferme en direction du bureau de la psy. Devant la porte, je frappe trois coups secs. La secrétaire me hèle au passage.

— Madame ! Madame ! Revenez ici ! Vous devez d'abord vous inscrire ! Il n'y a personne au bureau.

J'ignore sa remarque et frappe de plus belle. Sans succès. L'autre sort de derrière son box, les poings sur les hanches.

— Je viens de vous dire qu'elle n'est pas là ! s'énerve-t-elle. Elle ne reçoit que sur rendez-vous.

— Faites-la appeler.

— Mais enfin, pour qui vous prenez-vous ?

— Pour une mère à qui on veut retirer la garde de son enfant.

Elle me dévisage, puis finit par me reconnaître :

— Vous êtes la commissaire Dharmesh, c'est bien ça ?

— Absolument.

— Vous avez rendez-vous vendredi, m'informe-t-elle, l'air pincé. Nous sommes mardi. Revenez dans trois jours.

— Hors de question. Faites-la appeler ou je vous promets d'exploiter mes contacts au ministère pour vous envoyer un audit qui vous fera passer le reste de la semaine enfermée.

— Le chantage, maintenant. Vous ne manquez pas de culot.

Je continue à la fixer, jambes écartées et poings sur les hanches. La posture typique de l'officier de police en phase d'intimidation. Outil que j'ai abandonné avec l'âge, mais qui a son utilité aujourd'hui : que Lison puisse me quitter m'emplit d'une fureur dont je ne me croyais pas capable. J'ignore si c'est l'instinct maternel. Je ne céderai pas. Elle s'éloigne de moi et attrape le combiné. Quelques secondes plus tard, comme par miracle, la Kowalski débarque, tailleur blanc et café à la main. Aussi glaçante qu'à son habitude.

— Vous vouliez me voir ? demande-t-elle, un sourire figé accroché sur son visage lisse.

— D'après vous.

— Très bien. Entrez.

Sans m'asseoir, je monte au créneau.

— Qui a essayé de saboter ma demande d'adoption ?

Je saisis les documents qui encombrent sa table de travail, comme si la réponse s'y trouvait.

— C'est à cause de la prof et de la sortie au Numérilycée ? Vous croyez que ça m'amuse d'abandonner ma gosse pour récupérer des cadavres éventrés ? Je vous l'accorde, ce n'est pas un boulot de rêve. Mais c'est parce qu'il y a des femmes comme moi que vous pouvez travailler sans vous salir les mains. Je suis commissaire de police, nom de Dieu ! Pas mère au foyer.

— Vous avez vu le carnet de dessin de Lison récemment ?

Je ne réponds pas, désarmée par la question. L'autre ouvre le tiroir de son bureau. Elle en sort un cahier, sur lequel un papangue vole dans le ciel bleu de La Réunion. Je le reconnais. C'est Pandialé qui le lui a offert à l'aéroport, avant de quitter l'île.

— Ouvrez-le, insiste-t-elle.

Je m'exécute, la mort dans l'âme. La première page suffit à me glacer. Les corps exsangues des religieuses du carmel y sont dessinés à la perfection. Tout y est, des coiffes ensanglantées aux robes déchirées. Lison a poussé la minutie jusqu'à croquer les organes génitaux broyés par les morsures. Cette précision m'effraie. En l'espace d'une seconde, je revois le collage de la gosse, offert à son père écrivain. Un assemblage de charcuteries découpées dans un magazine, qui formait une reproduction du visage de *L'Hiver* d'Arcimboldo. Cette œuvre sinistre et prémonitoire qui a inspiré la fille du boucher pour orchestrer la mort de Marc Ober. Mes pensées se bousculent : parler risque de causer du tort à ma gamine, ne sachant pas moi-même comment elle a pu se procurer les images ultra-confidentielles du carmel. Pire, ne pouvant pas en parler sans compromettre mon enquête, m'obligeant à révéler au passage la désobéissance de Lison. Je mesure mon incurie. Je ne l'ai pas protégée de l'univers professionnel sordide dans lequel j'évolue. Me taire ouvre la voie à la Kowalski. La mort dans l'âme, je choisis la première option.

— Ma fille est une artiste. Et une adolescente. Elle a toujours dessiné. C'est un exutoire à ses angoisses. Et j'aimerais savoir de quel droit vous fouillez dans ses effets personnels.

— Depuis qu'elle quitte certains cours pour aller dormir à l'infirmerie.

— Je n'ai pas vu ces informations sur Pronotes, rétorqué-je, du tac au tac, pour une fois que j'ai la présence d'esprit d'utiliser cet outil de malheur à mon avantage.

— Les entretiens avec l'infirmière sont confidentiels. Elle n'a pas tenu à ce que vous soyez informée. Lison avait peur de vous inquiéter. Pardonnez-moi cette question directe, mais avec qui partagez-vous une intimité ?

— Quoi ? dis-je, ahurie par le toupet de cette greluche.

Je finis par m'asseoir, incapable de répondre. Elle en profite pour se pencher vers moi avec condescendance.

— Madame Dharmesh, vous n'êtes pas sans savoir que Lison a subi de nombreux traumatismes. Elle a été séquestrée, puis droguée par la meurtrière de son père…

— Passez-moi les détails d'un épisode que j'ai vécu aux premières loges, la coupé-je.

— Si elle vous doit la vie sauve, il n'en reste pas moins que vous ne pouvez suffire à son équilibre. Elle a perdu sa mère et son père, des figures protectrices. Vous lui offrez une cellule matriarcale construite sur vos propres manques. Vous vivez seule, avec votre mère…

— Je ne vis pas avec ma mère, m'écriais-je, vexée. Et ma vie sentimentale ne vous regarde pas.

— Votre gestion de l'angoisse rejaillit sur la psyché de Lison. L'absence d'homme dans votre vie contraint cette adolescente à vivre dans un univers féminin qui l'étouffe et la terrifie ! Regardez les femmes de ce dessin ! Elles se dévorent entre elles pour annihiler la menace de la toute-puissance de leur sexe.

Je retiens un rire nerveux en entendant cette explication. Je ne comprends pas comment des années d'étude en psychologie peuvent conduire à des conclusions aussi minables. Mais je ne peux pas lui expliquer que Lison dessine ce qu'elle a vu et non ce qu'elle croit être le fruit de son imagination malade, sous prétexte qu'il n'y a pas d'hommes dans ma vie.

— Très bien, je vais illico m'inscrire sur un site de rencontre, et lui trouver une figure paternelle s'il faut en arriver là pour conserver la garde de ma fille.

Je suis consciente qu'il faut lui couper l'envie de remettre en question une décision de justice pour soi-disant le bien de mon enfant.

— Je vous parlais d'une relation stable, de longue date, visant à équilibrer Lison. Quelque chose que, de toute évidence, vous ne construirez pas en trois jours, siffle-t-elle.

— Eh bien attendez-vous à des surprises !

Bravache, je quitte son bureau, sans avoir la moindre idée de la manière dont je vais concrétiser ma prophétie.

*
* *

McKay siffle son pastis d'un trait, histoire de ne pas oublier le pays. Puis il se lève, et répète les étapes de son plan, bras croisés devant le miroir de sa chambre. Il a eu vingt-quatre heures pour imaginer l'opération de sabotage la plus rapide de sa carrière. Avant-hier, Lawrence est venu prendre la température. McKay a excellé dans son rôle de disciple converti.

L'opération « Sieste pastel » est prévue dans une semaine. Il lui reste cinq jours pour sauver Bérénice de la machine infernale et s'enfuir avec elle. Il a fait ses comptes, il a assez de fric pour assurer leur survie dans un pays d'Asie, et la petite n'est pas sans ressources. Il achètera une pagode en Thaïlande ; elle continuera à bricoler ses décoctions aux plantes odorantes et, avec un peu de chance, elle acceptera de le masser. Pourquoi pas de lui faire un gosse avant la nouvelle année.

Il ne s'attend pas au grand amour, mais elle finira par lui être reconnaissante de l'avoir sauvée de sa prison de verre et de son frère. Une réécriture de *Blanche-Neige* dont il est assez fier, imaginant avec délice réveiller sa belle d'un long baiser et plus si affinités, lorsqu'il ira lui rendre visite demain, de bon matin. Pour Tristan, il a d'autres plans. Le jeune homme est une ortie dans le champ de sa dulcinée. Il va s'atteler au défrichage.

Il sort du placard un uniforme noir : pantalon, veste, cagoule, qu'il pose bien à plat sur son lit, avec le badge de service. Demain matin, il sera John Fisher. Un tour de magie qui ne lui a pas coûté cher : un peu de patience, en attendant que son chef sorte de son bureau avec Karen à ses trousses, lui laissant le temps de se livrer à une fouille en règle de la pièce. Il a vite trouvé ce qu'il cherchait. La feuille de service des agents autorisés à se rendre au sous-sol, pour surveiller Bérénice et lui apporter ses repas. Il s'est procuré le nom et l'adresse des hommes de main de la CIA, puis a quitté les lieux d'un pas tranquille.

De retour chez lui, il a examiné le planning des rondes, puis il est parti en opération nocturne. Le reste s'est déroulé sans encombre. Il a roulé jusqu'au domicile d'un certain John Fisher, dans la banlieue d'Argenteuil. Il est entré chez lui par effraction, un jeu d'enfant qui lui a rappelé ses premiers entraînements en Virginie. Fisher était dans son bain. McKay a pointé son flingue sur lui, sans tirer, le temps de lui exposer la situation : en échange du badge de Fisher, de son téléphone, de ses armes et de son uniforme de service, McKay lui laisserait la vie sauve. Fisher a coopéré, acceptant d'être attaché à son propre lit, sans aucun moyen de communiquer avec l'extérieur. McKay lui a filé de l'eau et de la bouffe. De quoi reprendre des forces pour trouver une solution.

En enfilant la tenue de Fisher, Tête d'œuf songe à son escapade au pays des rizières. À sa retraite anticipée aux saveurs de voyage de noces. À défaut des lauriers de la CIA, il s'en sortira avec la jarretière de leur captive. Pas sûr qu'il perde au change.

*
* *

J'entre à la morgue. Une odeur atroce assaille mes narines et me donne la nausée. J'ai la sensation de respirer un mélange de souffre et de vase en putréfaction. J'appelle Caroline. En vain. Profitant d'être seule, j'arrache mon masque chirurgical. Je me précipite au-dessus de l'évier pour vomir. Je prends soin de tourner le dos aux trois cadavres qui attendent sous le drap vert, derrière moi, comme si ma pudeur pouvait encore les concerner. J'ai horreur des autopsies. Je les subis en me répétant qu'elles m'aideront à serrer les coupables. Efficace pour le mental mais pas pour l'estomac. Les spasmes continuent à me plier en deux.

La porte s'ouvre. Je suis toujours penchée au-dessus de la cuve, près de rendre mes tripes. Le boss me tend un flacon de Ricqlès et un sucre. Une parade infaillible pour survivre aux malaises.

— Alors commissaire Dharmesh, on devient sensible ? ricane-t-il.

Je lui arrache le flacon des mains et arrose copieusement le carré blanc, avant de le laisser fondre sous ma langue. Un semblant d'amélioration se fait sentir.

— Merci, dis-je, remettant mon masque.

— C'est votre visite express à l'ASE qui vous tourne les sangs ? Comment ça s'est passé ce matin ?

— Mal.

— Racontez-moi, Priya, j'aime cette gosse autant que vous.

— La psy maintient la demande d'une nouvelle famille d'accueil auprès du juge.

— Hein ? Mais quelle mouche a piqué cette abrutie ? Et sous quels motifs pourrait-elle faire annuler une décision du tribunal ?

— Au motif que je n'ai pas de vie sentimentale, balancé-je, regrettant aussitôt mon franc-parler.

Le boss me dévisage. Je me suis embourbée comme une grande ; je suis obligée de cracher le morceau.

— La psy trouve que Lison n'évolue pas dans un environnement équilibré, parce qu'il n'y a pas d'homme dans ma vie. Au prétexte qu'elle n'a pas de « figure paternelle » de substitution, et que cela lui donne toute latitude pour s'opposer à l'adoption définitive de Lison.

J'ai honte. Je regarde mes pieds comme si ça pouvait effacer ce que je viens de dire. Mon chef me considère un court instant, puis, retroussant ses manches :

— Eh bien on va remédier à ça, ma chère.

— Ah oui ? Et comment ?

— J'en fais mon affaire.

Puis, sans me donner plus d'explications, il se tourne vers les corps.

— C'est vrai qu'ils schlinguent, ces macchabées !

Au même moment, la légiste fait son entrée, suivie de Ziad. Le boss les interpelle.

— C'est pas trop tôt, vous deux ! Envoyez les violons ; la journée va être longue.

Caroline chausse ses lunettes de protection. Un silence lourd s'installe. Elle attrape un rasoir et, d'un geste aguerri, découvre le premier cadavre. Tout le monde recule. C'est une femme. Ou du moins ce qu'il en reste. Malgré l'habitude, nos respirations se figent devant le spectacle de ce corps. Massacré.

Je surveille l'agent Effendi, certaine qu'il s'agit d'une première pour elle. La petite reste imperturbable, pendant que Turpin, le rasoir en suspens au-dessus de la boîte crânienne, reprend la parole :

— Je vous présente Angélique Bourdel, 39 ans, célibataire si j'en crois l'état civil. Effendi, c'est bien vous qui avez interrogé le gérant du Geisha, un certain José Piémont ?

L'agent fait oui de la tête.

— Vous pouvez nous en dire plus sur les habitudes de notre dormeuse ?

— Le gérant confirme qu'elle était une cliente régulière, répond Effendi sans se démonter. Elle venait environ une fois par mois, toujours accompagnée du même couple d'amis.

— Ici présents, ajoute Turpin, désignant les deux autres cadavres encore cachés par les draps.

— Des amis qui se connaissaient, fréquentaient le sauna régulièrement, et n'ont jamais enfreint les règles du lieu, pas vrai ?

— C'est bien ça, confirme Effendi.

— La consommation de drogues ou d'alcool est-elle autorisée au Geisha ? poursuit Turpin.

— Elle est interdite. C'est écrit dans le règlement et rappelé sur des panneaux aux murs. Pas d'alcool, pas de drogue, pas de téléphone portable. Une règle à laquelle les clients sont très attachés d'après le gérant. Ça protège leur sécurité. Et leur vie privée.

— Merci pour ces précisions, agent Effendi. Elles écartent la possibilité d'une agression préméditée sur la victime. Par ailleurs, votre déclaration est confirmée par l'analyse sanguine des trois individus. Aucune trace de stupéfiant n'a été détectée chez nos victimes.

Ziad s'approche, écœuré :

— Pourtant, le corps de cette femme ressemble à un sac de boxe.

— Effectivement. Elle est décédée de coups et blessures d'une violence inouïe.

— Sans oublier les morsures, ajouté-je, désignant le dos déchiqueté, laissant percer les côtes sous la peau ombrée d'hématomes.

— Comme vous dites, Priya. Contrairement à nos précédentes victimes, elle n'est pas morte d'exsanguination, quoique les plaies liées aux morsures aient provoqué une forte hémorragie.

D'un coup de pouce, la légiste actionne le rasoir, prélevant de larges bandes sur le crâne couvert de croûtes de la jeune femme. Des mèches ensanglantées tombent sur le sol. Je m'écarte encore. Caroline reprend :

— Les lésions que vous voyez ici, et ici, poursuit-elle, nous désignant la nuque puis l'os occipital de la jeune femme, me conduisent à penser que l'origine du décès est la commotion cérébrale.

Le boss s'approche, pointant son index au-dessus du film plastique qui entoure le ventre et les reins du cadavre.

— Pourquoi vous l'avez mise en papillote ?

— La pauvre s'est fait dévorer les organes intérieurs. Avec la chaleur, autant vous dire que la putréfaction n'a pas tardé. J'ai protégé ce qu'il restait de son ventre, pour pouvoir continuer l'examen. Croyez-moi, vous n'avez aucune envie que je la retourne. Mais si le cœur vous en dit, j'ai pris des photos.

— Donc elle s'est fait tabasser à mort par ses amis, résume Ziad, de plus en plus lugubre.

— Absolument. Ils l'ont jetée à terre à maintes reprises, cognant plusieurs fois son crâne contre le banc. Des actes difficiles à envisager dans le cadre de simples jeux sexuels.

— L'hydroxy-dimethyltryptamine, la MDPV et la cortisone ont fait le reste, supposé-je.

— Sauf que cette fois, le produit a été placé dans le système de ventilation. Non plus absorbé, mais inhalé. Dans de l'air chaud et sec qui a agi comme un détonateur.

Cette dernière remarque me rappelle aussitôt notre récent séjour à la DGSI. Je finis par me demander si la muselière ne va pas devenir notre seule option. Je regarde mon chef, il semble avoir eu la même pensée mais n'en montre rien. Au lieu de ça, il se tourne vers les deux autres corps, l'air blasé. J'envie son calme.

— Et ces deux-là ? fait-il en désignant les cadavres toujours cachés par le drap.

Caroline n'a pas le temps de répondre. Vernet fait irruption dans la morgue, en sueur. Son incapacité à respecter le protocole me fatigue. Je m'énerve :

— Allez immédiatement m'enfiler la tenue réglementaire pour entrer dans la salle d'autopsie !

— Sauf votre respect, commissaire, je crois qu'on n'a pas le temps.

Ziad prend le portable des mains de Vernet et commence à lire :

— « Tragédie du Geisha : l'attentat à l'arme chimique revendiqué par le Hamas. »

Sa voix s'éteint. Le boss se précipite sur le communiqué.

— Quel média ? demandé-je aussitôt.

— Twitter.

— On a le compte ?

— Oui. Un certain « Sauvez-Charlie ».

Je me tourne vers mon chef :

— Rappelez votre copain de la DGSI. Demandez-lui de localiser l'émetteur du tweet.

— Retweeté plus de dix mille fois, fait Ziad, paniqué. Ça va secouer dans le Ve. Va falloir envoyer du renfort. Et surveiller les mosquées.

— On a plus urgent, le coupé-je.

La presse nous attend. Elle va nous laminer. Mon chef arrache sa tenue de bloc.

— Caroline, terminez le boulot. Envoyez vos conclusions avant ce soir. Ziad, fais entrer ces crevards de journalistes dans mon bureau. Pas plus de trois, hein ! Priya, on file chez vous : on a dix minutes pour pondre un démenti.

*
* *

Tristan cache ses mains sous son tabouret. Un truc qu'il faisait quand il était petit. Ça arrêtait ses tremblements et les cris d'Antonia devant un fils si faible. Son fils. « L'indigne de la famille. » « La honte de sa lignée. » Pourtant, aujourd'hui, elle serait fière de lui. Cette pensée augmente son dégoût.

Il compte les hommes, comme tous les jours depuis qu'il est enfermé ici. Leur effectif ne varie pas. Ils sont quatre. Ils l'observent manipuler ses produits, l'accompagnent aux toilettes, lui portent ses repas. Ils sont armés. Cagoulés. Menaçants. Il sent leur présence agressive jusqu'au seuil de sa chambre de verre. Il ne s'en libère qu'en s'endormant d'un sommeil chimique dont il émerge fantomatique.

Il sait qu'il ne peut pas échouer. L'opération « Sieste pastel » a lieu dans quatre jours. Il doit continuer à fabriquer du produit. Beaucoup de produit. Le requin en costard gris veut du stock. S'il refuse de collaborer, ils violeront sa sœur sous ses yeux. Puis ils l'abattront. Costard gris le lui a dit. Tristan le croit sur parole. Le requin a tout fait pour l'éloigner de Bérénice. Des psychiatres l'ont cuisiné au sujet d'Antonia. Il n'a pas avoué son crime. Il sait ce dont il est capable pendant ses crises. Heureusement que Bérénice l'a aidé. Elle ne l'a pas dénoncé lorsqu'il est revenu à lui, tenant dans ses mains le sabre ensanglanté. La tête d'Antonia gisant au sol, glacée par la rage. C'est sa sœur qui a trouvé une solution pour les débarrasser du corps. C'est encore elle qui a inventé l'histoire de la disparition, contactant les autorités locales. S'arrangeant pour que l'enquête ne soit pas trop méticuleuse. Qui lui a sauvé la vie.

Il ne veut pas survivre à sa trouvaille. Alors il a réfléchi à une mort plus douce. Pour partir avec elle, dans les vestiges de leur paradis. La cage d'Hayamastumi. Ils s'y retrouveront demain matin. Les sbires ne leur restreignent pas l'accès à la poule aux œufs d'or. Elle portera son tee-shirt de nuit, sa mine chiffonnée, sa tasse de café. Ses seins frémiront sous le tissu. Elle parlera à l'animal et posera les souris au sol. Un rituel si bien rodé. Il versera la poudre dans son café. Il avalera la sienne avec un verre d'eau. Le produit agira vite ; il sera sans remède. Elle tombera contre lui, dans le lit de feuilles et les odeurs du mimosa, comme lorsqu'ils étaient petits. Les sbires les découvriront enlacés, à jamais. Juliette et Roméo au tombeau.

Quand costard gris viendra chercher son butin, il découvrira des seringues remplies de sérum physiologique. Leur contenu sera parti dans l'évier. Il va vider les ampoules ce soir. En espérant que le traitement des eaux usées de Paris soit efficace.

— On rêve, mon ami ?

Tristan sursaute. Le requin vient d'entrer. Il est accompagné d'une équipe en blouse blanche. Des scientifiques. Deux hommes, trois femmes. Qui le scrutent avec insistance. Il se sent cobaye chez les fauves. Garder le silence. Ne pas montrer son trouble. Il sort ses mains de sous son tabouret et se redresse. Rester digne. Un fils de la mafia ne courbe pas l'échine. « Jamais », siffle Antonia dans ses souvenirs.

— Je vous présente vos assistants, pérore le requin.

— Je travaille mieux seul.

— Pas nous. Vous ne me croyez pas assez bête pour vous faire confiance ?

— Vous n'avez pas le choix.

— Votre sœur était très belle ce matin, Tristan.

Le jeune homme baisse la tête. Il aimerait qu'une crise survienne. Mais son nouveau traitement est efficace. Ils lui ont envoyé un médecin. Son état s'est stabilisé. La seringue est posée sur la paillasse, à quelques centimètres de sa main.

— N'y pensez même pas, lance l'autre, nous vous abattrons avant que vous ayez le temps de trouver une veine. Maintenant, mon garçon, vous allez coopérer. Vous allez expliquer à nos chimistes la composition précise de votre drogue, et les aider à en fabriquer plus. Beaucoup plus.

Sa voix est métallique. Son regard carnassier. Tristan se sent trop faible. L'autre lui tend un feutre, et le pousse vers le tableau.

— Au travail. Vite.

Les autres l'encerclent, lui intimant de commencer. D'une main hésitante, Tristan note une première ligne de chiffres. Soudain, sans qu'il parvienne à se l'expliquer, une frénésie le gagne ; son cerveau bouillonne ; son bras s'agite au-dessus de la surface lisse du tableau, qu'il recouvre bientôt de formules.

Sa passion créatrice revient. Le sang du grand-père Martinez bat dans ses tempes. Coule dans ses veines.

Un instant, il rêve qu'il n'est plus dans ce laboratoire, à expliquer sa morbide partition, mais chez lui, en train de trouver enfin la nouvelle came du siècle. Moins dangereuse que l'héro, plus puissante, plus accessible, plus facile à fabriquer. Une drogue qui lui vaudra l'admiration de Bérénice.

Une femme, toute jeune, le contemple avec une curiosité malsaine :

— Incroyable… s'exclame-t-elle.

Tristan les entend à peine. Il se dirige vers la paillasse, pour la phase de manipulation. Il prélève les liquides, dose ses fioles, mélange les précipités, tourbillonnant au-dessus des carreaux blancs, tandis qu'il emplit les premières seringues.

Au moment où il va piquer les souris, le requin l'interrompt. Tristan revient à lui. Son réveil est brutal. L'autre finit par lui prendre la seringue des mains :

— Si vous permettez…

Tristan le laisse faire. Les autres reculent, d'instinct. Il lui présente le dos de l'animal. La suite se déroule comme prévu, sous les cris perçants des souris qui s'entre-dévorent. Tristan entend des applaudissements autour de lui. Il ne prend pas part à l'euphorie générale.

Les scientifiques le pressent de questions. Ils multiplient les allers-retours entre la cage de Hayamatsumi et le labo. Continuent à noter des chiffres. Prennent des photos. Il est épuisé.

— J'ai besoin de me reposer, finit-il par dire, d'une voix blanche.

Les scientifiques le félicitent à nouveau. Puis le laboratoire se vide. Le requin reste. Il enveloppe Tristan d'un regard cynique.

— Vous avez bien mérité de vous coucher. Et je vais vous y aider.

En un éclair, Tristan le voit extraire un flingue de son holster. Il ne peut s'empêcher de sourire en reconnaissant la crosse en bois de noyer du Beretta 87 Cheetah. L'arme préférée de sa famille. Le calibre 22LR promet un tir élégant, précis, efficace. Il n'a aucune chance d'en réchapper.

X

Décapiter

Comme tous les super-héros, John Fisher possède un talon d'Achille. La clope. Vice qu'il cache au boulot, pour rester le chouchou de Lawrence. Il doit cette distinction à ses capacités physiques exceptionnelles : il est le plus rapide à se sortir des traquenards. Il a été l'homme qu'on jette à la mer depuis un offshore lancé à pleine vitesse, sans gilet ni palmes. Celui qu'on enferme dans une maison en feu, sans combinaison ignifugée. Pour le mettre à l'épreuve, Lawrence l'a même éjecté d'un avion en vol avec un parachute défaillant. Il est toujours revenu en vie. Désormais, rue La Boétie, on l'appelle « Captain America ». Un surnom qu'il n'a pas l'intention de perdre aujourd'hui. Encore moins à cause d'un crétin à tête d'œuf.

En présence de l'agresseur, Fisher s'est montré docile. Il ne lui a pas fallu longtemps pour comprendre que le type était de la maison malgré son accent écossais à la con : l'autre est reparti avec son uniforme et son badge. Fisher pense qu'il va s'infiltrer au sous-sol pour kidnapper les nouveaux venus. Pourquoi ? Il n'en a aucune idée. Mais si les gosses sont sous surveillance maximale, c'est qu'ils sont précieux.

Malgré la sympathie que Lawrence lui porte, il ne se fait pas beaucoup d'illusion sur ce qui l'attend, s'il ne se pointe pas au boulot demain matin. Pour l'heure, ses poignets sont menottés à la tête de lit. Il est à poil sous sa couverture, avec pour toute compagnie un paquet de chips et une bouteille d'eau. Pas de quoi fanfaronner.

La solution la plus rapide serait de hurler. Le vieux du premier, qui passe ses journées à la fenêtre, viendrait donner des coups de canne contre sa porte. Mais le crâne d'œuf a repéré que l'appartement était entièrement insonorisé. La batterie qui trône dans le coin de sa piaule a suffi à lui mettre la puce à l'oreille : il n'a pas pris la peine de le bâillonner.

Côté mouvements, il n'a pas beaucoup de marge non plus. Il peut faire coulisser ses bras sur toute la longueur de la barre métallique. Même en la secouant très fort, elle ne bougera pas. La tête de lit est vissée au mur. Ce soir, sa force ne va pas le tirer d'affaire.

Son addiction à la cigarette, en revanche, oui. Une mauvaise habitude contractée à Berlin, ville où les clopes ne valaient rien. À l'intérieur du tube de fer, il a planqué un paquet et un briquet. Il lui suffit de dévisser la boule fixée à droite de la barre pour y accéder. Un geste qu'il a appris à effectuer les yeux fermés lorsqu'une insomnie le gagne, exigeant le réconfort d'une blonde se consumant sous ses doigts.

Il s'élance vers son trésor, laissant glisser sa main jusqu'à l'extrémité du tube. En quelques tours de poignet, la boule tombe au sol. Son index fouille la cavité, dont il extrait ce qu'il cherche : le moyen de renouer avec sa passion. Et de déclencher l'alerte incendie.

Le reste est un jeu d'enfant. La cigarette en bouche, il savoure l'odeur du tabac. Dans sa main droite, il tient la promesse d'un plaisir immédiat. Son pouce roule sur la pierre du briquet, tandis que son cou se tend en direction de la flamme. La première aspiration est une libération. La seconde déclenche l'alarme. Il attend. Lorsque les pompiers défoncent enfin sa porte, ils trouvent un homme à poil, menotté au lit, mégot éteint au bec. Trois bonnes raisons de se venger du salopard d'Écossais.

*
* *

La vieille bique frappe pour la troisième fois. Personne ne l'entend. Dans la salle de projection, tout le monde retient sa respiration. Les scientifiques en ont des sueurs froides. Lawrence s'éponge le front, fasciné. Ce n'est pas le plan à trois qui les excite ; le sexe est un domaine dont ils ont fait le tour. La monstruosité, non. Or la naissance des cannibales est un spectacle d'une rare beauté.

Ils ont beau regarder la vidéo en boucle, la tension générale est toujours aussi palpable à l'approche du moment tant attendu. Chacun savoure le calme avant la tempête. La lenteur des caresses, la douceur des fellations, la tendresse des gestes.

Enfin, le miracle opère. L'humanité s'effondre pour laisser place à la barbarie. Les yeux de la femme se parent d'un voile lugubre. Elle se jette sur ses partenaires, dévorant leurs chairs. Les baisers ont disparu, laissant place au règne de la terreur. Morsures, griffures, hurlements orchestrent ce concert de l'enfer.

Un des hommes fond sur elle, projetant son crâne contre le banc. Il cogne la tête de la pauvresse de toutes ses forces jusqu'à ce qu'elle éclate, tandis que l'autre lui déchiquette la cuisse, comme la lionne vorace fouillant la carcasse de l'antilope.

— Si le produit génère une telle agressivité chez des individus aussi atrophiés, imaginez son effet chez des hommes entraînés… soupire Lawrence, rêveur.

— Vous voulez dire l'armée ennemie ?

— Pas seulement. Nous venons de détrôner la bombe nucléaire, mon cher !

— Sans compter le chaos qu'elle peut produire parmi les civils.

— Ça, nous allons le savoir bientôt. Ce Tristan était un sacré gamin.

La vieille bique, toujours sur le pas de la porte, se décide enfin à entrer :

— Monsieur ?

Lawrence lève la tête. Inutile d'avoir un diplôme de neuropsychologue pour voir qu'elle est complètement secouée.

— Entrez !

Elle lui fait signe qu'elle doit le voir en privé. Lawrence la rejoint dans le couloir.

— Un problème, Karen ?

— C'est au sujet de Fisher…

— Eh bien faites-le venir !

— Il ne peut pas. Il est dans la rue. En civil…

Lawrence se lève, agacé. Il connaît ses gars, Captain America ne prendrait jamais le risque de se pointer sans uniforme pour faire le clown sous le système de vidéosurveillance. Quelque chose cloche.

— Très bien. Je sors.

Dans la rue, son homme l'attend, tête baissée. Il porte un survêtement de sport. Certainement pas la tenue d'un agent de la CIA. Lawrence s'approche de lui.

— Mais vous puez la clope, mon ami ! Ne me dites pas que vous recommencez à toucher à cette merde ! Suivez-moi.

Ils marchent jusqu'à un parc, s'assoient sur un banc. Personne aux alentours. Fisher n'y va pas par quatre chemins. En moins de cinq minutes, il fait un rapport complet à son chef. Lawrence s'assombrit. Il ne lui faut pas longtemps pour identifier l'individu décrit par son subalterne. Tête d'œuf. Et dire qu'il lui avait donné une chance de sortir du placard. Quel abruti.

— Dites-moi, Captain America, ça vous dit une petite virée en Jaguar ?

Fisher garde le silence. Il connaît l'affection de son supérieur pour la course automobile. Il n'est pas certain d'avoir envie d'être éjecté par la portière en plein virage. Ni d'apprécier un voyage cramponné au capot pendant que son chef jouera avec l'accélérateur.

— Ne vous inquiétez pas, il ne s'agit pas d'une mission. Ou plutôt si. On va aller récupérer votre uniforme.

*
* *

Bérénice ne pleure pas. Les gardes ont allongé la dépouille de son frère sur une table. Le salon funéraire dans le laboratoire. Elle aurait voulu que la veillée ait lieu dans la cage d'Hayamatsumi. Ils ont refusé. Deux cierges éclairent le visage de Tristan d'une lueur blafarde. Il a l'air soulagé. Presque souriant. Elle aussi.

Elle est enfin libérée de son frère malade, de ses crises continuelles, de son tempérament ombrageux. Il emporte leur secret. Aujourd'hui, Antonia est morte une seconde fois.

Elle a entendu le coup de feu jusque dans leur cellule. Elle y est enfermée nuit et jour depuis que Lawrence prépare l'opération « Sieste pastel ». Elle sait que Tristan prévoyait une évasion. Qu'il avait l'intention de saboter son travail. Qu'il aurait essayé de l'emmener avec lui. Dans les limbes. Et qu'elle aurait été obligée de l'abattre. Elle ignore de quelle manière. Sans le savoir, ce salopard de Lawrence lui a rendu service.

Des bruits de pas, puis de corps qu'on traîne interrompent ses pensées. Elle entend hurler. La pièce retombe dans le silence. Elle attend. Plus rien. Soudain, les pas se rapprochent. Les voix s'élèvent. Un craquement. Elle abandonne le corps de son frère, s'approchant de l'entrée. La silhouette de Lawrence apparaît, au bout du couloir. Suivie par un sbire. Elle le reconnaît. C'est celui qui apporte ses repas. Carrure trapue. Athlétique. Accent allemand. Ce bâtiment est une putain de tour de Babel. Derrière lui, un homme en laisse se traîne à quatre pattes. Nu. Elle recule. Retourne derrière Tristan. Tête haute. Pose la main sur le cœur de son frère. Le requin entre.

— Comme c'est touchant ! Devinez qui a failli être en retard pour la veillée funèbre ? Heureusement, nous sommes allés le chercher. Je sais l'importance que vous accordez à la famille dans votre pays. McKay, voyons, redressez-vous ! Un peu de tenue devant une dame.

Bérénice cache son dégoût en reconnaissant l'homme qu'on roule à ses pieds. Son crâne d'œuf est couvert d'hématomes. Son corps en sang exhibe des chairs lacérées à coups de ceinturon. Ces salopards l'ont passé à tabac.

— Figurez-vous que cet imbécile a essayé de nous trahir. Comme votre frère.

Bérénice frémit. Lawrence ne la lâche pas des yeux. Il claque des doigts.

— Fisher, allez chercher le cadeau de la dame.

L'autre quitte la pièce. Les genoux de Bérénice se dérobent quand il revient avec l'offrande. Ces ordures l'ont volé dans son propre salon. Le sabre de Jacques Martinez. Souvenir d'Indochine. De ses débuts glorieux dans le trafic d'héroïne.

— Cour de Hué, XIXe siècle, déclame Lawrence, avec admiration. Fusée en dent d'éléphant, lame à trois gorges. Un travail d'orfèvre ! La garde est en cuivre gravé. Une merveille. Sans parler de la tête de monstre qui fait office de pommeau.

Il tire le sabre du fourreau, le caressant de l'index.

— Fourreau en bois de rose incrusté de nacre. Regardez-moi la finesse des fleurs et des papillons. Quatre-vingt-dix-huit centimètres de pur bonheur. Il a dû vous manquer…

— Il ne m'appartient pas. Il est à mon grand-père.

— C'est vrai. Mais vous en avez fait bon usage…

Bérénice sent tous ses membres se crisper. Elle a toujours su mentir. Sauf en face d'adversaires trop informés. Elle se demande comment le requin a compris. Si son idiot de frère a fini par parler, pendant l'une de ses crises. Elle sait qu'elle n'aurait jamais dû le leur laisser. Elle n'a pas eu le choix.

Maintenant, elle doit garder le silence. Et comprendre ce que Lawrence attend d'elle.

— Franchement, ma chère, n'avez-vous jamais imaginé que votre frère ait eu envie de se venger ? Ne vous est-il jamais venu à l'esprit qu'il ait eu l'intention de concevoir cette arme chimique pour vous voler le flambeau ? Pour changer l'ordre du monde, comme votre grand-père l'avait fait avant lui avec l'héroïne ? C'était une merveilleuse façon de légitimer son héritage. Et de vous damer le pion, après tout ce que vous lui avez fait subir…

— Je l'ai protégé. Il était malade !

— Oui, nos psychiatres ont travaillé sur sa pathologie. L'histoire de la prétendue disparition de votre mère est passionnante ! Tout comme cette culpabilité que vous avez fait porter à Tristan… Et les crises qu'elle a déclenchées…

— Il a toujours fait des crises, tranche Bérénice.

— Oui, et vous l'avez vite compris. Tout comme le rôle joué par le traitement prescrit par le médecin de famille, dont vous l'avez privé, à chaque fois que vous aviez besoin d'en faire votre pantin. L'amnésie qui suivait ces épisodes délirants a dû bien vous rendre service, pas vrai ? Vous êtes vraiment brillante. Toutefois, j'ai voulu rendre justice à votre demi-frère. Le guérir. Pour qu'il jouisse enfin des lauriers de sa découverte. Savez-vous comment on guérit un homme malade, Bérénice ?

— Foutez-moi la paix.

— Ne soyez pas vulgaire. Admettez votre défaite. Oui, nous lui avons révélé la véritable cause de la mort d'Antonia. Savez-vous ce qu'il a dit ?

Bérénice fixe Lawrence sans le voir. Elle est obsédée par le sabre. Elle admire la lame argentée. Aussitôt, les souvenirs affluent. Dans son reflet métallique apparaît le visage de sa mère. Cette fois, elle ne peut plus le faire disparaître. Les dragons du fourreau ouvrent leur gueule, vomissant ses insultes. Les provocations d'Antonia. Les hurlements de Tristan en pleine convulsion. Le tranchant des gorges apaise sa rage. Trois lits métalliques qui ont vu couler les rivières pourpres. Elle n'a jamais oublié le contact rassurant du bois de rose entre ses mains. Elle se souvient de l'avoir caressé, avant de le placer dans la paume de son frère. L'extase qu'elle a ressentie en attrapant les cheveux de sa génitrice, gesticulant comme une gorgone, lui procure encore des frissons. « Fais-le, Tristan ! Libère-nous de cette salope ! »

Le souvenir de la force démente de Tristan la submerge. Lui le faible. Le dégénéré. Devenu Dieu sous ses ordres. Soudain sublime, décapitant la mère, puis lui offrant sa tête. Elle Salomé. Enfin vengée. Dans les torrents de sang jaillissant autour d'eux. Sous les fontaines généreuses débordantes de leur colère. Elle entend encore les chiens aux abois, excités par l'odeur du crime.

La suite, elle s'en souvient aussi. Tristan revenant à lui. Elle, ordonnant de préparer le bain d'acide. La dissolution du corps dans un souffle. Sauf le cœur.

Elle l'a offert aux chiens. Les molosses se sont régalés. Hypnotisée, elle avance vers le manche. Lawrence l'arrête. Il s'impatiente et réitère sa question :

— Savez-vous ce que votre demi-frère a dit ?

— Il ne vous a jamais parlé des circonstances du décès de notre mère. Il est incapable de s'en souvenir.

— C'est exact, très chère. Son amour pour vous a été le plus fort. Il a préféré nourrir l'amnésie. Oublier comment vous l'avez manipulé, en pleine crise, pour vous débarrasser de votre génitrice tout en gardant les mains propres. Et il a fait un choix imbécile. Alors je l'ai tué.

Les yeux de Bérénice flamboient d'un éclat sombre. Ces révélations lui donnent envie de cracher à la figure de Tristan. Elle reste de marbre, les yeux toujours fixés sur son cadavre, tandis que McKay continue à gémir. Lawrence observe la scène, un sourire narquois aux lèvres.

— Vous tuer, c'était le chemin pour vous pardonner. Un mensonge pour un autre. Vous êtes mal placée pour lui en vouloir…

— Qu'est-ce que vous voulez que je fasse du sabre ? Il ne fera pas revenir mon frère.

— Non. Mais il fera renaître vos désirs profonds. Tristan n'est plus là. Vous n'avez plus votre homme de main. Plus personne à manipuler. Il va falloir accepter votre vraie nature, ma chère. Celle d'une meurtrière frustrée qui n'a jamais assumé ses pulsions. Vous allez tuer McKay. C'est la seule façon de devenir enfin l'héroïne de mon histoire.

Bérénice se braque. Un dégoût monte en elle. Elle sent qu'elle est en train de perdre le contrôle. Derrière elle, Tête d'œuf gémit de plus belle. Lawrence l'assomme d'une claque.

— Fermez-la. La jeune femme a besoin de concentration.

Dans la tête de McKay, les derniers rêves s'évanouissent. Il se demande comment il a pu dégringoler aussi vite, lui qui croyait encore à son bonheur deux heures plus tôt. Peu à peu, l'espoir s'éteint. Il repense aux tommettes rouges de sa cuisine, aux visites chez Bérénice, aux heures glorieuses où il lui achetait des savons, au bar du village, sous la treille. Parfois, la routine est un paradis. Il regrette de ne pas l'avoir compris.

Il se revoit, à la vingtaine, fraîchement nommé à la CIA, ses insignes reluisant sous le soleil de Virginie. La fierté de ses tantes. Une larme roule au coin de ses yeux encroûtés de sang. Sa déchéance est totale. Il songe une dernière fois à ce qu'aurait pu être ce voyage avec la jeune femme, sa peau dorée contre la sienne, tous deux allongés sur le dos d'un éléphant parcourant la jungle. À présent, ce rêve lui semble aussi grotesque que sa posture. Le désespoir le gagne en imaginant l'opération « Sieste pastel » qu'il n'empêchera pas, et le règne de terreur qui s'ensuivra. Il se sentait né pour être héros, il vaut à présent moins qu'un chien. Il est temps d'en finir. Rassemblant ses dernières forces, il implore Bérénice, avec toute la dignité dont il est encore capable.

— Allez-y. Maintenant.

Une lueur de démence s'allume dans le regard de la jeune femme. Les yeux fous de sa mère éclairent désormais le visage de McKay. Elle s'empare de l'arme. Lawrence la contemple, subjugué. D'un bras haineux, elle tranche. La tête tombe. Le sang gicle. Lawrence émet un sifflement admiratif. Le corps de McKay s'effondre. Bérénice revient à elle. Des larmes de honte coulent sur son visage.

* * *

On a limité les dégâts. J'ai formellement démenti l'implication du Hamas dans l'attentat du Geisha. Le boss m'a prêté main-forte. J'ignore combien de temps ils vont gober notre histoire. Comme pour le carmel, on a fait croire à un accident. De l'oxyde de carbone dans le système d'aération. Pour l'instant, la DGSI semble la seule à avoir relié les deux affaires. Tant que personne n'a vu les corps, notre fable tient la route. Le problème, c'est que ce n'est pas le cas. Qui d'autre qu'un membre de mon équipe peut bien avoir mis la photo des sœurs sous le nez de Lison ?

Endormie dans mon lit, je lui caresse la tête. Lison ouvre les yeux. Regarde sa montre, une Casio F91W cadeau du boss pour sa rentrée scolaire, puis se redresse, paniquée :

— Pourquoi tu ne m'as pas réveillée ?

Elle passe la main dans ses cheveux, attrape la brosse, essaie de se coiffer.

— Pas si vite, jeune fille. Pas de collège pour toi ce matin.

Elle me regarde, stupéfaite. Lui faire manquer les cours n'est pas dans les habitudes de la maison. Elle pressent l'orage. Elle attend.

— Tu veux me parler de quelque chose, Lison ?

— Tu vas me faire passer un interrogatoire ?

— Tu dessines quoi de beau en ce moment ?

Le visage de ma gosse se referme aussi sec. Elle prend une mine outrée que je lui connais bien. Celle qu'elle me sert quand je l'accuse d'avoir mangé des sucreries en cachette. Un vice que je n'ai pas encore réussi à guérir.

— Tu fouilles dans mes affaires ?

— Moi ? Non. Ta CPE en revanche, oui.

Elle garde le silence. J'attends.

— J'ai vu un documentaire sur le cannibalisme à la télé. Ça m'a empêchée de dormir. Je ne voulais pas t'en parler. T'es déjà assez contrariée comme ça. Alors j'ai dessiné. C'est ce que je fais quand j'ai peur.

— Lison, on sait toutes les deux ce que tu as dessiné. Et tu ne l'as pas vu dans un documentaire.

Elle s'obstine. Je passe à la vitesse supérieure.

— Tu as dessiné d'après une photographie. Celle-ci, dis-je, en lui montrant le cliché imprimé, pris par Ziad dans la chapelle. Il s'agit d'un document confidentiel lié à l'affaire des meurtres du carmel de Montmartre. D'ailleurs, tu as fait un boulot magnifique. Les vêtements des sœurs sont très réalistes. Bravo. Mais là n'est pas la question. À ton avis, quelle sanction attend celui ou celle qui t'a montré ces photos ?

— Un blâme.

— Non.

— Plus grave ?

— Beaucoup plus grave. Un renvoi. Alors je te le demande pour la dernière fois. Qui t'a montré ces photos ?

— …

— Très bien. Avant ce soir, Ziad sera remercié.

— C'est Léa ! avoue-t-elle dans un sanglot. Mais je ne veux pas que tu la vires ! Promets-moi que tu ne la vireras pas, hein maman ?

Cette supplication me bouleverse. Je reste pourtant de marbre. La fonction qui veut ça.

— Léa Effendi. D'accord. Explique-moi pourquoi.

Le visage de Lison se métamorphose. Elle vieillit d'un coup. Je ne lui ai jamais vu cette expression-là. Un combat intérieur me bouffe les entrailles. Aucune mère ne livrerait davantage sa fille à la torture. La punition a assez duré. J'ai envie de la prendre dans mes bras. De l'embrasser très fort. La commissaire Dharmesh m'intime de me ressaisir. L'enquête ne fait que commencer. Enfin, Lison entame sa confession.

— Un jour, je lui ai demandé pourquoi elle portait un bonnet. Elle m'a montré sa cicatrice. Une grande cicatrice affreuse, qui lui traverse le crâne. Elle m'a demandé si j'avais peur. J'ai rigolé.

— Ça t'a fait rire de découvrir qu'une jeune femme est mutilée ?

— Non. Ce qui me fait marrer, c'est la naïveté des adultes. Elle. Toi. Le boss. Après la mort de mes parents, vous avez passé trois mois enfermés. Tu t'en rappelles ?

— Nous avons passé trois mois à l'hôpital. En chambre stérile. Parce que nous avions été brûlés par des projections d'acide.

— Je sais tout ça. Et beaucoup plus que ça. Tu ne t'es jamais demandé ce que j'étais devenue pendant tout ce temps ? Pendant ces trois mois où je suis devenue orpheline ?

— Tu as été placée en service psychiatrique. Dans le pavillon des adolescents. Nous n'avions pas d'autre choix. Ziad est venu te voir tous les jours. Le boss et moi-même t'avons appelée chaque soir avant que tu t'endormes. Jusqu'à nos retrouvailles.

— Quel genre de personnes crois-tu que j'aie fréquentées là-bas ?

— Des jeunes qui comme toi avaient besoin de protection.

Lison éclate d'un rire sombre.

— Vraiment. Tu te trompes. J'ai côtoyé des suicidaires. Des pervers. Des schizophrènes. Des mythomanes. Ils connaissaient tous mon histoire. Pas moi. C'est grâce à eux que j'ai découvert comment mon père avait été tué. À cause de mes dessins.

Mon cœur se glace. Je ne peux pas la laisser continuer. Je m'approche d'elle, essayant de la faire taire. Elle recule. Presque amusée.

— Je t'aime, Priya. Et je sais que tu as voulu me protéger. Mais t'as pas réussi.

L'aveu me fait l'effet d'une claque. Je chancelle.

— Je suis responsable de la mort de mon père. J'ai dessiné son agonie. Quand Ziad m'a emportée, pour que j'échappe au massacre, j'ai tout vu.

— Tu n'as rien pu voir. Tu avais été droguée. Ton imagination te joue des tours.

— J'ai vu les organes de mon père sur la toile. Qui formaient le visage de *L'Hiver*. La reproduction d'Arcimboldo que j'avais faite pour lui.

— Pourquoi tu ne m'en as jamais parlé ? Pourquoi tu ne l'as pas dit aux psychiatres qui te suivaient ?

— Parce que j'ai vu ce qu'ils faisaient à ceux qui racontaient leurs traumas. Les doses de médocs qu'ils leur injectaient jour et nuit pour avoir la paix. Pour ne plus les entendre crier. Et que je ne voulais pas finir comme un légume. Alors, j'ai recommencé à dessiner des corps. Saignants. Écartelés. Torturés. C'est la seule chose qui m'apaise. La seule chose qui vide les cauchemars dans ma tête.

— Tu as raconté ça à Léa…

— Oui. Alors elle m'a dit qu'elle avait d'autres images pour moi. Que dessiner les massacres, c'était une bonne façon d'évacuer ma terreur. Qu'elle me comprenait. Et qu'un jour, elle me raconterait l'histoire de son crâne. Si tu la vires, je refuserai de rester à l'UC. Je ne suis pas une traître. J'irai voir la psy, et je lui dirai que je suis d'accord pour que les Leveneur m'adoptent.

Lison se lève et quitte la pièce. Mon téléphone vibre. C'est la Kowalski. J'ignore l'appel, trop secouée pour décrocher. La garce insiste. Je finis par répondre.

— Félicitations, madame Dharmesh.

— Quoi ?

— Pourquoi m'avoir caché ça ? La vérité nous aurait fait gagner du temps. Sans compter les Leveneur qui sont furieux.

— De quoi parlez-vous ?

— Comment ça de quoi je parle ? Mais de votre pacs, chère madame. Votre compagnon m'a apporté une copie du dossier en personne cet après-midi. Un très bel homme, je suis heureuse pour vous.

Je me passe la main sur le visage, incapable de comprendre ce qu'elle raconte. J'ai un conjoint. Je vais me pacser. Je me demande qui me joue cette blague stupide. Je me concentre sur cette nouvelle information : Lison reste avec moi. Je dois en avoir le cœur net.

— Vous dites que les Leveneur renoncent à adopter Lison ?

— Vous avez la priorité maintenant que vous formez une vraie famille. Madame Priya Carpentier, ajoute-t-elle, admirative. Ça vous ira très bien si vous vous mariez.

Je raccroche. Priya Carpentier. Le trouble m'envahit en entendant mon prénom collé au patronyme du boss. Quand je lève la tête, il se tient devant moi. Penaud. Je ne dis pas un mot, partagée entre la colère et la honte. Celle d'avoir dû dévoiler le vortex de ma vie amoureuse à un supérieur hiérarchique. Voilà le résultat. Célibataire à plus de 50 piges et bientôt pacsée malgré moi. Une récompense que je dois à la pitié de mon chef. Je me demande s'il mesure la responsabilité qu'il se met sur les épaules en prétextant devenir ma moitié juridique. Sans compter Lison. Je sais qu'il adore la gamine, mais il n'a jamais été père de famille. Je vois mal à quoi pourrait ressembler notre union, même factice, dans ces conditions.

De mon côté, je ne sais pas d'où me vient cette incapacité à m'engager. À me croire digne d'une histoire sentimentale, quand, plus jeune, toutes les femmes autour de moi se mariaient. Je rêvais d'un partenaire. D'un homme fort qui aurait partagé mes ambitions professionnelles. À l'époque, on ne m'a présenté que des crétins qui voulaient m'engrosser. Me confier le foyer pour se consacrer à leur avenir.

J'ai assisté au grand mariage de mes sœurs avec le sentiment étrange qu'on m'invitait à un enterrement. Celui de leur autonomie, de leurs ambitions et de leur épanouissement. La vie m'a souvent donné raison. Trois d'entre elles supportent avec courage les déboires d'une union de vitrine. Je chéris ma solitude. J'ai toujours préféré le vide affectif aux mensonges sentimentaux.

Pourtant, j'ai déjà succombé à l'amour. Deux fois. Ça n'a rien donné. Le premier m'a trompée, le second m'a quittée pour faire le tour du monde en solo. Je me suis noyée dans mes dossiers, mes affaires m'ont happée, le temps a filé sans demander son reste. Le cœur est un domaine dont je parle peu. Parfois, j'ai envie de me confier à Ziad. Mais j'ai trop peur qu'il se fiche de moi. Je ne m'en remettrais pas.

Je le sais grand consommateur d'applications de rencontre. Je ne l'en blâme pas. La faute au boulot qui mange tout notre temps, au stress qui dévore la libido, et à l'envie de facilité. Quand on passe ses journées à traquer un meurtrier, on n'a plus le goût de chasser. Même pour aimer. Le romantisme survit rarement à la réalité de l'UC. À moins de trouver l'amour dans son enclos. Comme il l'a fait pour Caroline Turpin. Cette pensée me laisse rêveuse. Je m'interdis de la nourrir.

Le boss ne bouge toujours pas, attendant que je brise la glace en premier. Je laisse le malaise s'installer, comme pour le punir. Il finit par craquer.

— Vous allez me faire la gueule longtemps ?

— Je ne savais pas que je vous faisais pitié.

— Ce n'est pas le cas.

— C'est Pandialé qui vous a soufflé l'idée ? Vous savez très bien qu'elle vous considère comme le gendre idéal…

— Écoutez, Priya, on va se passer de votre ironie matinale. On n'a pas le temps et je ne suis pas venu ici pour vous faire une déclaration.

J'encaisse le coup. Sa froideur brutale me blesse. Je ne risque pas de le lui avouer. Il poursuit, sans s'apercevoir de ma peine :

— Il n'y a pas quarante façons de conserver la garde de Lison. On se connaît assez pour former un couple parental équilibré. J'ai déclaré que vous habiteriez désormais à l'UC dans mon logement de fonction. Personne n'ira vérifier que vous ne dormez pas dans mon lit.

Sa dernière phrase me trouble, je rougis. Il lève la tête. Trop tard. Il me plante son regard bleu acier dans les yeux. Je vacille.

— Ne croyez pas que ça ne m'a pas traversé l'esprit, Priya. Vous êtes une femme d'une sacrée trempe. Mais je ne suis pas capable de vous offrir l'histoire que vous méritez.

— Je ne vous ai rien demandé, mens-je.

— Tant mieux. Moi je vous demande de m'accepter en tant que père de Lison. Parce que je sais que nous aimerons cette gamine mieux que n'importe quelle famille d'accueil.

J'acquiesce, et finis par lui proposer un café. Il semble soulagé par cette diversion. Il reprend son air autoritaire en faisant mine de consulter son téléphone.

Soudain, mon corps me trahit. J'ai envie de me jeter contre le boss et de le serrer de toutes mes forces. L'espace d'une seconde, j'imagine son souffle embraser ma nuque. Sans explication, je m'enfuis dans la salle de bains. Je passe de longues minutes le visage plongé sous le jet d'eau froide. Quand je reviens dans le salon, je suis seule. Je me laisse choir sur le fauteuil en espérant vraiment oublier ce qui vient de se passer.

XI

Sieste pastel

— Abel ! Grouille-toi !!!

Sarah Treville est sur les nerfs. D'une main exaspérée, elle essuie la bouche de son gamin de 3 ans, espérant qu'il finisse sa tartine sans salir son tee-shirt. Une brosse à dents dans la main droite et un eye-liner dans l'autre, elle circule entre les meubles du studio, poussant du pied une chaise qui n'a rien à faire là, allumant la bouilloire, se cognant l'orteil contre le tricycle de son fils. Elle hurle à nouveau. Comme tous les matins, c'est la guerre.

— Et m… ! Abel ! Maman t'a déjà dit mille fois de ranger ton vélo !

Le gosse laisse tomber sa tartine et lève vers elle un regard coupable, plein de confiture et de désolation. Sa colère se dissout face à la bouille ronde du petit, ses grands yeux écarquillés, lacs d'onyx hérités de son père, qui s'est fait la malle le jour de l'accouchement.

Elle regarde son portable. Il lui reste une dizaine de minutes pour finir de se maquiller, préparer le sac du petit, donner au studio un semblant de coup de propre avant de sauter dans la bagnole. Ensuite, ce sera une demi-heure d'embouteillages jusqu'à l'école.

Parfois, elle se demande quelle mouche l'a piquée le jour où elle a voulu un gosse de ce serveur d'origine marocaine – quel cliché – alors qu'elle avait tout pour réussir sa vie : un diplôme de fonctionnaire tout frais, un poste en primaire dans le XVe, et du temps à gogo pour se vernir les ongles et penser à ses prochaines vacances.

Et puis il a fallu qu'elle rencontre ce type. Qu'elle s'entiche de vie de couple et de stabilité familiale. Pour lui, elle a lâché son poste, s'est fait muter en banlieue, où les loyers étaient plus abordables : « T'as des goûts de bourge, je ne veux pas élever nos gosses dans un quartier de riches », lui a-t-il dit quand elle a eu son premier retard de règles. Alors il leur a trouvé un logement minable, coincé entre une ligne de RER et une épicerie chinoise, à plus d'une heure de Paris. Bien sûr, il a lâché son boulot de serveur pour une formation à domicile, et la vie de bohème a commencé. Elle a décoré le deux-pièces du mieux qu'elle a pu, certaine qu'il finirait par avoir des allures de nid d'amour.

Quand elle a appris son affectation en petite section, elle a pleuré toutes les larmes de son corps. Elle a fait le deuil de ses ambitions avec celui des CM2.

La maternelle, elle l'a vécue comme un retour à la case départ. « Arrête de chialer, au moins t'auras du temps pour t'occuper du petit », lui a balancé son mec, en lui plaquant une main sur le ventre. Enceinte de six mois, elle n'a pas protesté. A remis le nez dans la pâte à modeler et la gouache liquide, a abandonné les contes de Grimm au profit des dînettes, jusqu'à ce que l'impensable se produise. Après les réformes de la police, ils se sont attaqués à l'Éducation nationale.

Tout est parti d'une pseudo-étude américaine. Quand le verdict est tombé, plaçant les écoliers français en queue du classement international, les familles les plus riches ont fait souffler un vent de panique dans les établissements. Comme par hasard, de nouveaux eldorados éducatifs se sont mis à émerger partout dans le pays, comme les UC flambant neuves de la police. En Île-de-France, des pensionnats privés ont poussé comme des champignons, bâtis sur le modèle des campus américains. Les investisseurs étrangers séduits par ce marché florissant s'en sont donné à cœur joie, coupant l'herbe sous le pied des enseignants du public, à qui on a promis de nouvelles réformes pour juguler la concurrence et la ruée des enfants de riches vers ces portes de la réussite.

Ces départs ne surprennent pas Sarah. Malgré sa jeune carrière, elle a assisté à la débâcle du niveau sans savoir comment redresser le navire. La faute aux écrans, à la démission des parents, aux réseaux sociaux favorisant la gratification immédiate au détriment du goût de l'effort, sans oublier une multitude d'autres facteurs sur lesquels elle n'a aucune prise. Dans un monde qui va de plus en plus mal, on ne peut pas demander aux élèves de résoudre des problèmes que les ministres ignorent.

Sans parler de la retraite, une récompense qu'elle ne connaîtra pas avant ses 75 ans, au rythme où les réformes se poursuivent. Si elle tient, c'est pour son fils. Elle veut s'assurer qu'il survive aux avanies d'un système en pleine révolution, et Dieu sait que les bâtons sont nombreux dans les roues de la machine.

Les classes se vident et les bâtiments décrépissent. Elle n'a plus que seize gamins en petite section, du matériel pédagogique usé, et peu de personnel encadrant. Lorsque les syndicats ont fait remonter ses doléances, on a équipé ses locaux de la baguette magique : un tableau interactif, « permettant la mise en œuvre d'îlots autonomes favorisant l'apprentissage citoyen ». Des foutaises. Du jargon tout droit sorti du ministère pour réduire le nombre de postes.

Comme si l'enseignant virtuel auquel elle doit désormais confier la moitié de son groupe pouvait remplacer la présence rassurante de sa personne derrière leurs petites têtes. On lui a expliqué que s'initier à l'autonomie numérique en maternelle était indispensable pour favoriser la transition vers le Numérilycée. Dispositif visant à la suppression totale des bâtiments en 2040, au profit de l'apprentissage « en capsule ». Un équipement permettant aux jeunes d'étudier chez eux, par le truchement d'un casque virtuel et de gants haptiques. Plus économique, plus écologique, et plus efficace en cas de nouvelle crise sanitaire. Le résultat, c'est que les classes se déshumanisent et que les profs capitulent.

Dans les embouteillages, sa colère monte encore d'un cran. Elle est inspectée aujourd'hui. Elle va devoir se farcir un de ces pompeux crétins qui ne connaissent rien du terrain. La plaie.

Hier pourtant, elle a préparé les gamins. Elle a promis que s'ils se tenaient à carreau, ils recevraient des livres neufs et des coussins doux comme des nuages. Sa chance, c'est que pour une fois le rond-de-cuir viendra après la sieste. L'heure bénie de toutes les maîtresses de petite section.

8 heures. Son assistante a du retard. Sarah installe les boîtes de puzzle abîmées sur les tables pendant qu'Abel sort les gommettes. Mine de rien, heureusement qu'il est là pour l'aider.

8 h 10. Son directeur débarque. Essoufflé comme un vieux cheval.

— On est dans la merde.

Sarah lui jette un regard noir. Elle a horreur qu'on dise des grossièretés devant son fils.

— … ?

— Mouvement de grève des personnels non titularisés. Pas d'assistante aujourd'hui…Comment ça va, bonhomme ?

Il soulève Abel et lui colle une bise sonore sur la joue.

— Maman est énervée, balance le petit.

Sarah manque de s'étrangler. Son fils est la mascotte de l'école, mais personne ne se soucie de sa carrière. Une inspection, c'est une promesse d'augmentation dont elle ne veut pas se priver. Elle relance :

— Et pour mon inspection ?

— Tu les mets en temps calme. Atelier méditation ce matin, sieste, et sophrologie cette aprèm. C'est le moment de piocher dans les trésors du serveur. Fais-leur croire que la machine nous sauve la vie.

Il lui montre le tableau numérique, comme si le Messie était tombé du ciel. Sarah fulmine.

— Qui va surveiller la cantine ?

— La mairie va nous livrer des sandwichs. Ça se mange tout seul. Pas vrai que t'aimes ça, Abel, les sandwichs au jambon végétal ?

Les épaules de Sarah se raidissent en entendant le menu. Une raison supplémentaire pour les parents friqués de mettre leur progéniture dans les campus privés. Une amie à elle qui est passée dans le camp ennemi lui a affirmé que les repas de leur école étaient produits par les élèves, dans le cadre d'ateliers permaculture. Elle a pleuré d'envie en imaginant son petit bonhomme s'initier aux joies du potager, dévorant des fraises bio, au lieu de sucer l'affreuse compote en gourde pleine de sucres ajoutés et d'édulcorants qu'elle doit leur servir pour le goûter.

Quand elle relève la tête, son chef est déjà dans le couloir. Il a six collègues à prévenir, sans compter l'accueil des parents. Une vraie galère pour lui aussi. Elle récapitule : personne pour surveiller le repas ni la sieste, elle va être sur le pont toute la journée. Elle passe une main derrière sa nuque, puis referme les boîtes de puzzle d'un claquement sec. Elle allume l'écran interactif. À l'impossible, nul n'est tenu.

*
* *

Quand Bérénice se réveille, son premier réflexe est d'appeler Tristan. Très vite, la voix se fige dans sa gorge. La mémoire lui revient. Elle suffoque. Elle reste sous les draps, se demandant combien de temps va lui octroyer le requin. Elle aimerait passer la journée cachée. Ne pas voir la lumière du jour. Se retirer dans son tourbillon intérieur pour oublier. Il ne lui faut en général que quelques heures pour reconstituer la carapace de l'amnésie. Sortir sans ce bouclier la terrifie. Déjà, la porte de la cage de verre s'ouvre.

— Debout ! fait la voix de son geôlier, celui qui a traîné Tête d'œuf comme un chien dans le couloir.

Elle se prend à regretter le faux pharmacien, ses polos ringards et ses yeux vicelards. Un crétin qui aurait pu l'aider à sortir d'ici. Aujourd'hui elle est seule. Mais elle n'a pas capitulé.

Elle se lève, cotonneuse. Captain America la mate, elle le sent. Elle se déshabille, passe une main lascive dans sa chevelure sauvage. Il observe son petit manège, sans broncher. Le gars est bien entraîné, elle n'en doute pas. Ça ne l'empêche pas de jouer encore un peu avant l'arrivée du requin. Qui sait, il finira peut-être par craquer ; elle en a fait tomber de plus austères que lui. Elle s'approche à quelques centimètres de son visage. Quand elle pose une main sur son entrejambe, il se laisse faire, immobile. Elle le sent durcir sous la toile de son pantalon noir. Alors, sans prévenir il lui saisit les poignets et la repousse avec brutalité. Puis s'accroupit sur elle et la gifle. Elle hurle de rage.

— Espèce de salaud !

Il se met à rire ; elle commence à pleurer, c'est un affront de trop. Au même moment, le requin entre dans la pièce. La débâcle de Bérénice est totale. Tout comme son envie de vengeance. Fisher se redresse, au garde-à-vous.

— La princesse est levée, quelle bonne nouvelle ! Un réveil difficile ?

— Vous avez buté mon frère. Comment je vais, d'après vous ?

— Allons, allons, arrêtez votre cinéma, vous n'êtes pas d'une trempe à pleurer vos morts, et nous le savons tous les deux. Quant à l'enterrement, nous vous y conduisons, ma chère. Nous avons beau être en désaccord sur de nombreux points, j'aime les traditions autant que vous. Allez, rhabillez-vous.

Lawrence fait signe à Fisher d'attraper Bérénice. Elle a à peine le temps d'enfiler ses vêtements que ce dernier la pousse dans le couloir. Elle avance en titubant. Son crâne semble près d'éclater. Elle se demande si elle n'a pas attrapé la maladie de Tristan, tandis qu'elle sent ses jambes se dérober sous elle. Dans l'ascenseur, on lui bande les yeux. Elle se résigne. La promenade forcée dure une éternité.

Soudain, l'air se réchauffe. Elle hume les parfums du dehors, des odeurs âcres de pollution et d'humidité. Ses narines frémissent, elle entend le bruit d'un moteur qu'on met en marche, puis d'une portière qu'on ouvre. On la pousse à l'intérieur. Ça lui rappelle son premier voyage, aux côtés de son frère, avant qu'ils ne les jettent dans l'avion pour cette prison de verre. Ils roulent environ une heure. Elle s'assoupit.

Quand elle se réveille, la lumière chatouille ses paupières. Elle sent les fragrances d'un jardin ensoleillé. On lui a retiré ses menottes. Elle arrache son bandeau.

Elle se découvre allongée dans un fauteuil, en plein milieu d'une serre tropicale. Seule. Au milieu d'une table couverte de mets trône une urne. Tristan. Elle ne doit pas gâcher cet instant. Le dernier avec son frère.

Elle doit trouver l'endroit idéal. L'arbre aux pieds duquel le jeune homme pourra lui pardonner, pour l'éternité. Elle se redresse, fait quelques pas, déglutit avec peine. Ils ont dû la droguer, sa bouche est pâteuse et ses réflexes lents. Elle espère qu'un café lui rendra son énergie. Elle se sert une première tasse, et emplit ses poumons jusqu'à reconnaître un bruissement d'ailes familier. À quelques mètres, elle l'aperçoit enfin. Posée, majestueuse, sur la plus haute branche d'un buisson de mimosa, éclatant en bouquets d'or. Elle repose sa tasse, saisit l'urne à pleines mains, et s'avance vers sa chouette adorée.

— Tu vas prendre soin de lui, avant que je revienne te chercher. D'une manière ou d'une autre, je te retrouverai.

Hayamatsumi observe sa maîtresse dévisser le couvercle de l'urne, puis en projeter le contenu de toutes ses forces vers le ciel. Elle fond entre les cendres, traversant le nuage argenté qui dépose une fine pellicule sur ses ailes, puis vient se poser sur les épaules de sa maîtresse. La jeune femme contemple les branches du mimosa, recouvertes de poussières grises.

Lorsque la chouette entend les pas se rapprocher, elle prend son envol sans demander son reste. Lawrence contemple la scène d'un air faussement attendri.

— Les adieux sont faits, très chère ? Comme vous le voyez, j'ai tenu promesse. J'espère que vous pourrez en dire autant…

*
* *

« On lève les bras ! On marche au pas ! Tchoupi s'entraîne avec ses deux papas ! » chantonne l'animatrice du serveur, avec entrain.

Sarah observe ses petits bouts gesticuler en rythme sur la chorégraphie, saluant les efforts de la machine pour leur faire perdre des calories tout en les éduquant à l'homoparentalité. Elle aurait préféré les conduire au parc, pour leur faire respirer l'odeur des vrais arbres et les laisser courir dans l'herbe verte, mais sans assistante pour encadrer la promenade, l'opération relève du suicide.

La cloche sonne. Les gosses sont en sueur, le repas va bientôt être livré. Elle coupe la musique.

— Allez, les enfants. On va se laver les mains avant de manger les bons sandwichs de la cantine…

Elle articule bien fort, regrettant que son public ne soit assez âgé pour goûter à son sarcasme.

— Le petit train est prêt à partir ?

Elle reçoit des hurlements d'excitation en guise de réponse. Rien de nouveau sous le soleil. Le petit Aodrenn bouscule Abel pour être en tête de la locomotive. Son fils se met à pleurer, une sublime performance d'acteur. Les autres s'énervent et sautillent dans la classe. Elle se retient de les étriper, heureusement qu'ils sont si mignons.

— Je ne conduirai pas d'enfants excités comme des puces à la cantine. Tout le monde ferme les yeux et on respire à fond. C'est bien… Encore deux fois.

Son groupe se calme. Elle sermonne son fils :

— Abel, aujourd'hui c'est Aodrenn qui conduit les voyageurs. Regarde le tableau.

Les enfants se mettent enfin en file indienne, direction le réfectoire. Ils ont vingt minutes pour manger, dessert compris, si elle veut éviter la cohue. Elle espère que les agents municipaux seront à l'heure.

— Chacun dans son îlot, ordonne-t-elle, après avoir survécu à l'épreuve du lavage de mains sans inondation générale des toilettes.

À midi pile, les agents débarquent. Sarah se fige. Au lieu des deux boulottes qui livrent habituellement les repas, elle voit entrer un type torride, pectoraux moulés dans un uniforme qui semble trop petit pour lui. Elle ne peut s'empêcher de lui sourire bêtement, pendant qu'il circule entre les tables, sans dire un mot. Son air béat n'échappe pas à sa voisine de table :

— Maîtresse est amoureuse, lance la petite Sofia, en tapant dans ses mains.

Éclat de rire général dans le réfectoire. Sarah ne sait plus où se mettre. L'autre continue à déposer ses paniers, sans avoir l'air d'entendre. Il est accompagné par une jeune femme à la peau dorée, super bien roulée, qui l'agace aussitôt. Peut-être qu'il se la tape. Cette pensée la brûle de jalousie : des mois qu'elle est célibataire et ne rencontre que des tocards. Ce type-là ferait parfaitement son affaire. Encore faudrait-il qu'il la regarde.

Quand elle se décide enfin à engager la conversation, il a déjà quitté la pièce. La bombe ultra-gironde lui adresse un sourire d'excuse. Elle a envie de la griffer, puis se rappelle qu'elle n'a pas 3 ans.

— Un menu spécial pour la maîtresse.

Sarah la toise, incrédule. L'autre embraye :

— Les journées de grève du personnel, on sait ce que c'est. Pour vous, ce sera frites, poulet basquaise, salade. On a ajouté une petite bouteille de cidre. Produit de Normandie. C'est ce que va manger le maire ce midi…

Elle ajoute d'une voix de conspiratrice :

— N'en donnez pas aux gosses, le plat est relevé. Et ne dites rien aux collègues, on n'en avait pas pour tout le monde. Bon appétit !

— C'est très gentil, répond Sarah, gênée.

Elle la raccompagne sur le pas de la porte, espérant recroiser le type. Manque de bol, le parking est vide. Elle se lance :

— Vous êtes nouveaux dans le service ? Et votre collègue, là… Il est célibataire ?

Elle n'en revient pas d'avoir posé cette question. La jeune rigole.

— Je lui dirai que vous êtes intéressée. De toute façon, il sait où vous trouver…

Elle la salue et quitte l'école au pas de course. Sarah a juste le temps d'apercevoir ses cuisses fuselées sous la blouse. Décidément, il est urgent qu'elle se remette au sport.

*
* *

Fisher est content de son coup. La garce est menottée sur le siège passager, retour au QG. Elle a voulu jouer avec lui, comme s'il était assez stupide pour obéir à ses pulsions, lui le fleuron des agents de la CIA. Il a eu peur qu'elle fasse dévier le plan, quand il a dû la détacher. Il n'aurait eu aucun remords à l'abattre en plein milieu de la cour, même devant les gosses. Il lui a montré son flingue, planqué dans un holster sous l'uniforme. Bérénice l'a regardé sans broncher, avec cet air d'insolence qui lui donne envie de la gifler. Son père avait raison, les Françaises sont arrogantes et insupportables, dommage pour lui qu'elle soit si appétissante. Il comprend pourquoi feu McKay en a perdu la boule, mais il est moins bête que ce crétin. Il va se contenter de la ramener à Lawrence et prendre ces fameux jours de repos qu'il attend depuis une semaine.

Il s'allumera une clope, tapera sur sa batterie comme un sonné avant de s'endormir le combiné collé à l'oreille pour écouter sa blonde lui susurrer qu'elle a envie de lui, de l'autre côté de l'océan.

Mais les choses se passent autrement. Sans qu'il ait le temps de réagir, il est projeté en avant contre le tableau de bord. Son front heurte le pare-brise. Le sang jaillit. La garce a tiré sur le frein à main en plein milieu de la Francilienne, après avoir désactivé l'airbag conducteur. Il n'a rien vu venir. La voiture fait plusieurs tête-à-queue, avant de s'immobiliser contre la rambarde de sécurité. Trois véhicules viennent s'encastrer dans le leur. Le regard de Fisher se brouille, il est en pleine hémorragie. Il sent qu'elle fouille dans ses poches à la recherche de la clé des menottes. Il tend le bras vers Bérénice, trop tard. La vision brumeuse de la jeune femme qui s'échappe par la portière s'estompe ; il entend un « Va te faire foutre » traverser les limbes de l'habitacle, puis perd connaissance.

*
* *

Le poulet basquaise était vraiment bon. Les gosses ont voulu goûter, mais elle les a renvoyés dans leurs filets. Sans compter le cidre qu'elle a sifflé d'un trait, lui provoquant une légère euphorie. Maintenant, elle a vraiment envie de dormir.

Elle aligne les hamacs par rangée de huit sur le grand tapis de jeux, puis donne un double tour de clé dans la serrure, conformément aux nouvelles consignes anti-intrusion. Enfin une mesure utile pour éviter qu'un petit ne se fasse la malle pendant qu'elle dort. De toute façon, personne ne viendra vérifier.

— Tout le monde va chercher son doudou ! Hop hop hop !

Sa voix est enjouée, la rencontre de la cantine lui a mis du baume au cœur. Pendant que les enfants s'allongent, elle se prend à rêver que le type torride revient. Il est là, à la sortie de l'école à l'attendre, pour lui demander son numéro. Il lui fait un clin d'œil, elle lui rend un sourire aguicheur. De ceux qu'elle n'a pas donnés depuis trop longtemps. Elle doit absolument s'épiler ce soir. Il faut provoquer le destin.

Avant de fermer les yeux, elle contemple les petits corps lovés contre leur peluche. Le seul moment de la journée où elle les trouve vraiment adorables. Puis elle sombre.

Le repos ne dure pas. D'abord, c'est une bouffée de chaleur qui l'envahit, suivie d'un violent vertige. Elle se cramponne à son fauteuil, se demandant ce qui lui arrive. Un bourdonnement retentit dans ses oreilles. Tout à coup, elle est nue, couchée sur les rails d'une gare fantôme. Elle entend un train de marchandises rouler vers elle à toute allure, lui fracassant les oreilles. Affolée, elle ouvre des yeux exorbités, appelle à l'aide : elle va mourir écrasée par le convoi. Aucun son ne franchit la porte de ses lèvres.

La locomotive furieuse pénètre ses chairs. La douleur est fulgurante. Elle s'évanouit. Quand elle rouvre les yeux, un filet de bave coule le long de ses lèvres. Le train a emporté son âme, et avec elle, toute trace d'humanité. Elle renaît hydre, gorgone, ogresse. Elle se lève, toute-puissante, le corps empli d'une force jubilatoire.

— Maîtresse… Tu me fais peur… chuchote Simon qui vient d'ouvrir les yeux.

Elle tombe à quatre pattes en face de lui, et le dévisage de son sourire fou. Celui du monstre carnassier prêt à commencer la chasse.

— Maîtresse, j'aime pas ton nouveau jeu, chuchote-t-il, de plus en plus inquiet.

Maîtresse ne lui laisse pas le temps de répondre. Elle se jette sur le frêle corps, arrachant le drap dont il se protège. Pas pour longtemps. Elle le gifle, envoyant son petit crâne se fracasser contre une caisse en bois. Ses hurlements réveillent les autres. Figés sur leurs transats, la première image qu'ils aperçoivent est celle de Sarah, déchiquetant la nuque tendre de Simon. Le gosse convulse. Elle continue à le dévorer, pendant qu'il se vide de son sang. Bientôt, il ne bouge plus. Alors, fouillant à pleines mains dans la carcasse de son festin, elle éclate d'un rire lugubre, levant au ciel ses ongles maculés de chair chaude.

Un concert de cris de terreur retentit dans la classe. Tout le monde est à la cantine ; les gosses appellent maman, en vain. Exultant d'une joie malade, Sarah Treville les empoigne les uns après les autres, arrachant les joues, déboîtant les épaules ténues et les cuisses délicates des enfants tétanisés par sa folie.

Seul le petit Abel ne crie pas. Dans les contes de Grimm que sa maman lui raconte, il sait que pour échapper à l'ogre, les orphelins doivent se cacher dans la grotte. À toute vitesse, il se rue vers la cabane en bois à l'autre bout de la pièce, et s'allonge sur le sol. Il plaque les mains sur ses oreilles de toutes ses forces, puis ferme les yeux. S'il reste bien tranquille, il est sûr que le cauchemar s'en ira.

XII

Réveil

Quand Léa Effendi entre dans mon bureau, je suis toujours de sale humeur. Je lui fais signe de s'asseoir. Elle s'installe au bord de la chaise, méfiante. Ziad, posté dans un coin, regarde ses chaussures. Je pose devant elle le carnet à dessin de Lison, et j'attends. Elle ne dit rien. Je n'y vais pas par quatre chemins.

— Détournement de pièces à conviction. Manipulation de mineure. Mensonges à la hiérarchie.

Je me retourne vers mon lieutenant.

— D'après toi, Ziad, ça va chercher dans les combien ?

Le gosse garde la tête baissée. Il déteste quand je joue au méchant flic. Tant pis, je n'ai plus le temps d'être affable.

— À cause de vous, j'ai été convoquée à l'ASE. Si je n'ai pas perdu la garde de Lison, c'est uniquement parce que personne n'est en mesure de vous soupçonner. Je ne sais pas ce qui me retient de vous coller au placard.

— Votre culpabilité sans doute.

Les bras m'en tombent.

— Je vous demande pardon ?

Ignorant mon indignation, Léa prend le carnet et feuillette les premières pages. Quand elle arrive au croquis représentant le massacre du carmel, elle sourit.

— Je l'ai surprise dans la salle des icebergs. Elle fouillait dans le serveur.

— Hein ? Et comment elle y aurait eu accès ? demande Ziad.

— Elle avait piqué mon badge.

— Mais pour quoi faire ? Qu'est-ce qu'elle fichait là-haut ?

Effendi soupire, pose ses avant-bras sur la table et plante ses yeux dans les miens. Je ne lui ai jamais vu cet aplomb. Il m'insupporte.

— Vous savez ce qu'elle m'a dit, la première fois qu'elle m'a vue à l'UC ?

— Jusqu'à preuve du contraire, c'est moi qui pose les questions.

— C'est bien ça le problème. À ce jeu-là, votre fille est plus douée que vous.

— Fais gaffe à ce que tu dis, la coupe Ziad, qui sent l'orage arriver.

J'attrape mon stylo, prête à signer le formulaire de mise à pied. Elle poursuit, indifférente à la menace :

— Elle m'a demandé depuis combien de temps je m'étais fait opérer. Si la chirurgie transgenre était douloureuse. Quel était mon prénom d'origine.

Vous, vous n'avez vu que ma cicatrice. Mon teint pâle. Ma silhouette frêle. Mon air effacé. Cette gosse a tout compris. En quelques minutes. Le jour de mon arrivée, vous êtes entrée et vous l'avez engueulée parce qu'elle dessinait par terre pour me tenir compagnie. Vous ne vous êtes même pas rendu compte qu'elle me peignait un bouquet. De plantes hermaphrodites.

— Pourquoi lui avoir montré les photos des sœurs ? la coupe Ziad, avant que je n'intervienne.

— Elle m'a demandé l'histoire de ma cicatrice. Alors je lui ai raconté celle de Léopold. Un prénom de merde. Le mien.

Je suis troublée par l'aveu mais je n'en montre rien. Je ne suis ni sa psy ni sa confidente, et l'heure tourne.

— J'apprécie votre honnêteté, bien qu'elle soit un peu tardive. Finissez votre histoire et je verrai si je peux vous redonner une chance.

Léa reprend. Elle retire son bonnet. Son visage gracile s'anime d'un feu sombre sous le crâne lézardé par la balafre.

— Elle m'a parlé de son père. De son meurtre. Des images qui la hantaient. Quand je l'ai surprise là-haut, elle lisait les rapports d'autopsie. Ceux de Marc Ober.

— Pourquoi elle aurait fait une chose pareille ? finis-je par balbutier.

— Parce que vous l'avez empêchée de voir le massacre.

En imaginant ma gamine lire le rapport de Caroline Turpin, mon sang se glace. Ziad me regarde, impuissant. Nous sommes tous deux plongés dans un gouffre visqueux. Une sensation que je connais bien. Je sens que je me noie. Contre toute attente, Léa vient à mon secours.

— Vous ne pouviez pas savoir. Ce que c'est de valser avec la terreur… Cette peur d'être englouti. On a passé un pacte, elle et moi. Elle m'a fait promettre que je ne vous dirais rien. En échange, elle a juré qu'elle ne fouillerait plus jamais dans les archives. Et qu'elle allait guérir.

J'ai de gros doutes sur les méthodes thérapeutiques d'Effendi. Le mal est fait. Il me faut à présent connaître ses rouages.

— Pourquoi lui avoir montré les photos des sœurs ?

— Pour exorciser sa peur des cadavres mutilés. Ceux des carmélites ne racontent rien de son histoire. Je me doute que vous refuserez de l'entendre… Mais je crois que ça a fonctionné.

Mon portable sonne. Impossible de terminer une conversation dans ce satané bureau. Le boss entre. Visage livide, mâchoires crispées. Ma colère s'effondre.

— Une école à trente minutes d'ici. Quinze gamins. Dévorés par la maîtresse. Les unités locales sont déjà sur place. La DGSI aussi.

J'ai presque envie de rire, tellement la nouvelle est atroce.

— Des survivants ?
— Un seul.
— Qui est informé ?
— La terre entière, si vous voulez mon avis. Ce n'est plus qu'une question de secondes.
— Où est la mère du survivant ? demande Léa Effendi.
— Dans une ambulance sous haute sécurité, direction l'UC.
— Pourquoi ?
— Parce que c'est la meurtrière présumée.

*
* *

Bérénice a perdu beaucoup de sang. L'espace d'un instant, elle croit voir dans le ciel les ailes de sa chouette déployer leur ombre rassurante. Elle ne doit pas s'évanouir. Pas maintenant. Au prix d'un immense effort, elle rampe jusqu'à la glissière de sécurité, agrippe la rambarde et, de toutes ses forces, se hisse de l'autre côté. Elle atterrit sur une bande d'herbe fraîche en contrebas. À cinq cents mètres environ, elle aperçoit un pont, puis des feux de signalisation. Elle est incapable de marcher. Sa seule solution est de dévaler la pente en tonneau, et d'être prise en stop, avant que le requin ne vienne la chercher. Ce qui ne prendra guère de temps, avec la puce de géolocalisation fixée à son oreille.

Elle fait le point : pas de téléphone, et personne sur qui compter. Si ce n'est sa rage, qui réclame vengeance. Rassemblant son courage, elle saisit le mouchard planté dans son lobe droit et tire. Une douleur aiguë la transperce jusqu'à la nuque. Elle tombe à la renverse.

Sa main tremblante tient toujours la puce électronique. Au bord de l'évanouissement, elle fouille la terre de ses ongles écorchés et l'enfouit sous l'herbe fraîche. Ensuite, elle se roule en boule et se laisse dévaler à flanc de talus. Les cailloux lui arrachent des cris de douleur. Elle serre les dents, le visage tuméfié. Des hématomes apparaissent sur son corps. Ils doivent déjà être sur ses talons. Elle doit tenir.

Quand elle ouvre les yeux, elle respire avec peine. Elle doit avoir une côte cassée, sans parler des plaies ouvertes qui lui couvrent les cuisses et les bras. Si elle parvient à marcher jusqu'au croisement, de l'autre côté de la glissière, un automobiliste finira par l'apercevoir. Elle sera sauvée. Une voiture l'aborde. Un homme avec un uniforme de paysagiste en descend.

— Ça va, mademoiselle ? Mon Dieu, mais qui est-ce qui vous a amochée comme ça ? Restez tranquille, j'appelle les pompiers. Comment vous vous appelez ?

— Pas les pompiers, réussit-elle à articuler d'une voix suppliante. Chez vous. Emmenez-moi chez vous.

Il continue à l'observer, perplexe. Il doit avoir une cinquantaine d'années, et une débroussailleuse à l'arrière. Elle n'en demande pas plus.

— Je suis un type sans histoire, vous savez. Je veux bien vous conduire chez moi, mais on appellera un docteur.

Bérénice acquiesce. Quand il l'aide à monter en voiture, elle remercie la providence de lui avoir envoyé cet ange gardien. Le premier maillon de sa vengeance sur Lawrence et ses sbires.

*
* *

Dans le coupé qui les ramène rue La Boétie plane un silence de mort. Fisher, allongé sur la banquette arrière, est heureux d'être sous sédatifs. Une trêve qu'il savoure, entre la vie et la mort, avant sa destitution. La bouche pâteuse et le cerveau hors service, il sait qu'il ne devra sa survie qu'à l'interrogatoire qui l'attend, lorsqu'il aura récupéré ses forces. Lawrence ne lui fera aucun cadeau. Adieu Captain America. S'il a de la chance, le requin l'enverra en planque dans le Midi, où il reprendra le poste de feu McKay.

Sur le siège conducteur, Lawrence fulmine. Il s'en est fallu de peu que la flicaille tricolore ne récupère son meilleur agent, et avec lui ses plus précieux secrets. Quant à la garce qui a arraché sa puce, il n'a pas pris le risque de se lancer à sa poursuite, avec un moribond à l'arrière. Il n'est pas très inquiet : quand elle atterrira dans le service d'urgences le plus proche, ses sbires postés à l'entrée du service admission la cueilleront illico, direction la maison. La princesse reviendra au bercail avant la nuit. À son réveil, ils savoureront ensemble les premières images de la « Sieste pastel ». Ce ne sera pas le cas de Fisher. Pour lui, la dernière heure a déjà sonné.

*
* *

Le premier réflexe de Sarah Treville est d'appeler son fils. Quand elle ouvre les yeux, elle ne reconnaît ni la pièce glaciale dans laquelle elle est allongée, ni la petite femme, sans doute d'origine indienne, qui est assise à son chevet. Elle déglutit. Un affreux goût métallique alourdit sa langue. Celui du sang.

— Comment vous sentez-vous ?

Sarah cligne des yeux. Son interlocutrice porte un uniforme de police. Les images se bousculent dans sa tête. Un vertige la saisit.

— Qu'est-ce que je fous là ? réussit-elle à articuler.

Pas de réponse. L'autre la regarde, désolée. Sarah essaie de se redresser. Impossible : ses poignets sont menottés aux barreaux du lit. Elle commence à paniquer. L'autre se lève et lui essuie le front. Une étrange caresse dont elle ne comprend pas la raison. Comme s'il s'était passé un truc terrible, et que la flic essayait d'amoindrir le choc.

— Commissaire Priya Dharmesh. Vous êtes dans mon unité de criminologie.

Sarah frissonne en entendant ce mot. L'Indienne ment, on l'a collée dans ce qui ressemble à une morgue. Pas de fenêtres, trois tables métalliques, des armoires pleines de matériel chirurgical, éclairé par une lumière crue. Sans parler de l'odeur d'œuf pourri qui flotte partout dans l'air. D'un coup, une violente envie de vomir la saisit. Elle a juste le temps de détourner la tête. Une gerbe puissante jaillit de son estomac. Sa nuque se tend à se rompre. Elle a l'impression d'avoir expulsé de la chair vivante.

Aussitôt, un couple entre. Ils portent des masques et des blouses. Ils lui font peur. Ils ramassent le contenu de son vomi puis emportent le prélèvement. Cela n'a aucun sens. La commissaire enfile à son tour un masque chirurgical avant de reprendre la parole. Elle appuie sur la touche enregistrement de son microphone :

— Pouvez-vous me donner votre identité complète ?

— Sarah Treville.

— Très bien. Quelle est votre profession, Sarah ?

— Professeure des écoles en petite section. Je devais être inspectée cet après-midi…

— Ça n'a pas été le cas ?

Sarah se demande si l'autre se fout de sa gueule.

— Je suppose que non. Où est mon fils ? Où est Abel ? finit-elle par crier. Et pourquoi je suis ici, attachée ? Pourquoi ces abrutis ont-ils ramassé mon vomi ?

— Je vous promets de répondre à toutes vos questions si vous me laissez d'abord poser les miennes. Je suis ici pour vous aider.

Elle a ajouté ça d'une voix si douce que Sarah a l'impression qu'elle est condamnée. La commissaire reprend :

— Quels sont vos derniers souvenirs ?

Sarah ferme les yeux. Cette question l'épuise, elle ne sait même pas pourquoi. Elle essaie pourtant. Ses dernières images sont celles d'une gare. D'un train qui lui a roulé dessus. Ça n'a aucun sens. Si elle raconte ça, on ne la laissera jamais sortir.

— J'étais dans ma classe. Les enfants se sont allongés pour la sieste. Comme j'étais seule à les surveiller, j'ai fermé la porte à clé. J'ai dû m'endormir un peu, je suis crevée en ce moment. Ensuite, je me suis réveillée. Ici. Et je voudrais bien savoir pourquoi.

— Il y a eu un incident dans votre classe, Sarah. Un incident dont vous n'êtes a priori pas responsable. Et pour le prouver, je vais devoir vous poser des questions étranges. Pouvez-vous me dire ce que vous avez mangé et bu à midi ?

La vision du type torride circulant entre les tables lui revient. Elle revoit son torse musclé moulé dans l'uniforme trop petit pour lui. Un moment qu'elle n'a aucune envie de partager avec la petite bonne femme d'âge mûr qui lui parle comme si elle avait 12 ans et un cancer généralisé.

— Du poulet basquaise avec des frites et une petite bouteille de cidre. Vous êtes contente ?

— Et vos élèves ?

— Des sandwichs au jambon végétal.

— Un événement inhabituel à me signaler au cours de la livraison des repas ?

— Aucun. Tout s'est passé comme d'habitude.

À la tête que fait la commissaire, Sarah comprend qu'elle a répondu trop vite. L'Indienne se lève et se place en face d'elle, les mains à plat sur le rebord du lit. Son visage s'est durci. Sa voix aussi.

— Il n'existe aucun moyen d'adoucir ce que j'ai à vous dire. Sous l'emprise d'une drogue qu'on a mise dans votre repas, vous avez agressé tous les enfants de votre classe. Sept ont succombé à leurs blessures. Huit sont dans un état critique. Un seul est sain et sauf. Votre fils. Abel.

Sarah éclate de rire. Les paroles de la commissaire déferlent au-dessus de sa tête comme le roulement du train fantôme dans sa mémoire. Tout lui semble absurde.

— Nous sommes à la recherche des livreurs. Nous pensons qu'ils ont joué un rôle dans votre intoxication.

Sarah se tait, toujours pétrifiée par ces accusations dont elle ne croit pas un mot. La flic continue à la mitrailler. Son regard maternel a disparu.

— Écoutez, Sarah… Je ferai tout ce qui est en mon pouvoir pour vous tirer de là. On vous a déjà appelé un avocat. Vous aurez des circonstances atténuantes à la pelle. Sauf aux yeux des parents des victimes. Croyez-moi sur parole, j'ai déjà assisté à des infanticides. Les traces que laissent ces actes barbares sont indélébiles. On vous traitera de monstre. Votre vie va basculer. Sauf si vous nous aidez à coincer les coupables.

Petit à petit, Sarah reprend ses esprits. Les mots de la commissaire posent une chape de plomb sur ses épaules. Elle perçoit la gravité de la situation sans comprendre son rôle dans le drame.

— Comment pouvez-vous penser que j'ai agressé mes élèves ! finit-elle par hurler.

L'Indienne garde le silence.

— Et comment j'aurais fait une chose pareille d'abord ? ricane Sarah, hors d'elle.

— Vous les avez frappés. Démembrés. Et dévorés.

Un spasme plus violent que les précédents étrangle la jeune femme. Elle se tord de douleur. Un autre jet puissant expulse de ses entrailles une masse gluante de chairs, d'ongles et de membranes à peine attaqués par les sucs de sa digestion. Les infirmiers se précipitent à nouveau, tandis que la commissaire Dharmesh lui essuie la bouche avec compassion. L'institutrice semble comprendre l'ampleur de la situation. Elle revoit le type torride et la jeune femme ; elle panique, sa respiration se bloque, non, le train ne doit pas revenir. Alors, d'une voix mourante, Sarah éructe :

— Un type canon et sa copine…

*
* *

L'embouteillage qui paralyse le périph est sans précédent dans l'histoire de la Francilienne. Ziad zigzague entre les voitures à l'arrêt, forçant sur ses cuisses pour faire avancer du plus vite qu'il le peut le vélo électrique qu'il vient d'enfourcher pour aller récupérer Lison. Pour une fois, les annonces gouvernementales n'ont pas traîné. Fermeture de tous les établissements publics jusqu'à nouvel ordre. Confinement obligatoire pour la population, à l'exception des personnels soignants et agents de la sécurité publique.

Surexcitées, les chaînes de télévision diffusent en boucle les images de l'école maternelle Picasso, prise d'assaut par les forces de l'ordre. Une vidéo montrant les hurlements d'une mère devant le cadavre mutilé de sa fille sur un brancard est déjà devenue virale. Pour l'heure, le Président n'a pas encore communiqué sur l'origine du drame. De toute façon, il est déjà trop tard. Sur les réseaux, l'information circule comme une traînée de poudre, participant à l'affolement général. Ziad ignore encore comment le lien entre les trois affaires a été fait.

Il a assisté, impuissant, à l'étalage de son enquête. Jusqu'au verdict. Ce sont les journaux américains qui les premiers ont fait tomber le couperet. Sur la page Internet du *New York Times*, la nouvelle fait la Une : « La France, sous la menace de la drogue du cannibale. » S'ensuit un article très bien documenté dans lequel le pays de l'Oncle Sam demande d'urgence la fermeture des frontières et l'isolement total de l'Hexagone. Sans autre issue possible.

Ce n'est pas ce qui l'inquiète le plus. Depuis quelques jours, la Toile bruisse. C'est un sale temps pour les Français d'origine maghrébine. À l'heure où les théories complotistes se multiplient, les islamophobes s'enflamment. On accuse le Hamas d'être à l'origine de la drogue.

Ziad n'est pas pratiquant. Dans sa famille française venue d'Algérie, ses parents ont toujours valorisé l'école plus que la mosquée et la réussite des filles plus que celle des garçons. Sa mère est une militante féministe qui a toujours refusé le voile et relégué le Coran sur l'étagère des antiquités, à côté des livres de cuisine et des vieux albums de famille.

Résultat, il est presque le raté de sa famille aux côtés de sa sœur chirurgienne et de l'autre avocate. Son plus jeune frère n'a pas suivi le même chemin. Sofiane l'inquiète. C'est lui qui lui envoie les publications islamophobes qui fleurissent sur la Toile. Il n'a pas eu le temps d'aller le voir depuis son agression. Un passage à tabac en règle, par des mecs sous amphét. Une banale tragédie de banlieue. L'initiation au racisme ordinaire. Lui-même s'en est remis. Parce qu'il a les reins assez solides pour encaisser, et le cœur assez large pour oublier.

Essayant de garder la tête froide, Ziad pédale de plus belle. Il y est presque. Le collège est à trois rues, s'il coupe entre les files. Il a déjà sauvé Lison des griffes de la fille du boucher, il peut la ramener saine et sauve cette fois encore. Il n'a aucune idée de la suite. Mais il a la certitude que tant qu'ils seront réunis à l'UC, Priya, Caroline, le boss et lui, personne ne courra aucun danger.

*
* *

— Transférez-la au dortoir, ordonne Caroline Turpin, après avoir pris la tension de Sarah, sonnée par le tranquillisant qu'elle lui a administré.

Kellya Martin fait signe à Vernet d'avancer le brancard roulant. Je les arrête au passage.

— Comment va le gosse ?

— Toujours endormi. Effendi est à son chevet.

— Le résultat des prélèvements, c'est pour quand ?

— Jordan est dessus. On les aura d'ici une heure.

Je regarde ma montre. Ziad devrait bientôt être là avec Lison. J'ai une virée à effectuer. Il faut que je retrouve ces livreurs. Sans doute les mêmes que ceux qui ont changé le filtre de l'eau du carmel et trafiqué la clim du Geisha. J'ai appelé la mairie trois fois, les services sont interrompus. Je me doute que la DGSI est déjà sur le coup et que j'ai peu de chance de trouver quoi que ce soit avant eux. Sauf si je compte sur ce qui m'a toujours sauvée dans les situations de crise. La chance, et mon instinct.

— Priya ! crie en entrant le boss qui a failli percuter le brancard poussé par Vernet.

Je le dévisage, au garde-à-vous.

— L'UC est sous votre surveillance jusqu'à mon retour !

— Ça ne sera pas possible. Confiez le commandement à Ziad, il est en chemin.

— C'est un ordre, commissaire Dharmesh ! Est-ce que j'ai l'air d'humeur à vous le répéter deux fois ?

Chaque membre de cette unité de criminologie est assigné à résidence jusqu'à nouvel ordre. Si quelqu'un doit sortir d'ici, ce sera moi seul !

*
* *

Le type s'appelle Bruno. Il vit à quelques blocs du talus où il l'a ramassée. Son studio sent le vieux garçon englué dans sa routine. Elle l'écoute déballer sa vie pendant qu'il recouvre son canapé d'une serviette de toilette rouge.

— Vous vexez pas hein, mais c'est à cause de ma mère. Elle vient dimanche… Je ne vous dis pas le drame que ça serait si elle y voyait une tache. La dernière fois…

— Vous auriez un verre d'eau ? De l'alcool et des pansements ? implore Bérénice d'une voix vacillante.

— Bien sûr, où ai-je la tête ? Je vais vous chercher ça tout de suite.

— Un peu de sucre aussi, un soda, un biscuit ?

— Je vais vous faire goûter au fameux quatre-quarts de ma mère. En attendant, prenez le téléphone et appelez le médecin. Le numéro est pré-enregistré.

Bérénice retire son tee-shirt. Les fibres du tissu sont incrustées dans les plaies. Elle se retient de hurler. La septicémie n'est pas loin. Ses seins sont couverts de zébrures violacées.

Quand Bruno revient, il rougit.

— Fallait vous déshabiller dans la salle de bains… Je vous ai déjà dit… Je ne veux pas d'histoires.

— Merci Bruno.

Elle lui sourit, vide d'un trait le verre de Coca qu'il lui offre, puis attrape la bouteille d'alcool et les cotons.

— Le médecin est en chemin. Je ne peux pas m'habiller tant qu'il ne m'a pas auscultée, s'excuse-t-elle d'un regard candide.

Son hôte s'enfuit par la porte de la cuisine. Elle dévore le morceau de gâteau, finit le soda, et sent ses forces revenir. Elle avale le Doliprane et les cachets d'Augmentin qu'il a eu la bonne idée d'apporter. En retirant les plus gros graviers de ses plaies à la pince à épiler, elle a l'impression qu'elle va s'évanouir. Elle repense à son frère, dont les cendres nourrissent les racines d'un mimosa inconnu, et serre les dents. En désinfectant ses chairs meurtries, elle imagine le requin fou de rage en comprenant qu'il a perdu sa trace. Cette idée l'emplit d'un courage nouveau. Elle entoure ses membres de gaze, qu'elle maintient à l'aide de bandes Velcro. Puis enfile le survêtement propre de Bruno, trop grand pour elle.

Enfin, elle scrute la pièce, à la recherche de l'objet idéal. Elle ne met pas longtemps à le trouver. C'est un crucifix en bois massif, sur lequel se tord un Jésus de métal, le visage baigné de larmes. Posé sur le couvercle du piano, à droite du canapé.

Quand Bruno revient, son regard apeuré l'excite. Il lui rappelle celui de l'oncle Jean, avant qu'elle ne presse la détente. Bérénice a toujours préféré les animaux au genre humain. Parce qu'ils sont incapables de trahison. Elle se souvient de l'effroi des lapins, avant la saignée. Des matinées chez son oncle, le frère d'Antonia, dans l'arrière-pays provençal. Un taré comme sa sœur qu'elle a dû subir pendant presque quinze ans.

« Allez, petiote, choisis le coupable », lui chuchotait-il, accroupi devant la cage. Mû par un appétit cruel, il désignait toujours le plus effrayé. Celui qui se terrait derrière les autres, au point le plus éloigné de l'ouverture de la cage. La suite donnait à la petite Bérénice des cauchemars pour une année entière. Saisissant la bête entre ses cuisses, l'oncle Jean lui faisait son fameux « coup du lapin ». Une claque fatale sur la nuque donnée du tranchant de la main gauche.

Alors, la cérémonie pouvait commencer. Descendant les marches humides de la cave, Bérénice suivait Jean sous le faisceau tremblant de l'ampoule nue. Après lui avoir tranché la tête, l'oncle plantait sa lame dans la fourrure chaude, taillant une fente visqueuse dans laquelle il plongeait ses doigts. D'un geste sec, il arrachait la peau de la bête de haut en bas, jusqu'à ce que la chair, écorchée vive, reluise dans l'obscurité.

« À toi maintenant ! » chuchotait-il à Bérénice, lui tendant la corde. Terrifiée, Bérénice montait sur l'escabeau comme à l'échafaud. En suspendant le cadavre de l'animal à la poutre, elle observait, nauséeuse, les gouttes de sang s'écraser sur le béton sale.

Un jour, elle a trouvé le courage de refuser le supplice. L'oncle Jean lui a jeté un regard fou, puis l'a giflée à toute volée. Alors, l'année de ses 14 ans, elle a volé le Beretta de sa mère, et a abattu l'oncle Jean sur le sol de sa cave, avant même qu'il ne lui demande de pendre le lapin par les pieds. Elle n'a jamais oublié son regard veule lorsqu'elle a tiré, ni les gouttes de sang du lapin, qui ont continué à couler, longtemps, sur les yeux exorbités de l'oncle Jean, noyant ses pupilles dans des larmes pourpres.

Antonia a accueilli le meurtre de son frère comme un premier avertissement qu'elle a ignoré. Officiellement, l'enquête a conclu à un règlement de compte entre gangs. Ce jour-là, Bérénice a compris que sa mère serait la prochaine sur la liste. Sa haine pour sa génitrice ne connaît aucune limite.

— Je vais voir dehors. Il ne devrait plus tarder à arriver ce médecin, bégaie Bruno, de plus en plus fébrile.

Bérénice lui sourit, jouissant de la montée d'adrénaline qui fait perler des gouttes de sueur sur les tempes de son hôte. Elle ne lui laisse pas le temps de franchir le seuil. S'emparant du crucifix, elle le frappe à la nuque. Le coup est brutal. Précis. Bruno vacille, tombe sur les genoux puis s'écroule au sol. Si elle l'épargne, elle prend le risque qu'il témoigne. Alors elle le saigne, plongeant la pointe des ciseaux de la trousse de secours dans son thorax. Elle contemple le massacre avec fierté. Les cours de l'oncle Jean ont fini par lui servir.

XIII

Panique

— Comment ça on ne peut pas récupérer le véhicule ?

Lawrence a les traits tirés. Depuis l'accident de Fisher, la situation lui échappe. L'agent Diaz, son nouveau chef des opérations, se tient devant lui, raide comme un piquet. Dépité, il lui montre les images du drone.

— La circulation est à l'arrêt. Impossible d'envoyer nos unités motorisées. Le fourgon est encerclé par les deux-roues.

— Prenez l'unité sous-marine et passez par la Seine. Je me contrefiche de vos méthodes, vous entendez ! On ne laisse pas un véhicule de la maison dans les mains de la police française. Leurs services ont beau être sous-développés, ils sont encore capables de faire un relevé d'empreintes et une analyse ADN. S'ils récupèrent un cheveu ou une goutte de sang de Bérénice Martinez, on est foutus.

— La voie fluviale est inutilisable. Les touristes se sont jetés sur les embarcations. Sans permis bateau. Non seulement nos agents risquent d'être broyés dans une collision, mais surtout, ils n'arriveront jamais à temps.

— Volez l'hélico de la gendarmerie.

— Nulle part où se poser, on est déjà partis en reconnaissance. La topographie du terrain n'est pas favorable.

Lawrence, excédé, se penche vers le tiroir de son bureau. Il en sort une boîte de cigares, un vice qu'il combat, sauf en cas de crise. Après avoir tiré quelques bouffées de son préféré, un Cohiba Siglo VI d'une taille indécente, une idée lui vient :

— Envoyez un drone, et larguez une bombe incendiaire.

L'agent Diaz fait un rapide calcul.

— Affirmatif. L'opération prendra trente minutes, largage de l'unité et destruction du véhicule compris. Mais je dois vous prévenir : il y aura des dommages collatéraux parmi les civils.

Lawrence lève les yeux au ciel.

— Un véhicule qui explose est un moindre mal dans ce merdier. Rompez, agent Diaz. Captain America m'a déçu, ne soyez pas le prochain.

L'agent Diaz sort au pas de course, bousculant la vieille bique qui entre, déconfite.

— Alors ? s'impatiente Lawrence.

— Toujours rien.

— Comment ça rien ? Mais enfin Karen, elle n'a pas pu se volatiliser cette garce !

La secrétaire hésite à parler. Elle voue à son chef une admiration sans bornes. Faillir à sa tâche est une abomination à laquelle elle préférerait la mort.

— Toutes les ambulances sont coincées dans le trafic. Aucune nouvelle admission dans les hôpitaux du secteur.

— Faites-moi la liste des médecins dans un rayon de cinq kilomètres. Et n'oubliez pas les infirmières libérales. Amochée comme elle doit l'être, elle n'a pas pu aller bien loin.

— Déjà fait, balbutie la vieille. Tous les services d'urgence du pays sont hors fonction.

Lawrence explose :

— Quel pays d'abrutis !

Il fait quelques pas dans son bureau, rallume son cigare, ouvre une fenêtre. Son cerveau cavale. S'il était d'humeur, il chanterait à nouveau le motto de ses prédécesseurs pendant l'opération *Artichoke* : « L'idée n'est pas de détruire l'ennemi. C'est de faire en sorte que les ennemis se détruisent entre eux. » Une devise qu'il a brillamment remise au goût du jour. Pourtant, il est incapable d'apprécier son triomphe. Tant qu'il n'a pas retrouvé la gamine en cavale, sa gloire n'est qu'illusoire.

*
* *

Ziad n'est plus très loin du collège mais les conditions de circulation se sont encore dégradées. Priya l'a déjà appelé trois fois. Les voies sont saturées de motards. Il décide de finir le chemin à pied, vélo à la main.

Personne ne se regarde. Les conducteurs terrifiés agrippent leur volant, comme si une armée de zombis pouvait surgir à tout moment pour les dévorer. Il n'a jamais connu une telle panique, même pendant le Covid 19. Il cale son vélo contre une portière et monte en équilibre sur la selle pour essayer d'y voir plus clair.

— Vous gênez pas surtout ! lui hurle la propriétaire du véhicule. Et qui est-ce qui va payer pour les rayures hein ?

Ziad l'ignore, les mains en visière sur son promontoire. Il aperçoit enfin l'accident. À quelques mètres, une voiture encastrée dans le rail de sécurité bloque le passage. Déformation professionnelle oblige, il lâche son vélo. La vieille dans son coupé Mercedes continue à vociférer :

— Bouge ton biclou de là !

Ziad lui colle son badge sous le nez.

— Police. Il y a un accident devant vous. Et des victimes à secourir. Alors vous vous calmez et vous me laissez bosser.

La mégère s'esclaffe, découvrant un dentier immaculé.

— Mais qu'est-ce qu'elle foutait la police pendant que ces pauvres gosses se sont fait bouffer par leur tarée de maîtresse hein ? Des mois qu'on vous dit que tout fout le camp. La police, l'hôpital, et maintenant l'éducation ! Et puis c'est pas un sale Arabe qui va gérer la sécurité dans mon pays.

Ziad sourit. Il n'a pas vu le coup venir. Il ignore l'insulte, et se contente d'une mise en garde :

— Madame, laissez-moi travailler. Je dois retrouver les victimes.

— Trouver les victimes ? Mais c'est les coupables que vous devriez chercher, jeune homme ! hurle-t-elle, au comble de la rage.

Ziad n'écoute plus. Il suit l'odeur de pneus cramés qui lui pique les narines, jusqu'au fourgon. C'est un utilitaire blanc, de la marque Renault. Le capot défoncé est encore fumant, le choc doit être récent. Vu la situation, il n'y a aucune chance pour que les urgences se déplacent. Il se penche vers l'habitacle. Des traces de sang maculent le tableau de bord. Fraîches. Le pare-brise a volé en éclats. Personne sur les deux sièges avant.

Il fait le tour de la voiture, poussant les motards agglutinés. Il passe à nouveau sa tête à l'intérieur du fourgon.

— Hé ? Y a quelqu'un ? Police ! Si vous m'entendez, répondez !

Personne. Il ne peut pas accéder à l'arrière pour vérifier s'il y a des survivants. Il va devoir forcer les portes, hors de question de laisser crever quiconque, même un jour d'apocalypse.

Il enfile une paire de gants et, d'un coup de flingue, fait sauter la serrure du coffre. Toujours personne. Son portable se met à sonner. C'est Priya, encore. Ziad serre les dents.

— Lison est avec toi ?

La voix de sa chef tremble au bout du fil.

— Je suis en chemin. On a un contretemps.

— Qu'est-ce que tu racontes ?

— Un fourgon utilitaire accidenté. Je cherche les survivants.

— Comment ça tu cherches les survivants ? On a seize infanticides sur le dos. Le pays est bloqué. Alors les accidents de la route, c'est le cadet de mes soucis. Ziad ? Ziad, tu m'entends ?

— Priya…

Il n'a pas le temps de continuer. Les pales d'un drone qui s'approche lui rasent la nuque, l'obligeant à se jeter à terre. Le portable lui tombe des mains. D'instinct, il rampe sous la glissière de sécurité et se laisse dévaler le long de la pente pour se mettre à l'abri. Trois secondes plus tard, une déflagration lui arrache les tympans. Couché sur le dos, il assiste, impuissant, à l'explosion du fourgon. La chaleur lui brûle les paupières.

Quand il ouvre les yeux, un nuage obstrue l'air, provoquant une douleur acide dans sa trachée. Se couvrant la bouche de son tee-shirt, il se relève, les cuisses tétanisées, le souffle court. Il remonte la pente à grand-peine, se rappelant qu'il est seul désormais, sans véhicule et sans portable. Quelques flammes dansantes lèchent la carcasse du fourgon calciné. Au sol, les motards se tordent de douleur. Leurs vêtements de protection ont brûlé sur leur chair, dégageant une forte odeur de plastique et de viande grillée. Atroce.

Enjambant les cadavres, Ziad reconnaît la Mercedes de la mégère, dont les portières sont grandes ouvertes. Elle a essayé de le rejoindre. Le souffle de l'explosion a eu raison de sa hargne, disloquant ses membres éparpillés dans un bain de sang et d'essence. Seul son dentier, d'une blancheur intacte dans les chairs noircies, continue de sourire.

Les yeux rivés sur la chaussée, Ziad se rappelle l'enfer de Bosch, un triptyque effrayant qu'il a étudié au lycée avec sa prof de français. Il refuse de finir dans le chaudron. Il doit reprendre sa marche. Lison l'attend. Tandis qu'il se remet en mouvement, l'explosion du fourgon accidenté l'obsède. Un travail ciblé et prémédité. De ceux qu'on exécute pour faire disparaître une preuve compromettante. Même si l'hypothèse lui paraît complètement folle, il se prend à espérer qu'il a mis la main, quelques secondes avant le drame, sur la camionnette de livraison qui s'est arrêtée à l'école maternelle Picasso. Cette pensée lui donne le courage de reprendre la marche, malgré la pluie d'insultes qui va sans doute continuer à s'abattre sur lui.

*
* *

La nouvelle d'un attentat à la bombe sur le périphérique, diffusée sur toutes les chaînes d'information, me terrifie d'autant plus que je n'ai aucune nouvelle de Ziad.

Je fais les cent pas dans mon studio pour tromper l'angoisse. Pandialé me prend dans ses bras. Un geste d'affection inhabituel dans la famille.

— Ziad va la ramener. Lison est aussi forte que toi. Tout ira bien, Priya. Fais-lui confiance.

Cette étreinte me gêne. Je me réfugie dans la salle de bains. Le seul espace d'intimité dont je dispose depuis que je partage mon appartement. J'ai toujours tout affronté seule. Je ne veux pas imposer à ma mère le spectacle de mon désarroi. J'appuie mes mains sur le bord du lavabo et je ferme les yeux. Les cadavres se bousculent derrière mes paupières. Les plus récents attendent une sépulture à la morgue de l'hôpital Bichat. Des enfants de 3 ans. Je fonds en larmes. Je pense à leurs familles, ravagées par le chagrin et la douleur. À l'enterrement dont on va les priver, en raison du confinement. Aux questions sans réponse qui hanteront leurs nuits blanches.

Je pense à Sarah Treville, à nouveau réveillée, dont le cerveau commence à intégrer l'indicible. Je n'ai aucune idée de la manière dont je peux sauver cette femme. J'ignore ce qu'on peut dire à celui qui s'est fait monstre malgré lui. Comment amoindrir la culpabilité qui le terrasse. Mais plus que tout, je pense à Abel, ce petit bonhomme adorable, qui se réfugie dans un mutisme d'outre-tombe depuis son arrivée. Malgré les jouets, les tentatives de diversion, et la présence d'un pédopsychiatre spécialiste des chocs post-traumatiques auprès de lui.

J'ignore si l'on survit au spectacle dont il a été témoin, plaçant sa génitrice aux premières loges du carnage. J'ai beau avoir foi en l'humanité, la situation dépasse de loin mes compétences. Il ne me reste que mon courage. S'il est une chose dont je suis certaine, c'est que je ne ferai pas partie de l'armée des déserteurs.

Pandialé a raison, pour une fois, Ziad va devoir se passer de moi. Ma gosse aussi. J'ai une confiance totale en mon lieutenant. Je sais qu'il donnerait sa vie pour Lison. Je sais aussi qu'il n'est pas taillé pour le crime. Mais aujourd'hui, les intérêts de mon pays passent avant le mien. Des milliers de familles attendent qu'on leur révèle la vérité. Et je ne la connais toujours pas. Je m'en veux de ne pas avoir cédé aux caprices de Lison et de ne pas lui avoir offert de portable.

Je rafraîchis mon visage sous le jet d'eau froide et enfile une chemise propre. Dans le chaos de ce début d'après-midi, j'ai l'impression de voir de nouvelles rides au coin de mes yeux. Le prix de ma colère. Je m'en réjouis. La rage qui me gagne est mon meilleur moteur.

J'ouvre la porte en grand, je salue ma mère et je sors. Les affaires reprennent. Dans l'ascenseur, je croise Caroline Turpin. Même si elle ne m'a jamais avoué leur relation, je sens qu'elle s'inquiète pour Ziad. Je prends ses mains dans les miennes.

— Il y a eu un attentat sur la Francilienne. Connaissant Ziad, il est prudent et a dû s'en tirer. Il va nous ramener Lison. Il n'y a pas d'autres options.

J'admire le sang-froid de cette femme qui ne s'autorise pas une larme en ma présence. Elle me remercie d'une légère pression des doigts. Quand les portes s'ouvrent, elle a repris son air professionnel, marchant d'un pas décidé vers la salle des icebergs. Nous sommes faites de la même trempe. Les effusions attendront.

Quand j'entre, le boss n'est pas seul. Je reconnais le type de la DGSI. Il est entouré d'une clique de gars en costard, tous consternés devant les images d'une France bloquée dans un embouteillage tentaculaire. Je suis à mon tour stupéfiée. Je n'avais pas mesuré l'ampleur du phénomène. Sur l'écran principal, les caméras de tout le pays se relaient pour montrer les réseaux routiers saturés de malheureux qui tentent de rentrer chez eux.

Je ne vois ni police ni armée ni gendarmerie leur porter secours. Les Français sont seuls. Je me demande quelle solution nous allons leur apporter. Le boss m'invite à le rejoindre devant le grand écran de la salle des icebergs.

— Vous avez des nouvelles de Ziad ? Il ne me répond pas. Il a retrouvé Lison ?

— Ils sont en route, mens-je. C'est qui ceux-là ? Aux côtés de votre petit copain de la DGSI ? « Stéphane », c'est bien ça ?

— L'équipe de com de Matignon. Le secrétaire général du ministre de l'Intérieur, le staff qui va assurer le tournage, la porte-parole de l'Élysée. Plus deux experts de la DGSI. On fait un point interne et, ensuite, diffusion du communiqué avec déclaration présidentielle en duplex.

— Ça tombe bien, vous adorez être sous les feux de la rampe.

— C'est vous qui allez causer, Priya.

J'éclate de rire.

— Je suis sérieux.

— Vous êtes le chef de cette UC, comme vous me le répétez assez souvent. Alors à vous l'honneur.

— Vous êtes une femme. Vous incarnez la diversité de la France et vous représentez les territoires ultramarins. Vous me battez à plates coutures.

Je le fusille du regard.

— La discussion est close.

Il ajuste le micro. Je retourne m'asseoir aux côtés de Caroline, furieuse. Stéphane, le directeur de la DGSI, s'incline sur mon passage. J'ignore son geste. Le boss prend la parole :

— Point sur la situation à 17 h 09. Suite aux deux attentats, celui de l'école maternelle Picasso et l'explosion sur la Francilienne, voici nos conclusions. Concernant les décès et agressions subies par les élèves de petite section, nous sommes en mesure d'affirmer qu'ils ont été provoqués par coups, blessures et morsures infligés par leur enseignante Sarah Treville, âgée de 29 ans. Nos analyses révèlent qu'elle a agi sous l'effet d'une drogue mélangée à son repas. Compte tenu de la composition de la substance déjà connue de nos services, nous affirmons que l'acte commis envers l'enseignante et ses élèves est de nature criminelle.

— Coupez ! lance l'assistant, content de la première prise.

Le boss appelle Jordan Martin au pupitre. Ce dernier monte sur l'estrade. Je note qu'il a pris confiance en lui depuis son arrivée. Des colonnes de chiffres et de formules s'affichent sur l'écran. Il s'agit des analyses sanguines et divers prélèvements réalisés sur Sarah Treville au cours des dernières heures. Jordan pointe du stylet plusieurs chiffres, qu'il compare à ceux des précédentes victimes du carmel et du Geisha. Les résultats sont limpides, même pour une néophyte comme moi. Un léger sourire se dessine sur le visage du secrétaire du ministère. Cet homme me fait froid dans le dos. Jordan ajoute d'une voix sinistre :

— Nous avons terminé les analyses. Elles confirment la présence de diméthyltryptamine et de méthylènedioxypyrovalérone dans l'organisme de Sarah Treville. Les mêmes substances que celles retrouvées dans les corps des douze carmélites, ainsi que dans ceux des trois clients du Geisha. Nous ne sommes toujours pas en mesure d'identifier la composition totale de la drogue. Pour ce qui est de l'enseignante Sarah Treville, les informations collectées auprès de la victime…

— Vous voulez dire de la meurtrière, le coupe Stéphane.

Je sors de mes gonds.

— Sauf votre respect, monsieur le directeur de la DGSI, nous ne sommes pas ici pour distribuer des mauvais points. Vous l'avez entendu comme moi, cette femme a été droguée contre sa volonté. Je suppose que vous savez par qui !

— Continuez, Martin, me coupe le boss.

— Les informations collectées auprès de Sarah Treville confirment que l'intoxication a eu lieu pendant le repas. L'enseignante a mangé du poulet basquaise et des frites, nos analyses confirment que la drogue était mélangée à la sauce. Le produit ingéré est devenu actif environ vingt minutes après la prise, comme pour les deux précédents attentats. Les prélèvements sanguins effectués sur les enfants vivants et sur les cadavres nous permettent d'affirmer que les élèves n'ont pas été contaminés.

— Et les huit gosses gravement blessés, on sait ce qu'ils deviennent ? demande Vernet, dont j'avais oublié la présence.

La question est pertinente, mais le boss s'impatiente.

— On n'en sait rien, Vernet, mais on compte sur vous pour prendre de leurs nouvelles. Monsieur le secrétaire général de l'Élysée, la parole est à vous.

Le type aux lunettes métalliques se lève, monte à son tour sur l'estrade, et tourne ses paumes vers le ciel. Il me fait penser à un pasteur évangéliste, avant la purification de ses fidèles. Son sourire faux me glace le sang.

— Bonjour à tous. Face à l'urgence, à l'incompréhension des Français, et au chaos dans lequel est plongé notre pays, nous devons rétablir le calme, l'ordre et la sérénité. Les rumeurs propagées par la presse internationale constituent une menace bien pire que la diffusion de cette drogue.

Un murmure bruisse parmi les membres de mon équipe. Caroline Turpin me regarde, estomaquée. Je ne comprends pas où cet abruti veut en venir. Je lui fais signe d'attendre la suite. L'autre poursuit :

— Confirmer la théorie américaine, à savoir que notre pays est ravagé par une drogue inconnue capable de frapper tout un chacun, est le meilleur moyen d'installer une psychose durable dans notre démocratie. Nous avons donc opté pour une autre version.

Stéphane – monsieur DGSI – demande la parole. L'autre lui tend le micro avec déférence. La chorégraphie a été bien rodée. Mais elle ne trompe personne.

— Nos services ont enquêté sur le passé de l'enseignante Sarah Treville. Son ex-conjoint, Ahmed Al-Maghribi, le père de son fils Abel, est d'origine marocaine.

— C'est un crime maintenant ?

— Non, Priya. En revanche, le fait de côtoyer les confréries islamistes en est un. Comme vous le savez, la piste terroriste a déjà été évoquée lors des précédents attentats. Nous avons mis la main sur le bonhomme. Il a tout avoué. Nous diffuserons quelques extraits de ses confessions après votre communiqué. Ensuite, le pays reviendra au calme.

Je me lève, stupéfaite devant la grossièreté de cette pirouette. Je parle assez fort pour que tout le monde m'entende.

— Vous allez mettre les quatre attentats sur le dos d'un pauvre civil à qui vous faites porter le chapeau, sous la menace, et vous pensez que les Français vont gober votre conte à dormir debout ?

— Nous leur fournirons des preuves. Les déclarations d'Al-Maghribi feront le reste.

— Vous avez pensé à la réaction de la communauté musulmane ? Aux explosions de haine qu'un tel mensonge va allumer ? Vous voulez une nouvelle affaire Dreyfus dans nos rangs ?

— Nous comprenons votre indignation, commissaire, me coupe monsieur DGSI. Mais nous ne pouvons laisser la presse étrangère nous diffamer. Nous n'avons pas les moyens économiques de survivre à un deuxième confinement. Si les Français se croient sous la menace permanente d'une drogue meurtrière, l'impact psychologique sera de nature à détruire notre gouvernement. Nous devons rétablir la confiance, pour assurer leur sécurité.

— Et Sarah Treville ? Vous l'envoyez à l'abattoir elle aussi ?

Un silence pesant s'installe. Dans mes rangs, une franche hostilité se lit sur le visage de mes coéquipiers. Vernet racle ses rangers sur le sol, tandis que Léa Effendi triture ses mains avec anxiété. Les Martin attendent une réaction du boss, qui reste imperturbable. Caroline Turpin, les mâchoires serrées, fait claquer les élastiques de son masque chirurgical.

Le secrétaire général se racle la gorge, mal à l'aise.

— Répondez à la commissaire Dharmesh, mon ami, le rassure monsieur DGSI.

— Du propre aveu d'Al-Maghribi, Sarah Treville était complice du crime. Une jeune femme au profil psychologique fragile, qui a agi sous emprise pour retrouver grâce aux yeux de son ex-compagnon. Nous pourrons faire valoir des circonstances atténuantes.

J'explose.

— Donc en plus de mentir aux Français avec cette histoire abracadabrante d'attentat islamiste, vous allez faire porter le chapeau à la victime maintenant ?

Je prends le boss à partie :

— Dites-moi, commissaire, ça nous fait combien d'entraves à la Constitution tout ça ? Faux et usage de faux, subornation de témoins, accusations erronées, islamophobie, mensonge éhonté à la population, non-assistance à personne en danger, discrimination, sexisme…

Les griefs se bousculent dans mon cerveau. Le secrétaire pointe vers moi un index menaçant.

— Ne touchez pas à la commissaire Dharmesh, l'arrête le boss, dont les joues ont viré au grenade.

L'autre fait un pas en arrière. Monsieur DGSI s'interpose, s'adressant à mon équipe. Son ton a changé. Sa posture aussi. Le gentleman affable a laissé place au dictateur. L'heure n'est plus à la discussion.

— Dois-je vous rappeler, commissaire Dharmesh, que vous êtes, comme tout un chacun ici, sous les ordres du président de la République ? Vous confirmerez donc sa version devant les Français. Point final. Ça ne s'appelle pas du mensonge, ça s'appelle de la politique. Et si la narration ne vous plaît pas, postulez chez Disney.

Mon cerveau bouillonne depuis trop longtemps, je sors.

— Turpin, Vernet, Martin, Effendi, avec moi dans le couloir. On va prendre l'air cinq minutes.

Mon équipe se lève comme un seul homme et me rejoint dehors. Je me cale dos au mur ; ils forment un bouclier autour de moi.

— Je ne mentirai pas aux Français. À partir de maintenant, ceux qui suivront mes instructions risquent le renvoi. Sans parler des poursuites judiciaires. Je n'en voudrai à personne de quitter mon équipe. Travailler à vos côtés a été un honneur, sachez-le.

Personne ne remue. Leur solidarité m'émeut. Je respire un bon coup avant de leur chuchoter les détails de mon plan. Quand nous revenons dans la salle des icebergs, le boss m'interroge du regard. Je ne peux rien lui révéler.

Notre intermède a eu l'effet escompté. Tout le monde s'est calmé. On m'envoie la maquilleuse. Je me laisse poudrer, pendant que le secrétaire général me tend ma déclaration.

— Madame la porte-parole du gouvernement fera l'annonce avec vous ; elle s'affichera sur le prompteur. Mais je suppose que vous préférez lire le texte avant.

Je regarde la porte-parole en question, une brune agressive en tailleur rouge qui me tend le papier que je dois lire. Je le prends avec docilité, et commence à parcourir mon discours. Un ramassis de mensonges d'une diabolique efficacité, dans lequel j'affirme avoir établi avec les membres de mon UC la culpabilité d'Al-Maghribi, figure de proue du terrorisme islamiste envoyée par le Hamas. Je repense aux leçons de Pandialé : « Ne montre pas tes émotions aux inconnus. Ils pourraient s'en servir contre toi. » Un enseignement qui m'a souvent sauvé la peau. Je la remercie d'un air de brebis repentie, avant de m'asseoir face caméra. La porte-parole frétille comme un gardon devant l'opportunité de sa carrière. Je me promets de ne pas la décevoir.

Le premier assistant demande le silence :

— Trois, deux, un, moteur, ça tourne !

La porte-parole me présente, mine dramatique de circonstance :

— La commissaire Priya Dharmesh, en direct depuis l'UC, va maintenant vous révéler les circonstances de l'arrestation d'Al-Maghribi. Commissaire Dharmesh, pouvez-vous confirmer que l'individu était déjà bien connu de vos services ?

Je lui réponds du tac au tac, sourire de Joconde accroché au visage :

— Et vous, pouvez-vous nous confirmer que la France est sous la menace du plus grand mensonge gouvernemental jamais fomenté depuis l'affaire Dreyfus, accusant à tort un innocent de terrorisme, dans le but de masquer votre incapacité à endiguer la drogue du cannibale ?

— Coupez ! hurle le secrétaire, bondissant de son assise.

Je continue. La porte-parole me regarde, médusée.

— Allez-vous enfin avouer à nos compatriotes que vous avez voulu leur faire porter des muselières sanitaires, une mascarade minable pour déguiser votre impuissance ? Allez-vous confirmer que la presse américaine en sait plus long que vous sur les attentats du carmel, du Geisha et de l'école maternelle Picasso ?

Monsieur DGSI se jette sur moi, plaquant ses mains contre ma bouche. Le boss intercepte son poignet qu'il tord sans pitié. L'autre pousse un cri de douleur, tombe, m'entraînant dans sa chute. L'équipe technique a arrêté de tourner, mais Léa Effendi diffuse en direct depuis son téléphone sur les comptes de l'UC. Pour une fois, je bénis la magie des réseaux sociaux. J'achève ma déclaration à genoux, plus déchaînée que jamais :

— Allez-vous avouer aux Français que cette drogue agit en vingt minutes, pendant environ une heure, et qu'il n'existe à ce jour aucun antidote ? Et leur direz-vous, puisqu'elle peut être inhalée, bue ou ingérée, qu'elle est à ce titre la pire arme chimique jamais conçue dans l'histoire de l'humanité ?

Enfin je me tais. Le boss relâche monsieur DGSI. Ce dernier se lève d'un bond, sans demander son reste. Le secrétaire général lui emboîte le pas. Ils sortent sans un mot, suivis par la porte-parole qui semble au bord de l'évanouissement. Seule l'équipe de tournage reste figée, bras ballants et bouche ouverte.

— Remballez le matos, le spectacle est terminé ! hurle le boss aux techniciens.

— La vidéo est postée, murmure Léa. Et c'est déjà un sacré buzz…

Mon chef lui arrache le téléphone des mains. Je l'arrête :

— Laissez-la tranquille. Elle n'y est pour rien.

Je me lève enfin, défroisse ma chemise, salue mon équipe.

— Je suis la seule responsable ici, commissaire. Et je vous demande d'accepter ma démission.

— La ferme, commissaire Dharmesh ! Je ne sais pas ce qui m'horripile le plus entre votre insubordination, votre insolence ou votre indécrottable fierté. Qui ne sont rien devant votre sens de l'honneur. Votre demande de démission est rejetée. Pour le reste, nous l'affronterons ensemble…

XIV

Complotisme

Bérénice savoure sa première matinée de liberté. Les antibiotiques ont fait leur boulot : elle n'a plus de fièvre. La chambre de Bruno n'est pas folichonne avec son papier vert d'eau et ses draps vieillots, mais ça la change du caveau de verre. Elle ouvre la fenêtre et se laisse caresser par les rayons doux. Un cadeau dont le requin l'a privée trop longtemps.

Dans la salle de bains, elle désinfecte ses plaies, refait ses pansements. Elle pourra reprendre la route dans quelques heures. Mais avant, elle va savourer le bonheur d'un café devant les actualités. Le canapé ringard de sa victime a des saveurs d'eldorado. Elle descend au salon, s'approche du téléviseur, croisant le regard vitreux de Bruno, toujours vautré dans sa mare de sang. Il la fixe, le regard teinté de reproches. Elle n'a jamais eu peur de dormir avec un cadavre. En revanche, leur visage grotesque l'insupporte. Celui-là ne fait pas exception. Elle enjambe son corps, à la recherche d'un linceul de fortune. Dans le buffet, elle trouve une nappe en toile cirée. L'imprimé grossier fera parfaitement l'affaire. Elle recouvre les pupilles accusatrices d'une pluie de champignons et de baies rouges, puis allume la télévision. Enfin.

Elle n'a pas vu *À couteaux tirés* depuis son départ du Midi. Elle adore cette émission racoleuse qui, sous couvert de décortiquer l'actualité, offre en pâture au public la lie de l'humanité. Un ramassis de journalistes réactionnaires et autres chroniqueurs sulfureux capables des pires raisonnements au nom de la liberté d'expression.

Elle s'affale sur les coussins, extatique : l'ambiance sur le plateau est incendiaire. Les intervenants se coupent la parole, en se hurlant dessus. Une intellectuelle du dimanche fraîchement proclamée islamo-gauchiste s'insurge :

— La France est un pays de buses, manipulé par un gouvernement frauduleux à la botte de l'Amérique !

Le présentateur la recadre. C'est un renégat de la télé-réalité reconverti dans le talk-show. Bérénice l'adore. Elle note qu'il a troqué son habituel jogging Adidas contre un costard sombre, preuve que l'heure est grave.

— Arrêtez de verser dans le complotisme. Vous avez entendu comme nous la déclaration du premier ministre hier soir ! Une France dont l'opinion publique est coupée en deux est une France à terre !

D'ailleurs, pour ceux qui viennent de nous rejoindre, on se repasse un extrait de sa déclaration.

Plan sur Matignon. Le Premier ministre, visage émacié sous des tonnes de maquillage, déploie des efforts surhumains pour offrir l'illusion qu'il maîtrise la situation. Bérénice sourit. Elle a toujours adoré le spectacle pathétique de la noyade des institutions. Les mêmes qui ont détruit sa famille, au nom des valeurs de la République. La voix du dirigeant se veut rassurante : « Mes chers compatriotes. Les attentats terribles qui ont secoué notre pays ces dernières semaines ont été revendiqués par un homme, disciple du Hamas. Il s'agit d'Ahmed Al-Maghribi, ex-compagnon de l'enseignante Sarah Treville, qui a également participé au massacre de l'école maternelle Picasso. Nos services ont travaillé sans relâche pour mettre la main sur le coupable : nous l'avons incarcéré. Le prix à payer pour ces actes barbares est lourd. Mais sachez que le châtiment sera à la hauteur du crime. En attendant, la psychose alimentée par les réseaux sociaux ne doit pas gouverner notre France. Toutes les communautés de ce pays doivent s'unir pour un retour progressif au calme. Nos services municipaux travaillent sans relâche pour débloquer les infrastructures routières. Aussi je vous demande, mes chers concitoyennes et concitoyens, de reprendre une activité normale dès demain, afin que le pays des Lumières ne soit pas paralysé par le complotisme et le fanatisme religieux. »

La militante gaucho reprend la parole :

— Le fanatisme religieux. Mais enfin, on marche sur la tête ! Vous avez entendu comme moi la commissaire Priya Dharmesh dénoncer le complot gouvernemental !

— Ma pauvre, si vous prenez pour argent comptant les *fake news* diffusées sur des réseaux sociaux à la solde des Chinois, la France est en mauvaise passe, persiffle un éditorialiste d'extrême droite dont la une « La drogue de Mahomet » a fait exploser les vues sur le site Web du magazine.

— Les réseaux sont plus fiables que bien des chaînes nationales, monsieur. Les réseaux, c'est la nouvelle voix citoyenne, parce qu'ils échappent à la censure moderne.

— Et Priya Dharmesh est la nouvelle Jeanne d'Arc ! s'esclaffe l'éditorialiste.

Le présentateur tape du poing, exposant sa montre suisse haut de game à la caméra.

— Dois-je vous rappeler qu'hier, des enfants ont été dévorés par leur maitresse ?

La remarque plombe l'ambiance. Une petite ronde, déléguée du bureau syndical des parents d'élèves, manque de s'étouffer dans ses sanglots. Un militant de Démocratie nationale lui tend un mouchoir pour attirer la caméra. Après s'être assuré d'être dans son champ, il déclare d'une voix solennelle :

— Quelle indécence ! J'aimerais qu'on observe une minute de silence pour ces enfants. Au-delà de nos opinions politiques divergentes, rappelons-nous la mémoire de ces innocents, et la douleur des parents et des familles. Il y a quelques décennies, un élève poignardait une enseignante. Aujourd'hui, l'enseignante dévore ses élèves. Nous avons atteint le point culminant de la désintégration de nos institutions. Si nous réclamons un coupable, c'est avant tout parce que nous demandons justice.

Les caméras effectuent un travelling arrière, zoomant sur les échines courbées des intervenants. Puis les portraits des petits de l'école Picasso défilent, dans un silence assourdissant. L'effet pathos est à son comble. Bérénice observe sans ciller les petites bouilles rondes, pétillantes de vie, sur la photo de classe. Les pleurs redoublent dans le studio. Le chantre de DN poursuit :

— Au-delà de la sauvagerie d'Ahmed Al-Maghribi, c'est le lien entre les attentats qu'il faut interroger.

— C'est bien le problème de votre parti, s'énerve la journaliste gaucho. Vous allez encore justifier ces horreurs par la théorie du grand remplacement, j'imagine !

L'autre pointe un index vers la caméra, regard rivé vers les spectateurs.

— Un carmel de religieuses, un lupanar et une école. Dommage que vous ne soyez pas assez éclairée pour comprendre qu'on s'est attaqué à notre religion, à nos mœurs dépravées et à la relève de notre pays.

Les sœurs, les putains et les mères ! s'exalte le présentateur, ravi de son sens de la formule.

— Non, monsieur. Les trois visages de la femme, socle sacré de toute civilisation. Les cibles de l'islam radical depuis toujours.

Une cloche sonne sur le plateau, annonçant la fin du round.

— C'est terminé pour aujourd'hui ! déplore le présentateur. On se quitte avec une rediffusion des accusations de Priya Dharmesh, et on se retrouve demain, parce que vous le voulez bien !

Une petite bonne femme apparaît à l'écran. Elle est à genoux dans son uniforme de police. Bérénice s'approche, captivée. Elle l'écoute invectiver la caméra, accuser le gouvernement, et réclamer la vérité. Priya Dharmesh. La nouvelle justicière de la France contestataire. Héroïne du Web depuis vingt-quatre heures. Sa future porte-parole.

*
* *

— Recomptez, agent Diaz. Ces aérosols ne peuvent pas avoir disparu.

Diaz reste droit comme un I, habitué aux coups de pression de son supérieur. Lawrence ferme les yeux. Il a de plus en plus de mal à garder son sang-froid depuis la disparition de Bérénice. Non seulement ses recherches n'ont rien donné, mais cette histoire d'aérosol est la goutte d'eau qui risque de le faire sombrer à vie. Il vient de mentir à son DCI, Director of Central Intelligence, en affirmant qu'il lui livrerait

Bérénice en début de soirée, hors de question d'ajouter un vol à la disparition de la prisonnière. Toutes dents dehors, il affiche son sourire carnassier avant de reprendre l'interrogatoire :

— Écoutez-moi bien, agent Diaz, la drogue est isolée dans une chambre forte gardée H 24 par votre unité. Les flacons et les aérosols sont numérotés et datés dans des mallettes scellées. Le laboratoire de Tristan Martinez a été entièrement vidé, impossible d'y recréer des échantillons. Et comme vous le savez, le produit est désormais fabriqué au pays. Je vous le demande donc une dernière fois. Comment est-il possible que deux échantillons de la drogue aient disparu de cette mallette ?

Diaz vient d'enchaîner trois jours de service sans pause, depuis la mise à pied de Captain America. Son cerveau fonctionne au ralenti, il serait prêt à n'importe quoi pour deux heures de sommeil. Soudain, une idée lui vient :

— Avez-vous demandé à Fisher ? Il est le dernier à avoir escorté Bérénice Martinez. Qui pourrait être l'auteure de ces vols. Cela justifierait son évasion.

— Et comment pensez-vous que Martinez aurait transporté ces aérosols ?

— Comme toutes les mules du pays, officier Lawrence. Par la voie génitale.

Lawrence réfléchit : l'hypothèse tient la route mais accroît sa panique : si la gamine a piqué la drogue, maintenant qu'elle en connaît les effets, ce n'est certainement pas pour l'offrir à un musée. Il s'adresse à son subalterne d'un ton cassant :

— Vous venez de vous faire piquer la balle par une gamine, française par-dessus le marché… Quelle humiliation. Allez me chercher Fisher, et ligotez-le en salle d'interrogatoire.

Diaz ne demande pas son reste. L'accusation est injuste mais l'heure n'est pas à la négociation. Une fois seul, Lawrence ferme la porte de son bureau et vient se placer face au miroir Art déco qui orne son mur. Il s'observe avec attention, un exercice valorisant pour son ego qui lui a toujours permis de retrouver son aplomb. Pas aujourd'hui. Il passe une main dans les cheveux argentés de l'homme aux mâchoires carrées qui lui fait face. Défroisse le col du costume gris, bombe le torse, et admire sa carrure. Malgré les cernes qui creusent son visage hâlé, il a toujours l'allure d'un conquérant. L'hypothèse de Diaz menace sa promotion. Il va devoir se débrouiller seul, et vite. Et trouver ce que la garce manigance.

On frappe à la porte. Sans attendre sa réponse, Fisher entre, escorté par quatre sbires cagoulés. Diaz n'est pas avec eux. Lawrence se redresse, menaçant. Il n'a pas le temps de parler. Fisher incline la tête, donnant l'ordre aux mastards qui encerclent Lawrence de lui passer les menottes.

— Qu'est-ce que c'est que cette plaisanterie ?

On ne lui répond pas. Fisher se contente de le pousser hors de son bureau, le visage impassible. Dans le hall, la vieille bique tremble derrière son écran. Elle n'ose pas croiser son regard.

— Karen… Qu'est-ce que c'est que ce cirque ? Répondez-moi !

Elle finit par bégayer, les larmes aux yeux :

— Officier Lawrence… Vous êtes…

Sa voix se brise. Fisher prend le relais, imperturbable :

— Officier Lawrence, j'ai pour ordre de vous raccompagner chez vous.

— Depuis quand me donnez-vous des ordres, agent Fisher ? Vous allez m'aider à retrouver Martinez et sa came et m'expliquer ce qui se trame, avant que j'appelle le DCI. Si vous lui mettez la main dessus, je parviendrai à vous faire réintégrer. Nous fermerons les yeux sur cette pitoyable mutinerie et nous savourerons ensemble le succès de notre entreprise.

Fisher se redresse. Il se doute bien que son ancien patron ne va pas coopérer, mais les ordres de Washington ne sont pas négociables. Après tout ce qu'il a subi, ce retournement de situation est une surprise inespérée. Il est encore sous analgésiques, et ses points de suture entravent ses mouvements et sa respiration. Alors il ne va pas cracher sur un rapatriement au pays, suivi d'un mois de vacances avec sa douce, même si cela implique d'assigner son ancien chef à résidence avant de l'escorter jusqu'au DCI. Il a une petite idée de ce qui attend Lawrence en Virginie. Il n'aimerait pas être à sa place. Il reprend son ton solennel, pressé d'en finir :

— Officier Lawrence, vous êtes invité à retourner chez vous, et à y rester jusqu'à ce qu'on organise votre rapatriement. Je suis chargé d'assurer votre protection jusqu'à votre départ.

Fou de rage, Lawrence tord le poignet du mastard qui tenait son avant-bras, et se précipite vers la sortie.

— Ouvrez cette fichue porte, Karen ! Je dois prendre l'air.

La vieille secrétaire pétrifiée ne bouge pas d'un poil. Lawrence la toise, bouche bée. Un murmure répond à sa colère :

— Vous n'êtes plus autorisé à sortir seul, monsieur. L'agent Fisher va vous reconduire chez vous.

Comme César devant Brutus, Lawrence fixe une dernière fois Captain America. Puis, drapé dans une dignité muette, il se laisse escorter jusqu'à la sortie.

*
* *

6 heures. Mon réveil sonne. Je me suis encore endormie tout habillée dans mon fauteuil. La faute aux événements de la veille : alors que j'allais me mettre au lit, l'alarme a retenti, suivie par la voix de Vernet hurlant dans tous les haut-parleurs de l'UC :

— Le petit gars est de retour ! Je répète, le petit gars est de retour avec la gosse !

Une joie sauvage m'a inondée. Je me suis précipitée dans le couloir, où Caroline Turpin, Effendi et le boss m'ont emboîté le pas, un plan du quartier entre les mains. Le boss nous a donné les directives.

— Vernet, vous disperserez les paparazzis. On prend les motos. Effendi, où sont-ils planqués ?

— À deux blocs d'ici. Cachés sous un porche. Voilà l'itinéraire.

J'ai salué l'intelligence de mon agent qui a eu l'idée de piloter un drone autour de l'UC pour repérer Ziad. Au rez-de-chaussée, Vernet nous a montré les écrans de surveillance : une vingtaine de journalistes faisaient le pied de grue devant l'entrée principale de l'UC. Une sale habitude depuis que nous avons capturé la fille du boucher.

— Bien. Retour aux bonnes vieilles méthodes. Vernet, vous vous croyez encore capable de balancer deux trois bombes lacrymo autour du pâté de maisons ? a demandé le boss.

— Affirmatif, commissaire, et plutôt deux fois qu'une s'il s'agit de dégager ces marioles.

— Très bien. Priya, derrière moi. Caroline, sur l'autre moto. Vous prendrez Ziad avec vous. Nous, on se charge de la gosse. Ils sont à moins de cinq cents mètres, ça devrait être rapide. Effendi, refermez le portail et surveillez notre retour ; je n'ai pas envie de faire le pied de grue devant cette bande de macaques.

En quelques minutes nous étions prêts. Je me suis agrippée au blouson du boss qui a démarré en trombe. Il nous a fait signe de prendre une bonne inspiration, avant de fermer la visière de nos casques. Vernet est sorti en courant. Il a balancé ses projectiles sur les paparazzis qui ont disparu dans un nuage de fumée en crachant leurs poumons. Je n'ai pas eu le temps d'entendre leurs insultes.

Quelques secondes plus tard, tout était oublié. Lorsque j'ai aperçu mon lieutenant sous le porche, ma fille dans les bras, la fatigue de la nuit s'est évanouie. En me reconnaissant, Lison a couru vers moi, tandis que Ziad s'est hissé sur la moto derrière Caroline Turpin. Le boss a enveloppé la gamine dans une couverture de survie avant de la caler entre nous.

Le retour à l'UC s'est fait sans encombre ; les photographes véreux se sont dispersés jusqu'à nouvel ordre. Léa Effendi nous attendait avec des chocolats chauds. Après quelques gorgées, Lison est venue se nicher dans les bras du boss, dont les yeux brillaient de soulagement. Des sourires illuminaient enfin nos visages défaits, mais ce bonheur fut de courte durée. Après avoir bordé ma fille, les cadavres de l'école maternelle sont venus me hanter. La culpabilité m'a refusé tout repos. Et la nuit s'est évanouie.

Je consulte mon téléphone. Déjà un appel en absence du boss. Sans faire de bruit je me lève. Tant pis pour la douche. Je déjeunerai avec mon chef, qui ne doit pas être dans un meilleur état que moi.

J'entre dans son bureau sans frapper. Il est assis à sa table de travail, le combiné coincé contre son oreille. Une odeur de tabac froid flotte dans la pièce, le cendrier est rempli de mégots. J'ouvre la fenêtre sans demander sa permission.

— Faites comme chez vous, Priya !

J'allume sa cafetière, vide les cendres dans sa poubelle et regarde les cernes violacés qui creusent son teint plombé par l'insomnie. Je lui ai rarement vu une si mauvaise mine.

— On en est où ?

— J'ai passé la nuit au téléphone avec Stéphane. Il était question de vous incarcérer.

J'attrape la cafetière, essuie deux tasses et verse le breuvage sans broncher. Je me contrefiche de mon sort comme de ma carrière. Je veux être avec ma fille. Embrasser ses cheveux, la tenir contre moi toute la journée et retrouver mon souffle. La violence de ce besoin me terrifie.

— Merci, fait le boss en humant le contenu de sa tasse. Vous voulez la bonne nouvelle du jour ? J'ai obtenu votre réintégration.

Je repose ma tasse, abasourdie.

— Et comment vous avez fait une chose pareille ?

Il allume la télévision puis zappe entre les chaînes. Partout, mon visage s'affiche sous différents angles. Je m'enfonce dans le fauteuil, presque honteuse. Je ne suis pas faite pour ce genre de lumière.

— Vous êtes la nouvelle star du Web. L'impertinente égérie d'une France insoumise. Notre boîte mail croule sous les demandes d'interview. Un mot de vous fera trembler l'Élysée. Les sondages indiquent que la moitié des habitants de ce pays ont plus confiance en vous qu'en le président de la République.

— Je n'ai aucune envie de briguer la présidentielle.

— Tant mieux, parce qu'à l'Élysée, ils n'ont aucune envie que vous vous présentiez.

— Qu'est-ce que vous leur avez promis ?

— Pas grand-chose. Votre silence. En échange de votre maintien en poste.

— Depuis quand me croyez-vous capable de ça ? Et qu'est-ce qui vous fait dire que j'ai encore envie de bosser pour eux ?

Mon téléphone sonne. C'est Kellya Jordan, à qui j'ai confié la garde de Sarah Treville cette nuit. Je décroche.

— Les nouvelles ne sont pas bonnes, Priya. Je ne suis pas sûre que Sarah tienne longtemps.

— OK. J'arrive.

Je raccroche, partagée entre le besoin de tout envoyer valser pour profiter des retrouvailles, et ma satanée conscience professionnelle. Les images des gosses dévorés me reviennent en tête, et avec elles, la détresse de Sarah Treville, une mère comme moi, qui n'aura sans doute plus jamais la chance d'avoir une vie normale.

Le boss, qui a écouté la conversation, m'interrompt.

— Priya, dans mon bureau avant midi, nous n'avons pas terminé.

J'acquiesce en silence puis sors du bureau, direction le foyer. Ce que je découvre me terrasse.

Sarah Treville est sanglée à son lit, bâillonnée. Elle se tord comme une diablesse, les yeux révulsés par la rage. Le psychiatre se tient à distance raisonnable. Il l'observe avec froideur. En m'apercevant, elle redouble d'efforts pour se libérer, en vain. Je me précipite vers elle. Le psy m'arrête d'un geste.

— Ne vous approchez pas. Elle est en phase de délire hystérique. Nous devons attendre qu'elle se calme.

Je le regarde, stupéfaite. Le dortoir dans lequel nous l'avons isolée est vide. Les grognements effarés de la jeune femme l'emplissent d'un désespoir atroce mais je ne vois aucune raison d'empêcher cette mère de hurler. Kellya Jordan arrive enfin. Elle me prend à part :

— Ils lui ont retiré son gosse.

— Qui ? Quand ?

— Le ministère de l'Intérieur. Ce matin. Le boss a dû céder. C'était toi ou lui.

Je me tourne à nouveau vers Sarah, réduite à l'état de bête depuis qu'elle a perdu sa seule raison de tenir le coup. Je ne comprends pas comment les types de l'Intérieur ont pu faire preuve d'une telle cruauté. Kellya devance mes interrogations :

— Ils nous laissent la mère pour qu'on termine nos analyses. Mais ils disent que l'UC n'est pas équipée pour accueillir un gosse qui a subi un tel choc. Et pour l'instant Sarah est plus en sécurité chez nous. Elle a reçu de nombreuses menaces de mort.

Ces explications n'ont ni queue ni tête, je ne les entends pas. Je refuse d'être la monnaie d'échange de la DGSI. Surtout si cela engendre la torture de la victime.

— Que lui avez-vous dit ?

— Que son fils avait besoin de soins. Qu'elle le retrouverait bientôt. Dès qu'elle serait plus calme.

— Vous avez terminé les prélèvements ?

— C'est plus compliqué que pour les cas précédents. C'est la première fois que la victime de la drogue reste en vie après ingestion du produit.

— Magnifique. Ils veulent lui remettre une médaille ?

— Non. Ils veulent qu'on étudie l'impact psychologique de la substance une fois les effets dissipés.

— Eh bien l'impact est assez visible, non ?

Je lui montre les yeux révulsés de l'institutrice avant de me retourner vers le psychiatre.

— Laissez-nous. Je dois poursuivre l'interrogatoire.

J'ajoute, en lui montrant la sortie :

— Il est confidentiel.

— Je travaille pour la DGSI commissaire Dharmesh. Vous n'avez rien à me cacher.

— Je suis la nouvelle bête noire du gouvernement, docteur, alors ne m'obligez pas à expliquer comment vous traitez les victimes. Sachez que je tiens plus au respect de cette femme qu'à ma carrière.

Il s'écarte, récalcitrant.

— Vous avez dix minutes. Pas une de plus. Ne la détachez sous aucun prétexte.

J'ignore sa remarque et attends qu'il soit hors de ma vue pour libérer la prisonnière. Je caresse ses cheveux, approche un verre d'eau de sa bouche. Sa surprise est telle qu'elle s'abandonne sur l'oreiller. Elle boit les yeux fermés, sans retrouver la force de parler. Ses premières syllabes forment un prénom que je déchiffre avec peine :

— Aodrenn…

— Expliquez-moi, Sarah.

— Aodrenn… Un ange cet enfant.

Elle suffoque. Je l'encourage à continuer.

— Un gamin qui partageait toujours son goûter avec mon fils. Son corps… Le corps de tous ces gosses que j'ai… Je ne veux pas survivre à ça, Priya.

Je cherche l'argument qui calmera son effroi. Sans succès.

— Vous ne devez pas vous mettre des images dans la tête.

Elle ne veut rien savoir, et commence à parler comme un moulin :

— Vous imaginez la peur, la douleur qu'ils ont dû endurer ? Ceux qui se sont vidés de leur sang en attendant les secours ? Et mon fils… Mon fils qui a vu tout ça ?

— Ce n'était pas vous, Sarah. C'était la drogue. C'était le monstre qui a voulu que vous en consommiez, pour être à sa merci. Nous le recherchons. Tous nos services secrets le recherchent.

— Vous avez vu les corps ?

— Seule la légiste a été autorisée à les voir. Ils n'ont pas encore été remis aux parents.

— Vous mentez.

Je me retourne vers Kellya Jordan, pour qu'elle confirme mon mensonge. Les mains de Sarah se mettent à trembler. Je recule.

— Vous avez peur que je vous dévore, commissaire Dharmesh ?

Kellya veut rappeler le psy. Je l'arrête.

— Effectivement. Je vous ai menti. J'ai vu les corps. Je ne pensais pas qu'il était utile de vous le dire. Je veux vous préserver. Ces images sont violentes. Elles vont renforcer votre sentiment de culpabilité. Comme ça a été le cas pour moi, à chaque victime que je n'ai pu sauver. Pas un jour ne passe sans que je les entende m'appeler à l'aide. Je dois vivre avec leurs reproches jusqu'à la fin de mes jours. C'est ce que vous voulez, Sarah ?

Je me rends compte que j'ai haussé le ton. Elle se redresse. Un sourire cynique lui barre le visage.

— Moi aussi j'ai vu les photos.

— Hein ? Mais on vous a retiré votre téléphone. Et vous êtes sous surveillance depuis votre arrivée. Qui vous a montré ça ?

— Moi, dit le psychiatre.

Je ne l'ai pas entendu revenir. Il me tend son téléphone. Une série de vignettes au petit format s'affichent, toutes plus atroces les unes que les autres. Mon ventre se noue devant l'horreur de ces corps minuscules, photographiés pendant l'autopsie. Les reflets de la table métallique nimbent leur peau déchiquetée d'un halo verdâtre. Le spectacle est insoutenable. J'ai envie de gifler l'homme qui a osé infliger un tel supplice à la pauvre enseignante. Je me contente d'une question cinglante :

— Pourquoi ?

— Un des plus grands risques pour la psyché humaine, en pareil cas, c'est le déni. Face à l'horreur de tels actes, le cerveau a tendance à mettre en place un mécanisme de protection, provoquant l'amnésie provisoire, ou pire, le refoulement. Il est important que ma patiente ne fantasme pas la mort de ces enfants. Les images l'aident à faire son deuil. À comprendre ce qui s'est joué pour elle, et en elle, et à en accepter pleinement les conséquences.

Ces inepties me mettent hors de moi.

— Vous êtes un monstre. On n'a pas besoin de voir un cadavre pour comprendre la mort, pas plus qu'on a besoin de perdre un être cher pour comprendre le deuil.

Je hausse encore le ton. Kellya s'écarte. Sarah, perdue dans les limbes de sa mémoire, semble ne plus m'entendre.

— Pour la dernière fois, docteur, cette femme a été victime d'une attaque à l'arme chimique. Et je vais faire en sorte qu'elle soit traitée comme telle. Kellya, vérifiez que plus personne n'approche un écran de notre patiente. Et vous, dis-je en pointant un index menaçant vers le psychiatre, attendez-vous à des représailles.

Je sors en claquant la porte du dortoir, direction le bureau du boss. La discussion s'annonce houleuse.

*
* *

S'il est bien une chose que John Fisher n'aurait jamais imaginée, c'est qu'il puisse un jour s'endormir dans le lit de son chef en fumant une clope. Encore moins qu'on lui demande de reprendre le fauteuil de Lawrence rue La Boétie jusqu'à nouvel ordre. Depuis qu'il bosse pour le DCI, il a appris à ne pas les discuter.

Pourtant, quelques heures plus tôt, il était certain de se cogner plus de dix heures d'avion en jet militaire, avec un homme qui ne lui aurait pas adressé la parole de tout le vol. Les événements ont pris un tour bien différent.

Devant chez Lawrence, une nouvelle équipe l'attendait. Ils ne l'ont pas laissé faire ses bagages. Ils l'ont poussé dans le fourgon noir, dont Captain America a juste aperçu la porte coulissante. Le véhicule a démarré sans tarder, dans un nuage de poussière grise. Fisher est resté dans la rue comme un con avec ses sbires, les clés de Lawrence toujours dans la main, en attente de la suite. Quelques secondes plus tard, ils l'ont appelé, pour faire un grand « nettoyage ». Une procédure que Fisher connaît bien, et pour laquelle il a été parfaitement formé. Après avoir passé en revue toutes les possessions personnelles de son chef, il a trié les documents confidentiels, qui ont reçu le traitement approprié. Un boulot qui lui a bien pris trois heures.

Sans compter les analgésiques qui lui ont souvent donné envie de piquer du nez. Il a tenu. Ensuite, il s'est autorisé une bière, malgré l'imposante collection de cognac accumulée dans le bar de son chef. Il a passé un coup de fil à sa petite amie, pour la prévenir que, finalement, sa mission était prolongée. Elle a pleuré. Il a raccroché avec cette sale boule au ventre, a cherché le sommeil dans le lit *king size* de son supérieur, en vain. Sa piaule a beau avoir la taille d'un terrain de basket, elle est d'une froideur qui l'empêche de fermer l'œil.

Alors Fisher s'est autorisé une clope, qu'il fume en silence dans les draps immaculés. En regardant la cendre se consumer, il repense à cette garce de Bérénice, dont la chouette n'a eu de cesse de le narguer quand il s'est promené dans la serre. Captain America n'est pas rancunier. Mais il est formaté pour remplir ses objectifs. Et il juge que l'escapade de la petite Française a assez duré.

*
* *

Tout le monde est exténué. Le boss a renvoyé le psychiatre, en promettant le transfert de Sarah

Treville demain en fin de journée. Vers un hôpital tenu secret. Demain sera ma dernière matinée avec elle. Je n'ai pas trouvé le courage de le lui dire. Cette nuit, nous sommes convenus que Lison dormirait chez le boss. C'est elle qui en a exprimé le souhait. Je l'ai laissée partir à regret.

Il est plus de 20 heures et je suis seule dans la salle des icebergs. J'épluche le Web à la recherche de nouveaux indices sur l'affaire de Pont-Saint-Esprit. Je me demande comment la police de l'époque a géré les homicides. Je ne sais pas comment me préparer à l'enterrement des gosses, qui aura lieu après-demain. Les attentats se sont rarement précipités à une telle vitesse. Nous n'avons pas le temps d'investiguer, courant de cadavres en cadavres comme des pantins.

Je sursaute. Vernet est derrière moi. Je ne l'ai pas entendu entrer.

— Allez vous coucher, Vernet. Vous l'avez bien mérité.

— Il y a quelqu'un en bas pour vous.

— Je n'attends personne. Et comme vous le savez, je ne réponds plus à la presse.

— Ce n'est pas la presse, commissaire Dharmesh.

Je lève enfin la tête de mon écran.

— Il y a une dame pour vous en bas. Le boss est avec elle. Il m'a dit de venir vous chercher.

En entrant dans le bureau de mon chef pour la troisième fois de la journée, je suis surprise d'y trouver Ziad, Effendi et Jordan Martin. Une jeune femme est assise en face d'eux. Je n'aperçois que son dos. Elle porte de longs cheveux bruns aux reflets cuivrés, sur un survêtement trop grand pour elle. Quand elle se retourne, des larmes de joie baignent son visage gracieux. Sa voix tremble :

— Bérénice Martinez, se présente-t-elle.

XV

Riyad

Quelque chose cloche. Je n'aime pas ses minauderies. Je sens d'instinct la manipulation dans ses manières. Je prends mon ton glacial.

— Vous êtes ?

— Bérénice Martinez.

— Il est tard pour une déposition.

— Vous ne regretterez pas de m'avoir ouvert, répond-elle du tac au tac.

Je retiens un bâillement. La journée a encore été épuisante. Je me demande ce que cette jeune femme me veut. J'ai hâte de retrouver Lison et plus aucune envie d'enquêter sur quoi que ce soit.

— Je sais qui a fabriqué la drogue du cannibale, déclare-t-elle.

Ses iris dorés se consument d'impatience. Elle attend que je morde. Je me passe la main sur le visage, blasée. L'aveu manque d'originalité.

— J'entends ce type de déclaration toutes les heures.

Elle se lève, et nous montre son ventre couvert d'hématomes.

— Je suis blessée. J'ai été séquestrée puis agressée. Je veux porter plainte.

— Nous ne sommes pas un commissariat de quartier. Si c'est pour vos bobos, vous irez faire votre déposition ailleurs. Il est plus de 21 heures, ça attendra demain.

— C'est à vous que je veux parler, insiste-t-elle.

— Sans blague. Depuis que je suis passée à la télé, la moitié des Français veulent me rencontrer. Vous êtes dans une UC ici, pas à mon fan-club. Maintenant, si vous n'avez pas mieux à faire, excusez-moi mais je vais rentrer chez moi.

Je me lève. Elle me barre le passage. Elle sourit. Son petit jeu m'agace.

— Je vous conseille de rester tranquille, mademoiselle Martinez.

— Vous avez raison sur beaucoup de points. Le Hamas n'a jamais été sur le coup. Ahmed Al-Maghribi est innocent. La maîtresse aussi bien sûr.

— Nous écoutons les témoins quand ils nous procurent des preuves. Vous en avez ?

— Faites vos recherches. Après tout c'est votre boulot, non ? Tristan Martinez. Bérénice Martinez. Petits-enfants de Jacques Martinez, tombé sous les balles ennemies. La belle époque pour la DEA et les renseignements français. La French Connection, ça vous rappelle quelque chose ? Ils ont trouvé le moyen de s'en mettre plein les poches en jouant les justiciers. Mon aïeul a été une victime collatérale.

— Je ne suis pas psychiatre, mademoiselle Martinez. Je suis navrée que vos problèmes de famille vous aient conduite à développer une haine viscérale contre l'institution, mais je ne crois pas pouvoir y faire grand-chose.

Le boss, qui n'a pas arrêté de pianoter sur son clavier pendant l'échange, nous interrompt :

— Le serveur raconte que vous vendez des savons bio.

— C'est une couverture. Tristan et moi sommes chimistes de formation, comme le grand-père. Il a pondu l'héro, nous voulions faire mieux. Moins dangereux, et surtout sans dealeurs. L'État n'aurait eu aucun contrôle sur notre dope.

— Pourquoi ça ?

— Parce que la *Do It Yourself* aurait été fabriquée par le consommateur avec des produits légaux. Malheureusement, Tristan a merdé. Il a fabriqué cette…

J'éclate de rire.

— Est-ce que par hasard vous voudriez nous faire croire que la nouvelle arme chimique du XXIe siècle est née d'une erreur de manip entre deux boutonneux mégalomanes qui avaient des problèmes d'Œdipe ?

La gamine me fusille du regard. Je sens que j'ai tapé dans le mille. Maintenant qu'elle est déstabilisée, on peut passer aux choses sérieuses.

— Très bien, nous allons vérifier votre version. Où est votre frère ? Peut-il confirmer vos propos ?

— Non.

— C'est bien dommage.

— Ils l'ont tué.

— Qui ça « ils » ?

— Je n'en sais rien. C'est à vous de me le dire. Ceux qui nous ont kidnappés. Ils ont utilisé notre trouvaille pour semer le chaos et m'ont obligée à livrer la dope à l'école maternelle. Une organisation terroriste internationale, à mon avis. Des Italiens, des Allemands, des Écossais, et j'en passe.

Tous mes muscles se raidissent. L'idée qu'elle ait participé au massacre des gosses me révulse. Je viens de retrouver mon énergie :

— Vous avez livré la dope à l'école maternelle ?

— Oui. Contrainte et forcée par mon ravisseur. Il était armé en permanence, ajoute-t-elle comme pour s'excuser.

— Saviez-vous ce qu'il y avait dans la nourriture que vous deviez livrer ?

— Oui. Ils ne s'en sont pas cachés. Me faire culpabiliser était une de leurs techniques favorites. La drogue était dans le poulet de la maîtresse, répond Bérénice sans ciller.

Je me tourne vers le boss. L'interrogatoire prend un tour inattendu. C'est trop beau pour être vrai. Nous tenons peut-être la coupable qui me permettrait d'innocenter Sarah Treville et le père d'Abel. Il cligne des yeux, signe qu'il me laisse la main. Je poursuis, m'efforçant de rester le plus détachée possible.

— Donc vous avez parlé à Sarah Treville.

— Oui. Elle voulait le numéro du gars qui m'accompagnait. L'Allemand. Elle a eu un coup de cœur pour lui, je crois. Elle n'aurait pas dû.

— Excusez-nous un instant, dis-je à l'intention de mon équipe qui n'a pas bronché depuis le début de l'échange.

Je demande au boss de me suivre dans le couloir. Il se lève en ronchonnant. J'attends qu'il referme la porte derrière lui avant de lui exposer mon plan :

— Sarah passe sa dernière nuit chez nous avant son incarcération. C'est maintenant ou jamais.

— Avant son transfert dans un lieu sécurisé, me corrige le boss. Arrêtez de tout dramatiser. Avez-vous pensé au risque que cette entrevue représente ? Au possible choc traumatique quand Sarah va se retrouver nez à nez avec un de ses agresseurs ? Sans parler du psychiatre que vous avez viré, et qui nous aurait été bien utile ce soir !

Je m'enflamme à mon tour :

— Les musulmans de ce pays sont aujourd'hui victimes d'un racisme sans précédent. La plupart d'entre eux ne peuvent plus sortir sans se faire insulter. Vous consultez les réseaux comme moi, vous savez de quoi je parle. Et si ça ne vous suffit pas, vous n'aurez qu'à demander à Ziad comment il a vécu son retour à l'UC. On l'a traité de sale Arabe à chaque coin de rue. Alors si vous me demandez si je veux prendre le risque de coffrer Bérénice Martinez pour remonter à la source du mal et mettre la main sur les commanditaires de cette drogue, ma réponse est oui. Y compris si cela doit passer par une confrontation entre Sarah et Bérénice.

Le boss soupire, lève les yeux au ciel et finit par acquiescer.

— Très bien, commissaire Dharmesh. Si vous considérez que nous avons ses aveux, faites au moins les choses en règle. Ziad va rédiger sa déposition. Vous connaissez la suite. Et surtout, démerdez-vous pour que la maîtresse ne nous claque pas dans les pattes.

En entrant dans le bureau, le boss chuchote ses ordres à l'oreille de Ziad. Puis il s'avance vers Martinez, une paire de menottes en main. Elle s'offusque :

— Qu'est-ce que ça signifie ? Je viens de vous dire que j'ai été victime d'un groupe terroriste !

— C'est votre version. Je n'ai pas encore choisi la mienne, tranché-je. Levez-vous et suivez-moi.

— Et pour que les choses soient claires, nous n'avons aucune confiance en vous, ajoute le boss en la poussant vers la porte.

La jeune femme nous défie du regard.

— Tant mieux, c'est réciproque.

Le boss la reprend :

— Ici, c'est moi qui fais les règles. Vous allez suivre la commissaire Dharmesh sans broncher, puis vous passerez la nuit en cellule. Si vous êtes sage, et que vous nous laissez avancer gentiment sur l'enquête, vous serez nourrie et blanchie jusqu'à ce que votre avocat vous tire d'ici. C'est tout ce que je vous souhaite.

Puis, s'adressant aux autres membres de l'équipe :

— Ziad, tu me rappelles Vernet. À partir de maintenant, il surveille la demoiselle H 24. Effendi et Martin, vous me faites chauffer les machines et vous revérifiez toutes les infos. Appelez illico l'UC de Sophia Antipolis et envoyez les équipes sur place fouiller le fameux labo des Martinez.

Je monte dans l'ascenseur le cœur battant. Je n'ai aucune idée de la façon dont Sarah Treville va réagir devant la Martinez. Je réfléchis à la manière d'amener les choses. Sans succès.

Kellya nous attend sur le palier, les paupières bleuies par l'insomnie. Elle a perdu son éclat juvénile. Son seuil de vigilance est dépassé depuis longtemps. Je lui donne un peu de répit :

— Allez dormir deux heures, agent Martin. Vous ne tenez plus debout.

Sans me répondre, elle se dirige comme un automate vers le premier lit disponible et se laisse tomber de tout son long. Elle ne prend pas la peine de retirer ses chaussures.

Le lit de Sarah est protégé par un paravent. Je le contourne. Ma prisonnière passe devant moi avec un regard bravache et vient se planter devant l'institutrice.

— Bonjour Sarah. Dites-lui qui je suis…

*
* *

Karen tourne comme un poisson asphyxié dans un bocal à moitié vide. Depuis le départ de son chef adoré, les bureaux de La Boétie ont des airs de bunker allemand avant la Libération. Tout le monde s'active, vidant les sous-sols, nettoyant les archives, essayant de faire disparaître la moindre trace de ce que l'on nomme désormais : « *Artichoke abortion* ». Un monumental désastre.

Il est 13 h 55 et la tension est palpable à tous les étages. La délégation spéciale de la CIA, envoyée sur les ordres de Washington, va débarquer dans cinq minutes. Les travaux souterrains de Lawrence sont désormais une affaire d'État. Fisher est seul dans son bureau. Il repense aux pantins qui l'ont précédé. McKay, Lawrence. Il comprend qu'il est désormais le prochain sur la liste.

Hier, le gouvernement américain a publié un démenti, niant l'implication du Hamas dans la fabrication de la drogue du cannibale. L'information fait la Une de la presse hexagonale ce matin. L'embargo sur les aéroports internationaux a été levé. Le président français n'a pas encore réagi. À présent qu'ils n'ont plus l'alibi arabe, Fisher se demande sur le dos de qui la CIA va mettre les attentats. Sans parler de l'extrême droite française qui n'est pas prête à lâcher sa proie. Ils ont tous besoin d'un nouveau bouc émissaire. Et Fisher plus que tous, au risque que son mariage et sa blonde ne s'évanouissent dans les fumées de l'avion pour Riyad. Un voyage prévu dans une semaine avec le gratin de la CIA. Dont il ignore tout. Il est payé pour obéir aux ordres. Rarement pour les comprendre.

Son téléphone sonne. Il jette un œil par la vitre de son bureau. Ils sont en bas. Avec son mètre quatre-vingt-quinze et son physique d'ancien basketteur, Tyler Brown, l'adjoint du Director of Central Intelligence n'est pas connu pour être un marrant. Il est escorté par deux colosses élevés au lait entier du pays. Fisher se reconnaît dans chacun d'entre eux. Des types surentraînés qui se feraient brûler vifs pour défendre la nation. Captain America rajuste son col et prend une profonde inspiration. Il est prêt. Ou du moins tente de s'en persuader.

Les présentations sont glaciales. Tyler Brown l'observe verser le bourbon dans les verres en cristal. La main de Fisher tremble un peu. Brown vide l'alcool d'un trait. Fisher attend. Le silence devient pesant.

— Comment avez-vous pu la laisser s'échapper ! explose soudain le géant.

Fisher se tasse sur son siège. Il n'a rien à répondre à son chef. La fuite de Bérénice est un échec qui le mine.

— Vous allez nous la retrouver, John ! Je vous laisse une semaine. Vous ne poserez pas votre cul dans l'avion pour Riyad sans avoir mis la main sur elle. Je me contrefiche du chaos français, ces abrutis ont bien mérité ce qui leur arrive. En revanche, il est hors de question que l'Arabie saoudite nous lâche. En exploitant la découverte de McKay, ce mégalo de Lawrence a salement amoché l'alliance déjà fragile entre notre gouvernement et les Émirats. Savez-vous ce qu'on risque, à asticoter les musulmans ?

Captain America réfléchit vite. Ses cours de géopolitique lui reviennent, et avec eux la superbe prof afro-américaine dont le dada était le pacte du Quincy. Il se souvient de l'enthousiasme de la jeune femme quand elle leur expliquait l'importance de cet accord post-Seconde Guerre mondiale, dans lequel les Américains s'étaient engagés à assurer la protection militaire de la dynastie des Saoudiens, en échange d'un accès à l'or noir. Fisher répond sans hésiter :

— La fin des accords pétroliers.

Tyler Brown applaudit.

— Nous avons mis plus de six mois à nous remettre de la galère russe. Depuis que notre président a eu la bonne idée d'accuser Riyad de pactiser avec eux en soutenant les prix du brut pour garnir les caisses de la Russie, les relations entre nos deux puissances se sont considérablement tendues. En d'autres termes, Fisher, nous n'avions vraiment pas besoin de ça. Connaissez-vous les conséquences de l'incarcération d'Al-Maghribi, le pantin que l'extrême droite française agite en ce moment sous les yeux des gogos ?

La voix de Brown se fait de plus en plus tranchante. Captain America a envie d'objecter que dans ses souvenirs, il existe peu de complicité entre le Maghreb et les Dubaïotes, qui, comme la plupart des habitants des Émirats arabes unis, méprisent encore les Maghrébins, descendants des Berbères et des Kabyles, qu'ils ont colonisés et considèrent toujours comme des vassaux. Au lieu de cela, il garde le silence. L'autre hurle de plus belle :

— Quatre-vingt-dix pour cent des réservations pour Dubaï et les autres émirats ont été annulées ! Sans parler de la chute vertigineuse de leurs actions en Bourse. Nous suivrons la même pente si nous ne réparons pas les dégâts ! Nous allons donc signer un traité chez eux. Nous engager à la non-prolifération de cette nouvelle arme chimique qu'est la drogue du cannibale, en présence de nos deux puissances militaires respectives. Et leur fournir la formule.

Retour à la loi du saloon, pense Fisher. On arme tout le monde, mais on interdit de tirer. Le principe de la diplomatie mondiale. Celui auquel il doit obéir. Malgré son absurdité.

— Bien reçu. Mais qu'allons-nous faire de Martinez une fois que je l'aurai retrouvée ? demande Fisher.

— Récrire son destin.

— ?

— Celui de nouvelle étoile de la mafia russe.

Fisher sourit enfin devant le machiavélisme de son supérieur. Imaginer Bérénice en égérie de la Bratva, commanditaire des attentats français, avant de répandre le chaos sur le monde, est un scénario digne des plus grands studios de Hollywood. Un retour à l'ère bénie de la chasse aux sorcières dans laquelle Captain America retrouvera son rôle de héros. Enfin.

*
* *

Il n'est pas dans les habitudes de Michelle Froidure d'aller chez son fils en dehors des jours convenus. Mais depuis le dernier attentat, il ne répond plus au téléphone. Et cela ne lui ressemble pas. Alors dès que le confinement a été levé, Michelle s'est dépêchée de préparer le quatre-quarts dont il raffole et a passé une jolie robe pour aller lui rendre visite. Il est environ 10 heures lorsqu'elle avance, le gâteau sous le bras, sur la chaussée vide.

Elle n'habite qu'à quinze minutes de chez Bruno. À chaque fois qu'elle aperçoit la façade de son pavillon fraîchement repeint, cela lui procure une joie vive. Ses amies ont beau critiquer son fils qui est vieux garçon et ne lui donnera jamais de petits-enfants, elle ne peut s'empêcher de se réjouir de le savoir propriétaire à moins de 50 ans. Il est agent paysagiste de la mairie de Paris, mène une vie honnête et régulière, et, cerise sur le gâteau, accepte de l'accompagner à la messe le dimanche. Il n'en faut pas plus pour réchauffer son cœur de mère, se dit-elle en introduisant la clé dans la serrure, et celles qui prétendent le contraire sont des imbéciles.

— Bruno ? s'exclame-t-elle en s'élançant dans l'entrée.

Elle ne prend jamais la peine de sonner. C'est inutile, son fils est célibataire. Encore une chance qu'elle a, de pouvoir entrer chez lui, sans se coltiner une belle-fille lubrique qui l'accueillerait en froufrous synthétiques les mains sur les cuisses. Dieu merci, il a renoncé à ces fariboles.

Une odeur inhabituelle flotte dans le couloir. Les vapeurs de l'alcool à désinfecter couvrent de vagues relents de pourriture. Pas du tout le genre de son fils. Elle fronce les sourcils en marchant vers la cuisine.

— Bruno chéri, c'est maman, insiste-t-elle, en posant le gâteau sur la table.

Personne ne répond. D'un geste sec, elle retire ses bottines et enfile les patins. Elle les range toujours au même endroit, sur la petite planche au-dessus de la poubelle. Machinalement, elle appuie sur la pédale pour en vérifier le contenu. Elle n'en est pas fière, mais Michelle a toujours pensé que les déchets en racontent plus long sur leur propriétaire que tous les beaux discours. Elle frémit en apercevant la montagne de cotons et de compresses. Tachés.

Inquiète, elle se dirige vers le salon. Ce qu'elle y découvre depuis le seuil de la porte la plonge dans une colère noire. Le crucifix n'est plus à sa place sur le couvercle du piano. Les rideaux n'ont pas été correctement tirés, et pire… la nappe qu'elle lui a offerte il y a deux mois, une toile cirée couverte de champignons et de baies rouges qu'elle a mis des semaines à trouver au marché, traîne sur le sol. Si Bruno a pris une femme de ménage sans lui en parler, il va l'entendre. La mégère a fait du boulot de sagouin.

Furieuse, elle s'avance dans la pièce. Lorsqu'elle reconnaît les chaussons de son fils, au bout des jambes inertes sur le tapis, elle se fige. Son buste commence à trembler, au-dessus de la flaque de sang séché. Elle soulève la nappe.

Elle refuse de reconnaître son Bruno. Pourtant, les yeux ouverts de son garçon la fixent. Ils sont emplis de déception. Elle commence à sangloter. Un frisson de dégoût la parcourt lorsqu'elle aperçoit la tache verdâtre qui ombre l'abdomen de son garçon, sous la chemise ouverte. Une large plaie traverse son torse, fendu de la gorge jusqu'au nombril. Elle suinte encore. Une colonie d'asticots plonge dans les entrailles de son fils, libérant des gaz putrides.

Dans son état de grande confusion, elle croit être victime d'une hallucination. La déclaration du Premier ministre invectivant Al-Maghribi se superpose au cadavre de Bruno. Elle ferme les yeux. Son fils crie vengeance. Le ventre ouvert dégobillant d'asticots, il la supplie de partir en guerre contre ces atroces musulmans. Et contre leur chef, qui a répandu la drogue du chaos.

Elle rouvre les yeux. Elle en est à présent certaine, les Arabes ont dévoré les entrailles de son fils. La chair de sa chair. Ils doivent payer. Les jambes chancelantes, elle se relève et appelle la police.

*
* *

J'étale les nouveaux magazines qu'Effendi vient de m'apporter, histoire d'être certaine que je ne prends pas mes désirs pour des réalités, mais les gros titres racontent tous la même histoire : les États-Unis ont levé l'embargo sur les aéroports internationaux, et présentent par voie de presse des excuses présidentielles envers la communauté musulmane.

J'ai hâte de montrer les imprimés au boss, mais il est au téléphone depuis des heures avec Stéphane. Je me demande ce qu'ils peuvent bien se raconter. Tout le monde attend la nouvelle déclaration du Premier ministre, qui s'exprimera en fin de journée. Quand le boss raccroche, je ne cache plus mon impatience :

— C'est le grand amour à ce que je vois. Il vous a parlé de la pirouette américaine ?

Mon chef change de sujet :

— J'ai dû lui dire pour Bérénice Martinez.

Je bondis de mon fauteuil. Le sang me monte aux joues :

— Vous aviez promis de garder l'info jusqu'à ce qu'on finisse nos recherches !

— Je n'ai pas eu le choix, Priya. Vous êtes toujours sur un siège éjectable, figurez-vous. Cacher la présence de Martinez à la DGSI reviendrait à signer votre arrêt de mort. Je ne prendrai pas ce risque, malgré votre insupportable caractère.

— Je vous connais. Vous ne cédez jamais une information à perte. Et je doute que mon siège soit la seule monnaie d'échange dans cette négociation. Qu'avez-vous obtenu contre Bérénice ?

— Sarah Treville. Vous êtes contente ?

— Mais sans Martinez, on ne remontera jamais jusqu'aux terroristes ! m'écriai-je. On innocente Sarah, on relâche Al-Maghribi, et on met toutes les victimes sur le dos de Martinez. Ça c'est bon pour calmer le peuple. Mais comment voulez-vous qu'on identifie ces monstres, si la DGSI nous prive de notre principale source d'information ? De celle qui a côtoyé ces tarés pendant presque deux semaines…

Le téléphone sonne. C'est Ziad. Je décroche, agacée :

— Ce n'est pas le moment.

— On a une nouvelle victime de la drogue. Pas loin d'ici. Un homme. La cinquantaine. Sa vieille vient de m'appeler. Elle dit que son fils a été dévoré par les Arabes. Elle est chez lui en ce moment.

Mes épaules se contractent en entendant ces nouvelles. J'essaie de rester calme en mettant Ziad sur haut-parleur. C'est la quatrième attaque, la procédure commence à me devenir familière. À mon grand désespoir.

— Très bien. Donc la drogue n'a pas été vaporisée, inutile de prévenir la NRBC. Rappelle-la et dis-lui qu'on lui envoie une équipe illico. Demande-lui de rester sur place et de ne prévenir personne. Pas la peine de créer un nouveau mouvement de panique, dis-je, en essuyant la sueur qui dégouline le long de mes tempes.

Je me demande si ce cauchemar s'arrêtera un jour. Le boss prend le relais.

— Ziad, tu files sur place avec Turpin et Martin, et tu me rappelles dès que vous avez du nouveau.

Quand le boss raccroche, ni lui ni moi n'avons l'énergie de recommencer à nous disputer.

*
* *

Je caresse lentement les cheveux de Sarah. J'ai une bonne nouvelle à lui annoncer. La cellule de pédo-psychiatrie vient de m'appeler, le petit Abel a demandé à voir sa maman. Nous avons reçu une accréditation spéciale pour le recevoir à l'UC trente minutes pour un entretien privé avec sa mère. La rencontre aura lieu demain. Il sera escorté par une nouvelle psychiatre et deux infirmiers.

— Comment allez-vous ce matin ?

Sarah se redresse sur son oreiller. Pour la première fois depuis son arrivée, elle a accepté de prendre le repas que Kellya lui a apporté. Elle a repris un peu de couleurs.

— Elle est toujours ici ? demande-t-elle, d'une voix presque inaudible.

— Oui. Ce n'est pas ce qui m'amène ce matin. Votre fils a demandé à vous voir, Sarah.

Des larmes roulent sur les joues de la jeune femme. J'espère qu'elles témoignent de sa joie.

— Je ne peux pas… bafouille-t-elle. Je ne suis pas prête.

Je lui prends la main.

— Vous pouvez. Et cela vous fera du bien à tous les deux. La rencontre est prévue pour demain. Vous serez accompagnés par des professionnels compétents. Je vous donne ma parole que tout se passera bien.

— Vous serez-là ? me supplie-t-elle en saisissant ma main à son tour.

Je ne peux pas lui dire que j'assisterai aux funérailles nationales données en l'honneur des petites victimes de l'école Picasso.

— Non. Mais je passerai vous voir après. Reposez-vous bien en attendant. Vous savez, Sarah, le pire n'est pas toujours certain, conclus-je, autant pour elle que pour m'en persuader.

*
* *

Le boss et moi faisons les cent pas dans la salle des icebergs, en attendant la déclaration du Premier ministre. Je me ronge les sangs : Ziad n'a toujours pas rappelé. Plus de deux heures qu'il est sur place, et il n'est pourtant pas du genre à traîner.

Enfin, le drapeau français flottant devant Matignon paraît à l'écran. Je croise les bras. Les caméras zooment sur le visage du ministre, traits figés sous une couche de maquillage qui ne masque pas son teint plombé. Le pays ne dort plus depuis quarante-huit heures et je me réjouis que ses dirigeants n'échappent pas à la règle. Au moment où il ouvre la bouche, Ziad m'appelle. Mon choix est vite fait.

— Vous me raconterez, dis-je au boss en sortant au pas de course.

Quand je décroche, mon lieutenant semble soulagé.

— C'est pas la drogue du cannibale, dit-il. Un vulgaire homicide à l'arme blanche. Le gars a été tué d'un coup de ciseaux dans la gorge et s'est vidé de son sang. Son agresseur l'a aidé en le saignant comme un cochon. Jusqu'au nombril.

— Pourquoi tu m'appelles si tard, Ziad ?

— Parce que Martin attendait le résultat des analyses.

— Des analyses ? Quelles analyses ?

— On a l'identité de la meurtrière. Elle a laissé de l'ADN partout dans la baraque. Apparement, elle était blessée elle aussi.

— Et ? dis-je, rongée par l'impatience.

— Et je vais t'annoncer une bonne nouvelle, dit-il, triomphant : on n'aura pas besoin de la coffrer.

— Pourquoi ça ?

— Parce qu'elle est venue chez nous toute seule comme une grande.

Je raccroche sans un mot, abasourdie par cette nouvelle. Quand je reviens dans la salle des icebergs, le Premier ministre a laissé la place à une photo, qui s'étale sur toute la surface de l'écran. Celle de Bérénice Martinez, de profil. Elle porte un débardeur blanc, qui découvre son épaule gauche. Je reconnais sans peine l'étoile rouge de la Bratva tatouée sur sa peau dorée. L'équipe de com de Matignon a fait du bon boulot. Pour que les Français ne s'y méprennent pas, une légende clignote sous le portrait de la jeune femme : « Bérénice Martinez, porte-parole de la mafia russe, vient d'être mise en examen. »

Je suis prise d'un rire nerveux devant ce grossier subterfuge. Le gouvernement s'est trouvé comme je l'avais prédit un nouveau bouc émissaire. Et je ne suis pas dupe de ce changement de cible.

XVI

Pandialé

Je suis penchée au-dessus des petits corps, le cœur à l'arrêt. Ils se nomment Aodrenn, Maëlys, Dorian, Lucas, Sybille, Fatoumata, Manon, Zoé. Leurs prénoms scintillent sur une plaque de cuivre, vissée au monument aux morts qui sera installé demain sur la place de l'école. Huit anges de résine blanche, accoudés au bord d'une fontaine en faux marbre. Une sculpture bas de gamme inspirée de Raphaël pour faire larmoyer le peuple. J'ai honte.

Ils logent désormais aux côtés de Malek, du nourrisson de l'usine Pouledor et de Benjamin Brun, dans le cimetière déjà trop rempli de ma mémoire. Celui où dorment pour l'éternité les victimes que je n'ai pu sauver.

En observant les cercueils laqués, pas plus longs que mon bras, je me demande si je reste digne de la maternité, moi qui n'ai pu protéger les enfants des autres. Moi qui n'ai jamais eu à porter que mes propres névroses. Si je suis d'une trempe à encaisser cette fragilité : ma vie, reliée à celle d'un autre jusqu'à mon dernier souffle. Si le métier que j'ai choisi est compatible avec cette faille-là.

Je contemple les ombres qui traversent en ce moment le salon funéraire. Ces parents qui parviennent à rester dignes. À rendre les poignées de main, à encaisser les accolades navrées des huiles disponibles pour la cérémonie. Le gratin se presse. Se confond en atermoiements. J'entends les soupirs compassés, tout le verbiage indécent dont on croit devoir abreuver ceux qui traversent l'indicible. Je vois avec dégoût les mouchoirs se tendre comme de piteux fanions, et je ne trouve pas le courage d'aller les saluer.

Parce que j'ignore si je parviendrai à coincer ceux qui courent encore. Ceux qui brandissent aujourd'hui la Bratva pour protéger leurs crimes, et qui la veille ont brandi le croissant. Depuis que la DGSI nous vole l'enquête, mon sentiment d'impuissance est total.

Un homme s'approche. Je fais mine de ne pas le voir. Je suis incapable d'engager la conversation. Il s'assoit sur le fauteuil vide, à mes côtés. Il commence à parler :

— Fatoumata était une petite fille courageuse. À 6 mois, on a failli la perdre. Méningite fulgurante. Elle ne savait pas encore parler. Alors elle souriait… elle souriait chaque fois qu'elle reconnaissait nos visages, penchés sur son lit d'hôpital. Elle a guéri. J'ai remercié Allah chaque jour.

Je me retourne vers le père, le visage décomposé par la douleur. Ses yeux sont secs. Il pose une main sur la mienne.

— Je vous ai vue à la télévision. Ce que vous avez fait est remarquable. Cela nous donne la force de rester debout. Parce que des femmes comme vous existent encore dans ce pays. Nous prions chaque jour avec mon épouse pour qu'Il vous protège. Et vous aide à trouver les coupables, ajoute-t-il, en pressant ma main un peu plus fort.

Je suis incapable de lui répondre. Les sanglots ne sont pas loin, je les contiens avec peine. Un commissaire de police ne craque pas devant les civils. Il me remercie une dernière fois avant de rejoindre la dépouille de sa fille. Les obsèques vont bientôt commencer. Effendi m'a rejointe.

Je n'ai plus la force d'assister à cette mascarade politique, au moment où le meurtre de Bruno Froidure a redistribué les cartes. Il est hors de question que je laisse filer Bérénice Martinez dans l'escarcelle russe.

— Allez chercher le Duster. On retourne à l'UC, ordonné-je.

*
* *

Après sa visite à Sarah Treville, ils l'ont enfermée ici. À côté de la morgue. Au sous-sol. Elle a passé sa première nuit à l'UC dans ce rectangle gris, clôturé de barreaux froids. S'est tournée et retournée dans ce lit en fer, cherchant le sommeil. Sans succès. Elle a regardé le plafond se couvrir d'ombre, l'unique table et sa petite chaise plonger dans l'obscurité du couloir. Une piaule sans sanitaires, à la dure. De celles qu'on réserve aux assassins. Elle se demande si elle mérite ce titre. Elle n'a jamais voulu qu'échapper à sa famille, à sa condition, au destin que sa mère avait écrit pour elle. Ce soir, elle a la certitude qu'ils ne la relâcheront pas. Alors elle sait qu'il lui reste une dernière œuvre à accomplir, puisque le DIY ne verra jamais le jour. Pour son grand-père, et toutes les victimes tombées au nom de la justice, instrumentalisée par un État corrompu.

Elle sait très bien ce que la petite Indienne attend d'elle. Elle sait qu'elle la cuisinera jusqu'à trouver la source du mal. Celle dont Bérénice ignore le nom. Elle répondra à ses questions. Elle se pliera à ses humiliations. La commissaire est maligne. Elle finira par trouver la piste. Mais les révélations de Bérénice auront un prix.

Avant qu'on ne la fouille, elle a demandé qu'on la conduise aux toilettes. À l'intérieur, elle a fait vite. Extrait les deux aérosols, cherché une planque. Elle a béni le faux plafond, déplacé en silence la dalle de polyester et caché son butin dans le recoin.

Vers 22 heures, ils lui ont envoyé un médecin. Une rousse flamboyante, sublime malgré son masque et sa blouse verte. Elle lui a posé les questions d'usage, a effectué un prélèvement salivaire et une prise de sang, puis est repartie avec ses tubes. Pressée d'en finir. Quand elle est revenue, elle a déposé sur sa table une boîte de comprimés et une crème.

— Pour vos hématomes, a-t-elle ajouté, en prenant sa tension. Rien de grave. On continue le traitement antibiotique par précaution. Je vous ai aussi prescrit des vitamines. Vous allez en avoir besoin.

— Pourquoi ?

Elle a baissé la tête, comme si cette question l'agaçait. Puis elle est repartie en disant qu'elle repasserait ce soir.

Le lendemain, Bérénice est réveillée par les grincements métalliques des roues d'un chariot. Elle reconnaît la rousse, qui pousse un brancard couvert d'un drap vert. La petite Indienne et son chef lui ouvrent la porte de la morgue. Deux jeunes en blouse entrent après eux, la mine grave.

— Regardez ailleurs si j'y suis, lui ordonne le grand escogriffe au crâne rasé chargé de sa surveillance.

— On s'emmerde ferme dans votre piaule, siffle Bérénice.

L'Indienne se retourne. Elle s'approche des barreaux :

— Prenez des forces, mademoiselle Martinez. On reprend l'interrogatoire dans une heure. Et cette fois-ci, je vous conseille de retrouver la mémoire. Parce que j'ai de quoi vous faire moisir ici pour le restant de votre jeune vie.

Bérénice se tait. Elle sait qu'elle tombera. Mais elle ne partira pas seule. Cette pensée la réchauffe comme un vigoureux brasier dans l'enfer qu'est devenue sa vie.

*
* *

Caroline Turpin contourne le corps de Bruno. Elle soulève le drap d'un geste magistral. Son enthousiasme à fouiller la chair morte m'a toujours impressionnée. Je me rappelle sa réponse étrange, le jour où je lui ai demandé pourquoi elle avait choisi d'être légiste plutôt que pédiatre. « Parce que j'ai peur de la mort. »

Je m'approche de la dépouille de Bruno, essayant de me convaincre, comme elle, que les secrets des cadavres sont des talismans qui protègent les vivants. Le boss me tend son flacon de Ricqlès, goguenard. L'autopsie peut commencer.

— Le moins qu'on puisse dire, c'est que la petite a de la force, et qu'elle savait ce qu'elle faisait, attaque Caroline, en désignant la béance au-dessus du thorax de Bruno. Martin, donnez-nous l'arme du crime.

Jordan extrait du sachet des ciseaux métalliques ensanglantés, longs et effilés. Caroline les plonge dans la gorge ouverte de Bruno. La profondeur de l'entaille correspond parfaitement à la longueur des lames. Elle poursuit sa démonstration en promenant les ciseaux de la gorge au nombril du cadavre.

— Comme vous pouvez le constater, elle ne s'est pas contentée de le saigner, alors que son premier coup aurait suffi à le tuer. Elle l'a ouvert comme un cochon. Plutôt violent comme façon de buter quelqu'un, non ? ajoute la légiste en nous interrogeant du regard.

— Sauf en cas de légitime défense, rétorque le boss. Le type a-t-il un casier ? Un passif d'agresseur sexuel ?

— Négatif, répond Ziad, j'ai vérifié. Un célibataire sans enfants. Vieux garçon, d'après l'enquête de voisinage. La seule femme jamais vue chez lui était sa mère.

— Alors qui peut m'expliquer ce que Bérénice fichait chez lui ? questionne le boss.

— J'ai ma petite idée, répond Ziad en sortant de sa poche un plan du périphérique marqué de deux croix rouges.

— Là, commence-t-il, c'est l'endroit d'où je t'ai appelée, Priya, pour te signaler l'accident d'une camionnette, le jour où je suis allé chercher Lison au collège. Et là, continue-t-il en désignant la deuxième croix, c'est la maison de Bruno Froidure. Tout le monde comprend où je veux en venir ?

— Tu suggères que Bérénice était dans la camionnette accidentée avant son explosion, dis-je, prenant la carte pour calculer l'échelle. Il y a à peu près deux kilomètres entre la zone de l'accident et la maison de Bruno. Elle a presque pu aller chez lui à pied.

Je me tourne vers la légiste :

— Caroline, vous dites que Martinez a des hématomes ? Des séquelles possibles d'un accident de voiture ?

— Oui. Elle porte les marques de l'impact frontal avec l'airbag. Il lui a sauvé la vie.

— Sans parler de la pharmacopée retrouvée chez Bruno, et des montagnes de coton, compresses et bouteilles d'alcool à désinfecter qu'elle a vidées chez lui, enchaîne Ziad.

— D'accord. Mais comment expliquez-vous la rencontre entre ces deux-là ? s'obstine le boss. Vous n'allez pas me faire croire à un coup de foudre quand même…

— Non, tranche Ziad. À un coup de bol, plutôt. Écoutez… L'accident est une aubaine pour Bérénice. Le seul moyen d'échapper à son ravisseur : elle ne demande pas son reste, passe au-dessus de la rampe de sécurité, exactement comme je l'ai fait avant l'explosion, roule le long de la pente et atterrit en bas du boulevard. Mais elle est blessée…

— Ça colle avec les égratignures et les graviers encore fichés sous sa peau, confirme Caroline.

— Continue, Ziad, s'impatiente le boss.

— Donc elle cherche de l'aide. Elle tombe sur Bruno qui tond la pelouse. Le type est un bon gars, il la conduit chez lui et lui donne les premiers soins. Ensuite, elle le plante. Peut-être pour pouvoir se tailler sans qu'il donne son signalement.

— Ça ne colle pas, grommelle le boss. Pourquoi aurait-elle planté un type qui lui sauve la vie ? Et pourquoi ne l'a-t-il pas directement conduite à l'hôpital ? Sans parler des autres zones d'ombre : où est passé le conducteur de la camionnette ? Et pourquoi avoir fait exploser ce véhicule si son conducteur était encore à l'intérieur ?

— Elle a provoqué cet accident, le coupé-je. Depuis le début des attentats, tout nous prouve que nous avons affaire à l'élite du terrorisme. Nous n'avons retrouvé aucune preuve nous permettant de remonter jusqu'à eux, alors vous ne me ferez pas croire que leurs pilotes ne savent pas conduire sur un périph parisien sans percuter une glissière.

— Donc vous pensez que Bérénice a provoqué l'accident, au risque de mettre sa propre vie en danger ?

— Oui, je pense qu'elle a commis un acte délibéré. J'ai la certitude que Bérénice n'appartient pas à leur clan. Ils ont tué son frère. Ils ont volé sa drogue, et avec elle sa seule chance de réparer son histoire familiale, aussi tordue soit-elle. C'était son unique échappatoire. Et elle a eu tellement peur qu'ils la retrouvent qu'elle a préféré se livrer ici. Reste à savoir ce qu'elle attend de nous.

— La camionnette a explosé, Priya ! s'énerve le boss. Nous n'avons donc plus aucun moyen de vérifier vos hypothèses.

— Bien au contraire. Les terroristes ont détruit la camionnette parce que leur mission a échoué. Ils ne voulaient pas qu'on retrouve leur trace.

— Tout le monde n'a pas les moyens de faire exploser une camionnette en plein Paris, je vous l'accorde, commissaire Dharmesh. Ça ne nous dit pas où est passé le conducteur, me nargue le boss.

Ses tentatives de diversion commencent à me taper sur les nerfs. Je contre-attaque :

— Sans doute mort dans l'accident, d'où l'urgence à faire disparaître son corps et tout ce que contenait le véhicule. Parlons plutôt de Bérénice.

Je me retourne vers la légiste, qui a recouvert le corps de Bruno, puisque plus personne ne semble s'y intéresser.

— Caroline, vous avez eu l'occasion d'examiner Bérénice hier soir, c'est bien ça ?

— Je confirme.

— Donc vous avez constaté qu'il n'y a pas plus d'étoile tatouée sur son épaule que de Ganesh sur mon omoplate, pas vrai ?

— Affirmatif, commissaire.

Le boss tourne autour du cadavre, de plus en plus exaspéré. Je sais très bien que je le pousse à bout. Je continue, certaine qu'il va finir par avouer ce qu'il nous cache.

— Donc l'image postée par le Premier ministre hier est un brillant photomontage.

La tension monte dans la pièce gelée. Le visage de Ziad pâlit, Caroline pique du nez sur ses notes, et les Martin n'en mènent pas large. Tous se tournent vers moi. Ils attendent que je dégoupille ma grenade avant de courir aux abris. C'est le boss qui tire en premier :

— Si je suis votre raisonnement, Priya, vous croyez ces terroristes assez malins pour mettre leurs crimes sur le dos de la Bratva, quand, pour une raison que j'ignore, celui de l'islam ne leur convient plus.

— Non. Je vous crois assez malin pour nous cacher que la DGSI est en contact avec les terroristes, lui rétorqué-je, droit dans les yeux. Ce qui explique l'alibi russe, et cette nouvelle trouvaille du gouvernement.

— Dehors. Dans mon bureau, articule le boss d'une voix blanche.

Ziad me jette un regard suppliant. Je retire ma blouse et ma charlotte et quitte la morgue, la tête haute.

*
* *

Abel tourne les pages du gros livre de photos que la gentille dame lui a donné. Elle porte une blouse, comme celle qu'il enfile pour faire de la peinture en classe, mais la sienne est blanche. Elle sent la glace au caramel et sourit tout le temps. Quand elle lui a dit qu'il allait bientôt revoir sa maman, le petit garçon s'est mis à pleurer. Il s'est roulé en boule sous la table, puis il a caché sa tête sous ses mains pour ne plus l'entendre. Elle lui a parlé très doucement, avec une voix qui déposait des petits nuages ronds sur ses oreilles. Il a rouvert les yeux.

Elle lui a expliqué qu'il ne devait plus avoir peur. Que sa maman n'était pas un monstre. Qu'elle avait été empoisonnée par une sorcière. Abel a pensé à celle de Blanche-Neige, si terrifiante avec son nez crochu et ses yeux cruels. Il a demandé si la sorcière avait donné une pomme à Sarah. La gentille dame lui a répondu qu'elle avait empoisonné sa nourriture. Que sa maman avait été possédée par le démon de la sorcière qui avait dévoré les enfants.

Abel a recommencé à pleurer. Il a dit qu'il n'avait pas regardé le démon dévorer les enfants. Mais qu'il avait entendu leurs cris. Il les entend toute la journée. Il a très peur que les cris reviennent quand maman sera là. La gentille dame lui a promis que les cris ne reviendraient plus. Qu'ils étaient enfermés avec la sorcière russe, celle qui a une étoile sur l'épaule, et qu'Abel a vue à la télé. Abel a du mal à la croire. Cette sorcière-là ressemble beaucoup à une princesse. Il se souvient d'elle à la cantine. Elle a apporté le poulet de maman. Celui que maman n'a pas voulu lui faire goûter.

La gentille dame lui a expliqué que les sorcières se déguisaient souvent en jolies fées, pour tromper les enfants. Et qu'il allait devoir se cacher dans la forêt, pendant un petit moment, avec son papa et sa maman, pour que personne ne les retrouve. Abel aime bien les photos du gros livre. Dedans, la gentille dame lui a montré le chalet où il allait habiter. Abel a ouvert des yeux ronds comme des billes en apercevant la cabane géante. Sur la couverture du livre, elle lui a fait lire le mot Canada. C'est le nom de la grande forêt. Abel n'est pas trop rassuré, mais elle lui a promis que dans cette forêt-là, il n'y aurait ni ogres ni démons.

Il a rigolé quand elle lui a expliqué que là-bas, il allait s'appeler John Fisher. C'est le nom que des gens très très riches, ceux qui ont acheté la cabane géante, lui ont donné pour le protéger. Ça veut dire John le pêcheur. Abel a demandé où il pourrait pêcher. Elle a tourné la page, et elle lui a montré le grand lac. Plus grand que sa cour de récréation. Il a demandé si papa et maman allaient eux aussi avoir un nouveau nom. La gentille dame a répondu que oui, papa allait s'appeler Bob Fisher, et maman Cameron Fisher. Quand Abel a voulu savoir comment papa et maman allaient le protéger, seuls dans cette grande forêt, la gentille dame a rigolé à son tour. Elle a dit que maman, papa et moi ne serions plus jamais tout seuls. Mais elle n'a pas expliqué pourquoi.

*
* *

Bérénice observe le chef de l'UC sortir en trombe. L'Indienne le suit, le visage crispé. Celui d'une femme qui vient de se prendre un savon. Deux minutes plus tard, la porte de la morgue s'ouvre à nouveau. La rousse en blouse verte sort en premier, suivie du couple, et de la petite maigre qui porte un bonnet. Le jeune lieutenant, que l'Indienne appelle Ziad, ferme le cortège. Il donne un tour de clé et fonce vers l'ascenseur, sans un regard pour elle. Le compteur est à sept, note-t-elle, satisfaite. Rien d'insurmontable. À présent, elle est seule avec le grand escogriffe qui mate une vidéo sur son portable, assis sur une chaise dans le couloir.

Il a beau jouer les vieux durs, elle est certaine qu'il est de la même fibre que les autres. Qu'elle pourra lui faire suivre le même chemin que McKay, si elle sait s'y prendre. Alors elle ôte son survêtement, sort la crème que la rousse lui a apportée la veille, et commence à enduire ses hématomes, la tête rejetée en arrière. Pour attirer son attention, elle fait tomber la chaise, et la redresse lentement, les reins cambrés, sa chevelure bouclée ondoyant sur ses épaules nues.

— Qu'est-ce que vous foutez dans cette tenue ? hurle Vernet, le souffle coupé en apercevant les courbes dorées des fesses de Bérénice sous la culotte en coton.

Bérénice continue à se masser, se tournant à présent de trois quarts, abaissant les bretelles de son soutien-gorge pour presser la pulpe de ses doigts autour de ses tétons. Vernet, pris de vertige, a un moment de flottement. Hypnotisé, il ne parvient pas à détacher les yeux de sa prisonnière, dont les lèvres entrouvertes laissent passer un soupir d'extase. Il a beau avoir une carrière bien remplie, il a rarement surveillé des détenues aussi bandantes. Il ne voit pas le mal à la laisser un peu continuer son show.

Quand elle retire complètement son soutien-gorge, et commence à caresser sa culotte, il se dit qu'il est trop vieux pour jouer à des conneries pareilles. Pourtant, il continue à l'observer, de plus en plus fasciné. Son érection, coincée dans le pantalon, se fait douloureuse, il n'est pas du tout équipé pour y remédier. Il doit se reprendre.

— Arrêtez ces conneries tout de suite, demande-t-il, la voix presque suppliante.

Pour toute réponse, Bérénice retire sa culotte et s'allonge sur le lit. Elle se love contre le matelas, le ventre ondulant sous la pression de ses doigts. La sueur coule à grosses gouttes sur les tempes de Vernet. Il est en train de vivre un de ses plus puissants fantasmes. Celui du maton qui surprend sa prisonnière en plein orgasme. Dans la suite de son scénario, elle tourne vers lui son corps lascif et le supplie de la rejoindre. Il a fait ce rêve si souvent qu'il tremble d'excitation à l'idée qu'il se matérialise.

— Rhabillez-vous, ordonne-t-il, rassemblant ses dernières forces pour ne pas arracher son pantalon, dont la toile menace de se déchirer.

Alors, comme si elle se réveillait d'une longue sieste, Bérénice, le visage gonflé de désir se rhabille.

— J'ai besoin d'aller aux toilettes, lui susurre-t-elle.

Les pépites de ses iris semblent luire dans l'obscurité de la cellule. Vernet ravale sa salive et se force à regarder ses chaussures pour ne pas flancher. Son bas-ventre est en feu, sa tête bourdonne, il éprouve un besoin bestial de la renverser contre le dossier de la chaise pour la prendre, à grands coups, sa paume puissante contre la bouche de la jeune femme pour étouffer ses cris. Au lieu de ça, il gonfle ses poumons, pense à sa mère, une armoire normande pleine de moustache et de varices, et ouvre la porte de la cellule, les mâchoires crispées à en faire exploser ses molaires.

— Grouillez-vous, grogne-t-il, tandis que Bérénice sort d'un pas lent.

Tandis qu'elle disparaît derrière la porte, Vernet rassemble ses esprits, soulagé de se soustraire à la vue de la jeune femme quelques minutes. Il profite de la trêve pour s'écarter de l'angle de la caméra, braquée sur la porte, et descendre la braguette de son pantalon. Quand Bérénice ressort, il n'en croit pas ses yeux. Elle est à nouveau nue, immobile devant lui, et elle lui sourit.

Vernet a la sensation d'être plongé dans un film au ralenti. Il est incapable de réagir lorsqu'elle se jette sur lui pour s'emparer de son membre dur. Il ne contrôle plus son corps pourtant si vigoureux lorsqu'elle attrape son arme de service pour l'assommer. Sa dernière image est celle des seins de Bérénice s'écrasant contre sa bouche, tandis qu'il tombe le long du mur.

*
* *

J'attends qu'il parle, mais il ne dit rien. Au lieu de ça, il regarde les photos du cadavre de Bruno, tournant sa cuillère dans une tasse de café froid. Je l'imite, observant à mon tour les clichés. Ces moments de silence sont une digue qui nous protège de nos démons. Nous veillons à ne jamais la franchir.

Une image retient mon attention. Il s'agit d'une nappe en toile cirée, à droite du cadavre. Je chausse mes lunettes, sans comprendre encore ce qui m'intrigue. L'imprimé est affreux. Un de ces trucs qu'on achète au marché pour habiller les intérieurs urbains d'une touche champêtre pathétique. Des baies d'un rouge trop synthétique pour être crédible, et des champignons.

— Des champignons, répété-je à voix haute, sans m'en rendre compte.

Le boss repose sa tasse. Je ne sais pas ce qui me prend, mais mon corps frémit, comme lorsque, enfant, je jouais à chaud/froid avec mes sœurs et qu'elles me criaient : « Tu brûles ! », la voix emplie d'excitation à l'idée que j'allais découvrir la planque où elles avaient caché le bonbon tamarin. Les souvenirs se bousculent dans mon cerveau. Je revois la fille du boucher, fouillant au pied des arbres pour recueillir les champignons. Cette pensée me ramène à Pont-Saint-Esprit et à la psilocine. Puis à l'hypothèse de ce village bombardé au LSD par la CIA. Je repense à mes recherches sur l'opération *Bluebird* et le projet *Artichoke*. Au moment où je veux partager mes hypothèses avec le boss, l'alarme de l'UC se déclenche. La voix de Ziad hurle dans tous les haut-parleurs : « Cellule numéro 1 vide. Je répète, Bérénice Martinez s'est évadée. »

— Hein ! explose le boss en bondissant de son fauteuil, la main sur le Sig Sauer. Priya, passez-moi toutes les vidéos de l'UC au crible, je veux savoir où elle se planque ! Je file au sous-sol voir dans quel état est Vernet.

Dans le couloir, il croise Ziad, qui arrive de la salle des icebergs. J'appelle mon lieutenant :

— Ziad, tu montes au troisième et tu restes avec Sarah Treville et Kellya.

La vidéo du sous-sol défile en accéléré. J'aperçois le corps de Vernet, étendu dans le couloir. J'appelle le boss :

— La garce a agressé Vernet ! Il ne bouge plus.

— Ne vous en faites pas, je m'occupe de lui. Concentrez-vous sur les étages. Elle n'a pas pu aller bien loin.

J'ai envie de me précipiter chez moi pour vérifier que ma fille est en sécurité. Mais je dois garder la tête froide. Seules les caméras me diront où elle se planque. Je continue à cartographier l'UC de haut en bas. Le sang afflue vers mon visage, je le sens battre contre mes tempes. Rien en salle des icebergs, ni au troisième. Elle n'a pas dû avoir le temps de monter jusque-là. Je balaye mon écran, de plus en plus fébrile. Le deuxième étage est vide aussi, personne en salle de réunion.

Soudain, mon cœur se fige. Lorsque j'active la caméra de mon bureau, je l'aperçois, en sous-vêtements, debout derrière mon fauteuil. Pandialé y est assise, imperturbable malgré le pistolet que Bérénice tient braqué contre sa tempe. Ma mère est entre les griffes de cette malade, dans la pièce d'à côté. Je ne rappelle pas le boss. Au lieu de cela, je compose le numéro de ma ligne fixe, et j'attends qu'elle décroche. À la deuxième sonnerie, elle branche le haut-parleur. Hors de question de lui laisser ouvrir la négociation.

— Que voulez-vous, Bérénice ? demandé-je d'une voix froide.

Elle marque un temps d'arrêt et se tourne vers la caméra. Comme à son habitude, elle me sourit.

— C'est très simple. Vous allez écouter mes instructions, et les exécuter. Pensez-vous en être capable, commissaire Dharmesh ?

— Tout dépend de leur nature, Bérénice.

La garce fronce les sourcils.

— C'est regrettable. Ne m'obligez pas à buter votre mère. C'est une pratique banale dans ma famille, vous savez ? me nargue-t-elle.

Je me concentre sur Pandialé. Pour l'instant, elle est saine et sauve. Je vais veiller à ce qu'elle le reste.

— Je vous crois, Bérénice. Quelles sont vos instructions, insisté-je d'un ton ferme.

— Vous allez demander à votre équipe de me rejoindre.

— C'est tout ?

— Oui, c'est tout. Je compte sur vous pour n'oublier personne.

— Qui voulez-vous, Bérénice ?

— Vous, votre lieutenant, le couple de la PTS, votre chef, la légiste en blouse verte, et la petite maigre avec son bonnet. Sans armes.

— Bien. Où devons-nous les déposer ?

— Dans le tiroir du bureau que vous occupez en ce moment. Vous m'apporterez la clé. Une dernière chose, commissaire Dharmesh.

— Je vous écoute.

— Vous devrez entrer vite. En silence. Et à mon signal. Est-ce bien clair, commissaire Dharmesh ?

— Affirmatif, dis-je, en coupant la communication.

Dix minutes plus tard, nous sommes regroupés devant la porte de mon bureau et attendons le signal de Bérénice. Chacun d'entre nous se concentre sur son rôle. Il n'a fallu que quelques secondes au boss pour élaborer une stratégie de neutralisation. Nous sommes à sept contre un. Même armée, Bérénice ne gagnera pas.

Reste qu'elle a oublié de convoquer Sarah Treville et Lison. Une erreur qui donne à notre camp un avantage décisif. Enfin, le haut-parleur du couloir grésille :

— Vous pouvez venir, déclare Bérénice, satisfaite.

Chacun s'applique à regarder au sol, l'air absent. Une technique du boss pour ne pas créer de réactions parasites. Je ferme à double tour derrière moi et lui tends la clé. Nous attendons le signal du boss pour entrer en action. Bérénice entame la discussion :

— Félicitations ! Je suppose que vous avez un plan, pas vrai ? Vous vous dites qu'une gamine armée contre une équipe professionnelle comme la vôtre ne résistera pas longtemps… Regardez-moi cette cohésion de groupe, ironise-t-elle.

Les pépites scintillent dans le brasier de ses yeux. Je ne veux pas entrer dans son jeu minable d'intimidation. Je regarde ma mère pour reprendre des forces. Pandialé nous contemple, un sourire calme aux lèvres. Elle a l'air en pleine méditation. Je sais la force dont elle est capable dans les pires instants de crise.

Soudain, elle cligne deux fois des yeux, puis regarde le sol. Elle recommence le manège, jusqu'à ce que mon regard glisse au pied de son fauteuil. J'aperçois alors les deux aérosols scotchés autour de ses chevilles. Merde.

XVII

Lison

Elle ne veut pas en parler à Priya, qui ne la comprendrait pas. Elle lui dirait qu'elle est trop jeune, qu'elle doit prendre le temps de réfléchir, de faire ses expériences, que l'identité se construit à travers les épreuves. Que c'est une mode, une de ces nombreuses dérives d'une société qui se trompe de route. Pourtant, elle en est sûre, à 18 ans, elle se fera ligaturer les trompes. Lison le sait aujourd'hui, elle ne sera jamais mère.

Elle ne veut rien vivre de ce qui fragilise la femme, l'enchaîne, l'entrave. Quand elle a eu ses premières règles, son corps l'a dégoûtée. Elle ne veut pas porter un jour dans ses entrailles un enfant qu'elle abandonnera au profit d'une passion plus forte. La maternité est un aller simple pour l'enfermement. Une responsabilité qui plombe Priya, creuse des cernes plus profonds sous ses yeux, l'empêche de se consacrer à cette affaire de drogue à cause d'elle, la petite fille qu'il faut protéger. Hier d'un père et d'une mère absents ;

aujourd'hui de tous les maux qui dévorent Priya, sa nouvelle mère. Il lui faudra encore attendre d'ici l'opération. Mais elle peut dès à présent tuer la petite fille.

Quand Ziad l'a ramenée à l'UC, après l'attentat à l'école maternelle, Pandialé est la seule à ne pas lui avoir demandé comment elle allait. Au lieu de cela, elle lui a raconté une histoire. Celle des pénitents, en Inde, qui offrent leur chevelure au temple, en guise de sacrifice. Cette femme la ressent, au-delà des mots. Elle a compris que Priya ne parviendrait pas à arrêter seule la malédiction. Et que l'heure de la métamorphose avait sonné.

Lison contemple son reflet dans le miroir. Celui où elle a vu si souvent sa mère passer une main dans ses cheveux en bataille, pour s'efforcer de faire bonne figure, malgré l'épuisement et la souffrance.

Elle ne veut pas de cette vie-là. Elle prend les ciseaux, sereine. Pose une bassine sur le sol. Les lames métalliques chantent sous ses doigts habiles. Elle coupe les longues mèches couleur châtain aux effluves de fraise. À mesure qu'elles tombent dans le récipient en aluminium, le cœur de Lison s'allège. Lorsqu'elle peut enfin empoigner ses cheveux, dressés sur son crâne comme les piquants d'un hérisson, elle sourit.

Elle caresse son crâne frêle, puis saisit le rasoir de son père, Marc Ober. Celui qu'il rangeait dans la salle de bains de verre, qui surplombait la forêt. Elle essaie de ne plus penser à sa vie au loft. D'oublier la peau d'ours, sur le parquet, dont les yeux de verre la terrifiaient au sortir de la douche. Cette petite fille n'est plus. Elle a laissé place à l'amazone.

D'une main assurée, elle rase sa nuque, remontant la lame jusqu'à la moitié de son crâne. Lison contemple enfin son reflet. Ça n'est qu'un début, mais il lui semble prometteur.

*
* *

Fisher tourne comme un lion en cage dans l'ancien bureau de Lawrence. Depuis son départ, il trouve qu'il lui ressemble de plus en plus. Il dort mal, cache ses angoisses sous un sourire de façade. Il n'éprouve plus de plaisir à obéir, malgré sa récente promotion. Sa fiancée lui manque. Il ne la reverra pas.

La DGSI va leur livrer Bérénice en fin de journée. Lors de sa formation à Camp Peary, on lui a toujours appris que l'impatience était sa pire ennemie. Fisher trompe la sienne en lisant les nombreuses pages du projet *Fisher.* Le troisième du nom, après l'opération *Bluebird* et l'opération *Artichoke*. Un cadeau de Tyler Brown reçu ce matin dans un restaurant chic du quartier Saint-Germain.

Au début, Fisher a cru à une blague. Donner son patronyme à une expérience scientifique lui a paru farfelu. « Vous ne croyez quand même pas qu'on va laisser la seule rescapée de la drogue du cannibale se promener dans la nature ? » lui a demandé Brown, lorsque Captain America s'est étonné de voir le nom de Sarah Treville en haut du dossier.

Il a écouté son chef lui expliquer en quoi la prise en charge de la famille par la CIA était une occasion unique de poursuivre les recherches. « Rendez-vous compte, mon ami ! La France veut se débarrasser de la bonne femme, parce qu'elle est incapable d'assurer sa sécurité et celle du gosse. Par ailleurs, Al-Maghribi est toujours considéré comme un traître par leur parti conservateur. Je leur ai offert le Canada, la double nationalité et la protection totale. Ils ne pouvaient rêver mieux. La DGSI a signé l'accord tout de suite. Quant à la formule de la drogue, ils l'auront dès livraison de Martinez. Croyez-moi, ils n'ont jamais été aussi pressés de coopérer », a conclu Brown aux anges.

Fisher sait qu'il devrait être honoré. Il n'en est rien. Il n'éprouve aucune pitié pour l'institutrice. Depuis qu'il travaille ici, il a toujours considéré les fonctionnaires français comme des feignasses. Des gens qui ont plus de vacances en une année que la moitié des Américains en une vie. En revanche, il s'est pris d'affection pour le gosse parce qu'il lui rappelle le petit garçon qu'il était. Un gamin qui voulait sauver le monde. Imaginer qu'Abel suive le même chemin que lui l'attriste. À la CIA, les héros ne sont jamais que des cobayes. Un sort qu'il ne souhaite à personne.

*
* *

— Avec votre mère, on a voulu désodoriser un peu la pièce… Vous ne sentez rien, n'est-ce pas ? Soyez un peu patiente, commissaire Dharmesh… Dans vingt minutes, une odeur de viande fraîche vous titillera les narines.

Je scrute les fenêtres, pour voir si par chance le moindre filet d'air frais pourrait nous sauver. Elles sont fermées, mon bureau est bien isolé. Notre intoxication est totale. À ma plus grande surprise, Bérénice me tend son arme.

— Allez-y. Faites-le. Vous en avez tellement envie…

Je bondis sur le Sig Sauer de Vernet. Mon premier réflexe est de le braquer sur elle. J'approche mon index de la détente. Plus personne ne bouge. Je me ravise.

— Que se passe-t-il, commissaire Dharmesh ? Vous avez peur d'avoir un nouveau meurtre sur la conscience ? Ça ne dérange pas votre institution pourtant de faire tomber des innocents pour protéger les coupables… D'abord les terroristes musulmans, maintenant la Bratva ? Votre gouvernement déborde d'imagination !

Le boss saute sur elle. Il enserre sa gorge à l'aide de son coude droit, l'immobilisant par une clé d'étranglement. Bérénice glisse entre ses bras comme une poupée de chiffon. Il la redresse d'un coup de genou en bas du dos.

— Combien de temps ? vocifère-t-il.

Bérénice lui tend son poignet. Sur sa montre chronographe, le nombre 15 clignote, tache incandescente sur le cadran noir. Il nous reste un quart d'heure avant que la drogue ne nous transforme en cannibales.

Le souvenir des carmélites déchiquetées surgit dans mon esprit. Je me retourne vers le boss, en sueur. Soudain, je me rappelle notre escapade dans la planque de la DGSI. Si leur gadget doit faire ses preuves, c'est maintenant ou jamais :

— Allez chercher les muselières ! le supplié-je, tandis que je fouille les poches de Bérénice pour y trouver la clé.

Quand j'ouvre la porte, tout le monde se précipite dehors comme s'il était encore temps d'échapper au pire. Seule Pandialé reste assise, fixant Bérénice de ses yeux noir charbon. Le boss tire la garce par les cheveux, l'obligeant à s'accroupir. Je me rue vers la fenêtre pour l'ouvrir en grand.

— Priya, attachez-la au tuyau, lâche-t-il, avant d'aller chercher les muselières.

Mes mains tremblent pendant que je la menotte. Je suis sur le point de perdre la tête. Je n'aurai jamais le temps de mettre tout le monde en sûreté. Bérénice continue à me narguer :

— Ça doit être terrible non, de savoir qu'on a tout perdu ?

— Priya ne perd jamais, rétorque ma mère, un sourire sibyllin au coin des lèvres.

Mes mains deviennent moites. Je suis tentée de gifler Martinez, rien que pour me détendre. Je décide de l'ignorer. Je refuse de céder à la panique. Au lieu de cela, je continue à lancer mes ordres tous azimuts :

— Ouvrez toutes les fenêtres, conduits d'aération et systèmes de ventilation que vous trouverez sur votre passage. Lison, Vernet et Sarah Treville ne sont pas contaminés, on va éviter qu'ils le deviennent ! Caroline, réveillez Vernet et bouclez-le à la morgue. Dites-lui qu'on s'occupera de lui plus tard. Effendi, enfermez Sarah Treville dans sa chambre. Faites-lui croire à un banal exercice de sécurité. Je ne veux pas la voir dehors, c'est compris ? Jordan et Kellya, vous installez ma mère dans sa chambre. Rassemblement ici dans cinq minutes pour tout le monde vous m'entendez ! Et magnez-vous ! À partir de maintenant, chaque seconde tue !

Mon équipe se disperse à toute allure. Pandialé détache les aérosols de ses chevilles, comme on se débarrasse de mauvaises herbes après une séance de jardinage. Les Martin veulent l'aider à se relever. Elle les congédie :

— Je n'ai pas besoin d'aide.

Puis se tournant vers moi :

— Priya, tu dois aller chercher la petite.

Bérénice s'interpose :

— Vous n'allez pas me buter ?

— Je ne vous ferai pas ce plaisir, rétorqué-je. Vous n'êtes pas encore repue d'horreurs ? Eh bien vous allez être aux premières loges. Comme nous tous ici, ajouté-je, lugubre.

Le boss revient avec le carton de la DGSI. Il s'est déjà équipé, le visage masqué par la ventouse grillagée. Il tend une muselière à Ziad, qui la passe à son tour.

— Regardez, Priya ! exulte-t-il en me montrant la télécommande, le voyant vert clignote ! Le prototype est opérationnel !

Je ne partage pas son entrain. Rien qu'à la vue de cet objet, ma cage thoracique s'écrase. Je suis plus effrayée par l'asphyxie que par la dévoration. Mais je dois donner l'exemple à mon équipe, et surtout, la maintenir en vie.

Je me résigne à plonger ma main dans le carton. À peine ai-je fixé la paroi derrière mon crâne que je suis incapable d'expirer. Si je ne me calme pas, l'hyperventilation suivra. Puis l'évanouissement. Je deviendrai un poids supplémentaire pour mon équipe, qui croule déjà sous l'urgence. Des larmes roulent sur mes joues. J'ai beau tenter de lui résister, la panique gagne du terrain, m'enveloppant dans son étau sombre. Le boss s'affole.

— Reprenez-vous, commissaire Dharmesh, on ne va pas y arriver sans vous !

Ziad passe un bras sous mon épaule. Il maintient mon menton vers le haut, pour m'aider à inspirer.

— Plus que huit minutes, bordel de merde ! hurle le boss en brandissant le chronomètre sous mon nez.

— La ferme ! le coupe Ziad. Vous ne voyez pas qu'on va la perdre ! Occupez-vous des autres ! Je reste avec elle.

Je sombre. Ziad place un genou entre mes omoplates, m'obligeant à ouvrir ma cage thoracique. Des taches noires dansent devant mes yeux. Ce sont des saris écrasés les uns contre les autres, dans une foule qui veut m'engloutir. Je ferme les paupières. En les rouvrant, je discerne le visage de mon lieutenant penché sur moi.

— Priya, tu te souviens d'Ulysse et les sirènes ?

Je hoche faiblement la tête. Je lutte contre les tentacules de la pieuvre qui écrase mes joues, mes mâchoires, s'immisçant jusque dans ma gorge.

— Priya, que demande Ulysse à ses compagnons pour leur échapper ?

— De l'attacher au mât, articulé-je à travers la grille.

Il m'adosse au mur, puis m'aide à me relever. Je suis étonnée de tenir encore debout.

— Très bien. Alors c'est ce qu'on va faire. Tu vas tous nous enfermer. Pigé ?

Je hoche la tête, je commence à comprendre son plan.

— Il y a assez de pièces ici pour que personne ne bouffe personne, d'accord ?

— Et Lison ? chuchoté-je, la poitrine broyée par l'angoisse.

— Lison t'enfermera en dernier. Ensuite, elle préviendra la NRBC.

— Hors de question de laisser ma petite traverser ça. Nos hurlements vont la terroriser.

— Elle mettra son casque et sa musique à fond.

Pour la première fois, j'ai l'impression que l'air circule librement dans mes poumons. Cette sensation me procure un léger réconfort. Je reviens à moi. Les autres m'attendent toujours, muselière en place.

— Quatre minutes, lâche le boss. Tout le monde rejoint sa cellule ! Allez ! Allez ! On se charge de vous boucler. Une fois dedans, n'oubliez pas de vous attacher au support le plus solide de la pièce. Vous avez des menottes, servez-vous-en et balancez les clés. Moins vous bougerez, mieux ce sera. Je ne veux pas de défenestration. Bon courage pour le voyage infernal. Les prochains êtres humains que vous verrez seront les cosmonautes de la NRBC. Ce sera le signe que vous vous en êtes tirés ! Priya, vous êtes d'attaque ?

Je hoche la tête, malgré l'oppression persistante dans mon plexus solaire.

— Allez équiper Bérénice, ordonne le boss. Cette garce me tape sur les nerfs et je ne veux prendre aucun risque. Moi, je vais chercher Lison.

Quand j'entre dans mon bureau, Bérénice est assise au pied du tuyau, enroulée comme un serpent. Elle m'accueille par un sifflement admiratif.

— Vous êtes touchante, commissaire Dharmesh. Un vrai petit soldat ! Je comprends pourquoi votre maman est si fière de vous. Je ne peux pas en dire autant de la mienne…

— La ferme !

Je lui colle la muselière sur la bouche, passant les courroies derrière son crâne avant qu'elle ne me repousse avec ses pieds. La rage finit de dissiper ma peur. Pour la première fois, Bérénice me jette un regard horrifié. Je l'enferme à double tour et rejoins le couloir. Le boss et ma fille viennent d'arriver.

— Mais qu'est-ce qui t'est …

Je ne finis pas ma phrase. Lison a été victime d'un carnage capillaire. J'enterre les mille questions qui surgissent à la vue de son crâne à moitié rasé. Plus le temps. Le boss en fait autant. Il débite à toute allure :

— Turpin est en cellule, Vernet à la morgue, Pandialé chez vous, Bérénice dans votre bureau. Ziad est chez lui, ainsi que Martin. Kellya est bouclée en salle des icebergs et Effendi en salle de crise. C'est mon tour. Enfermez-moi dans mon bureau, commissaire Dharmesh.

Il se retourne vers Lison et la serre dans ses bras. Puis il m'étreint à mon tour, me balançant d'un ton rogue :

— On se retrouve à l'hôpital, Priya. À croire que ça vous plaît.

Je suis trop tendue pour goûter à la blague. Après avoir enfermé mon chef, je m'agenouille devant ma fille. Je serre sa main contre mon cœur.

— Tout ira bien, maman. Je sais ce que j'ai à faire, me coupe-t-elle.

— Tu es la plus forte de tous ici, Lison. J'ai confiance en toi.

— Je sais, me répond-elle avec un calme étrange.

Je regarde ma montre. Il nous reste moins de deux minutes. Je la pousse vers l'ascenseur. Avant d'entrer en salle de réunion, je lui donne mon trousseau et mon portable.

— Tu sais ce qui est arrivé aux bonnes sœurs, je n'ai pas besoin de t'expliquer ce qui se passerait si tu libérais l'un d'entre nous avant l'arrivée de la NRBC. Le numéro est préenregistré. Maintenant ferme cette porte, Lison.

Une fois seule, je balance au fond d'une armoire les objets contondants, débranche les prises, les caméras de surveillance, retourne les chaises et les fauteuils. Je ne veux laisser aucune chance à ma folie. En sueur, je donne un dernier coup d'œil à mon œuvre. La salle semble avoir subi un cambriolage. Enfin, je sors les menottes et m'attache aux pieds du bureau le plus lourd. Je jette la clé aussi loin que je le peux.

Lorsque le monstre me réveillera, je ne veux pas lui donner le loisir de marcher. Je ferme les yeux. L'angoisse revient de plein fouet. Ziad n'est plus là pour me calmer. Je suis seule à présent, une colonne d'eau sombre écrasant le sommet de mon crâne, tandis que l'air se raréfie, ne pénétrant plus que par minces filets à travers la grille de la muselière. La dernière chose dont je me souvienne est le fracas d'un train vrombissant, lancé à pleine vitesse dans ma direction. Je me recroqueville jusqu'à ce que mon âme disparaisse, engloutie par la terreur.

*
* *

Maintenant que Sarah Treville est seule, les fantômes resurgissent. Elle n'a pas cru un mot de ce que Kellya lui a raconté. Elle a lu la frayeur dans son regard, malgré le sourire crispé :

— Tout ira bien, Sarah. C'est un exercice de routine, OK ? Après, je vous prépare pour les retrouvailles. Vous savez ce que vous voulez mettre ?

Sarah n'a rien répondu. Malgré ses efforts, elle a le pressentiment qu'elle ne reverra jamais Abel.

Kellya lui a donné un casque pour mettre un terme à l'échange.

— Pour vous occuper. Un podcast sur le Canada. Ça a l'air vraiment super le Canada !

Sarah connaît bien cette voix-là. Celle qu'elle a prise le jour où elle a appris la mort d'un parent d'élève dans un accident de voiture. « Ton papa est parti au ciel », a-t-elle annoncé au pauvre gosse, en souriant comme Kellya.

Pour garder son calme, elle se promène entre les lits vides, tapote les oreillers, saute à cloche-pied entre les allées, comme Tchoupi sur le tableau interactif que les gosses aiment tant. Cela ne calme pas les cadavres. Ils dansent devant elle, leurs joues déchiquetées s'agitant sous leurs orbites ensanglantées.

Elle veut se battre pour Abel. Ne pas laisser la panique l'engloutir. Retourner près de son lit. Mettre le casque. Monter le volume à fond. C'est alors qu'ils recommencent. Les cris affreux. Cette fois-ci, ils ne sont plus dans sa tête. Non. Sarah pourrait le jurer, ils viennent du couloir, de tous les étages. Des hurlements déchirants de bêtes aux abois, prêtes pour la chasse. Elle se roule sur le sol, affolée, se bouchant les oreilles, en vain.

Le concert infernal s'intensifie. À présent, elle pourrait jurer qu'une armée de zombis tambourine à sa porte, ébranlant chaque parcelle de son être. Soudain, son regard se tourne vers la fenêtre que Kellya a ouverte avant de partir. Elle n'est plus en sécurité dans cette UC. Elle peut sentir le train gronder dans sa tête, prêt à la broyer tout entière. Elle se souvient des dessins animés qu'elle regarde avec Abel. De la tresse de Raiponce, jetée au bas de la tourelle pour s'échapper.

C'est décidé, elle doit s'enfuir. Elle arrache tous les draps qu'elle peut trouver pour confectionner une corde. Tire sur les nœuds en espérant qu'ils tiennent. Attache l'extrémité de cette échelle de fortune à la tringle à rideaux, et jette la corde en draps dans le vide. Elle n'arrive pas jusqu'en bas du bâtiment. Tant pis. Elle sautera.

Une jambe cassée ne lui fait pas peur si c'est le prix à payer pour retrouver son fils. Elle doit fuir cet enfer. Le souffle court, elle passe une première jambe par la fenêtre, agrippe l'encadrement, pousse sur ses bras. Elle s'assoit sur le rebord, les pieds dans le vide. Les battements de son cœur s'accélèrent tandis qu'elle se retourne, enroulant son mollet autour du drap. Son pouls s'accélère. Elle rajuste son casque et monte encore le son, avant de commencer la descente. « Le Canada est un pays nord-américain situé entre les États-Unis et le cercle polaire au nord », ânonne la voix. Puis le timbre tonitruant d'une diva locale rugit sous une pluie de violons.

Agrippée au tissu qui se balance à plus de sept mètres du sol, elle n'entend pas le craquement de la barre à rideaux, dont les vis viennent de s'arracher. Ni le métal plier, dégageant le nœud qui glisse dans le vide, emportant Sarah avec lui. Tandis que le sol se rapproche, elle a juste le temps de revoir le sourire de son fils, avant de s'empaler sur les grilles d'enceinte de l'UC.

*
* *

Elle n'a pas peur. Ni de la muselière ni des hurlements démoniaques qui balaient les couloirs vides. Elle reconnaît les voix. Celles des membres de l'UC plongeant dans les ténèbres.

Elle sait que cela cessera. Que le mal ne triomphera pas. Qu'elle est aujourd'hui capable d'affronter cela, la solitude que l'on éprouve, assise en tailleur au fond du chaos. Elle goûte cette étrange paix intérieure. La paix des guerrières. Celle que l'on ressent quand le pire est atteint et que l'on respire encore.

Elle reste un instant devant la cellule de Pandialé, posant ses paumes contre la porte, comme pour étreindre sa grand-mère à distance. Des grognements atroces lui répondent. Elle s'éloigne d'un pas lent, et recommence son geste à la porte suivante. Elle apporte à chaque membre de l'UC ces quelques minutes de réconfort, cette présence lumineuse pour combattre les ténèbres, sa part d'humanité en réponse au déchaînement du monstre.

Elle ne rend pas visite à Sarah Treville. Elle se concentre sur les siens. Ceux qui forment désormais sa nouvelle famille. Des êtres solitaires, tordus par la vie, mais auxquels elle s'est attachée. Elle se demande ce que son père, Marc Ober, penserait d'elle. S'il la verrait enfin, aujourd'hui. Non pas comme l'enfant à protéger, le divertissement sucré qu'on câline entre deux urgences, pour justifier sa paternité, mais comme l'amazone qu'elle va devenir.

Elle se demande si la fille du boucher l'aurait aimée ainsi. Si elle aurait osé la manipuler, voler ses dessins et s'en servir pour tuer son père. Si elle aurait voulu l'emporter dans la tombe pour en faire sa digne héritière. Elle en doute.

Quand sa ronde est achevée, elle descend au sous-sol. Il est temps de prévenir les secours. Avec le portable de Priya, elle appelle la NRBC. Malgré ses 13 ans, sa voix est calme et son message précis.

Lorsque les cosmonautes débarquent, ils n'en croient pas leurs yeux. À la place d'une fillette en larmes, ils trouvent un adolescent. Serein. Debout.

Qui leur fait un briefing de l'agression, au milieu des hurlements du couloir. Rien ne le détourne de sa mission. Il leur tend un rapport écrit. Sur les feuilles, ils découvrent les nom, prénom et fonction des victimes, ainsi qu'un plan de l'UC, indiquant les salles où elles sont enfermées. Le chef des opérations est abasourdi :

— Eh ben dis donc, mon petit gars, ta mère va être fière de toi !

Le gamin lui tend son trousseau de clés :

— Je m'appelle Lison. Ma mère est à l'intérieur. Pas dans son meilleur jour.

Le type ne rit pas. Il distribue les ordres à la volée, stupéfait devant le sang-froid de la petite. Du sang de guerrière, se dit-il, avant de donner l'ordre d'ouvrir la première porte.

*
* *

Quand Bérénice se réveille, elle croit à un cauchemar. Elle est à nouveau là. Recroquevillée dans la cellule où Tristan dormait avec elle il y a à peine un mois. Allongée sur la couchette inférieure du lit superposé. Elle reconnaît la cage de verre et les sbires cagoulés qui montent la garde. Ces ordures l'ont livrée. L'Indienne l'a abandonnée.

Elle ignore depuis combien de temps elle est ici. Elle a l'impression d'avoir dormi un siècle. Elle bouge avec lenteur ses membres engourdis, observe son corps. Pas d'escarres. Si elle est allongée depuis longtemps, ils ont dû lui prodiguer des soins réguliers. Preuve qu'ils tiennent encore à sa vie. Cette pensée qui jadis lui donnait de l'espoir lui est aujourd'hui insupportable. Elle veut mourir. Elle cherche dans la chambre un objet qui pourrait l'y aider. La présence des gorilles dans le couloir suffit à détruire cet espoir. Soudain, elle aperçoit une ombre qui vient vers elle. Elle plisse les yeux. C'est une silhouette qu'elle connaît bien. Le type à l'accent allemand. Celui qui lui a livré McKay, accroupi comme un chien, avant qu'elle ne soit obligée de le tuer.

Captain America tient une cage en osier dans les mains et la pose sur le lit, sans saluer la jeune femme. Pour la première fois, Bérénice frémit de joie en reconnaissant sa chouette adorée. Hayamatsumi… Le type tourne les talons. Bérénice remarque à quel point cet homme a vieilli. Son arrogance s'est évanouie.

— Pourquoi ? demande-t-elle enfin. Pourquoi ne pas m'avoir tuée. Vous avez eu mon frère. Vous avez eu la formule. Qu'est-ce qu'il vous faut de plus ?

Captain America se retourne. Il approche d'elle son visage de héros déchu. Bérénice ne recule plus.

— Parce que je crois que nous méritons des vacances.

La jeune femme le scrute, incrédule.

— Au Canada ma belle, chuchote Fisher, les yeux perdus dans le vague.

XVIII

Au vert

Je n'ai pas envie de faire mes bagages. Ma chambre donne sur les alpages à perte de vue. Je ne me lasse pas du spectacle. La pureté de l'air me fait oublier la pollution parisienne. Nous sommes là depuis trois semaines. Une clinique privée en Suisse. À l'abri des médias. Si nous n'étions pas en convalescence, je jurerais être à la tête d'une colonie de vacances. L'équipe de l'UC est là au grand complet, y compris Vernet, le seul avec mon enfant à avoir échappé à l'intoxication.

Nous apprenons enfin à nous connaître. La tension nerveuse s'est évanouie. Effendi a pris du poids. Les Martin ont l'air en lune de miel. Le boss monte à cheval tous les jours. Il n'a pas retouché à son paquet de cigarettes. Pandialé donne des cours de cuisine créole aux cuistots du chalet. Ziad et Caroline passent de longues heures en randonnée. La légiste revient avec les joues roses et des herbes plein les cheveux. Le bonheur leur va bien. Je commence à y prendre goût moi aussi. Tant que je le peux encore. Le retour à l'UC s'annonce tendu.

La première semaine a été difficile. Nous n'avons fait que dormir, shootés par les calmants administrés à haute dose, « pour remettre le compteur à zéro », m'a expliqué le médecin. J'ai peu de souvenirs de la crise. La NRBC est intervenue rapidement, nous n'avons pas eu le temps de nous blesser. Une fois les molécules de la drogue du cannibale éliminées, les séquelles physiologiques se sont vite estompées. Les maux de tête ont fini par disparaître, et avec eux les insomnies. Le programme de désintoxication a fait le reste. Tous les jours, nous pratiquons des activités physiques. Marche, natation, renforcement musculaire. J'ai l'impression de retrouver ma jeunesse.

Je ne peux pas en dire autant de mon esprit. Les séances avec le psychiatre sont efficaces mais le travail est long. J'y parle de mes terreurs nocturnes. De ces visages d'enfants, de plus en plus nombreux dans mon cimetière intérieur. Petit à petit, nous avons été autorisés à reprendre contact avec le monde extérieur.

Apprendre la mort de Sarah Treville a été dévastateur pour Kellya. Chaque jour, je lui rappelle qu'elle n'en porte pas la responsabilité. C'est moi qui ai donné l'ordre d'ouvrir les fenêtres de l'UC. Nous n'avions pas d'autre choix. De mon côté, cet accident est presque un soulagement. Il est des traumas auxquels il vaut mieux ne pas survivre.

La DGSI a étouffé l'intervention de la NRBC. Le moins qu'elle puisse faire pour nous protéger d'un nouvel embrasement médiatique depuis qu'elle a livré Martinez aux terroristes. J'ignore quel sort sera réservé à la jeune femme. Je concentre mes forces nouvelles à achever cette enquête. Sachant que personne n'entendra mes conclusions. Et pour cause. Bien qu'il partage mon avis, le boss refuse que je m'attaque au monstre. Accuser la CIA est un acte que la France n'est pas en mesure d'assumer, pas après la terreur semée par les derniers attentats.

Les établissements scolaires viennent de rouvrir. Le gouvernement tente d'éteindre le brasier de l'islamophobie à grands coups de déclarations sur le péril russe. Même son de cloche outre-Atlantique. On remplace la peste par le choléra. Dans ce climat d'épidémie, mon silence est d'or.

Le soleil se couche. Je sors ma valise. Il ne nous reste que quelques heures avant de monter dans l'avion qui nous ramènera cette nuit à l'UC. Je retire mon uniforme du cintre sur lequel il dort depuis vingt et un jours, caresse le col de ma veste, plonge ma main dans la poche intérieure. La lettre de la fille du boucher s'y trouve encore, je la déplie. Je sais quelle phrase je viens y chercher. Celle du boucher. Celle qui a taillé dans le cœur de sa fille une plaie meurtrière : « Il faut toujours finir ce qu'on a commencé. »

Pour la première fois, je questionne cette assertion. Je me demande si tous les combats valent la peine d'être achevés. Je commence à comprendre que parfois, se battre, c'est tourner le dos. C'est admettre qu'on n'est pas de taille à guérir toutes les plaies. Je sais en revanche celle que je veux soigner.

Épilogue

Dans le hall de l'ASE, la secrétaire nous sourit. C'est bien la première fois. Cela n'apaise en rien mes inquiétudes. Les derniers événements semblent avoir creusé un fossé entre Lison et nous. Pourtant, nous avons salué le courage de notre adolescente, tenté d'échanger avec elle au sujet des meurtres, sans succès. Elle s'est cantonnée à nous répéter que tout allait bien. Notre escapade en Suisse a accentué son mutisme. Elle n'a pas souhaité participer aux activités de groupe, a refusé de voir le psy. À ma grande surprise, ni Ziad ni Léa Effendi ne sont parvenus à recevoir ses confidences. Au lieu de cela, elle a passé ses journées sur Internet, à faire des recherches sur la stérilisation des femmes, épluchant les articles médicaux et les textes de loi. Je regrette de l'avoir sermonnée sur sa coupe de cheveux, j'ai préféré ne pas commenter sa nouvelle lubie. J'en suis à me demander si elle nous acceptera comme parents adoptifs, dans le cas où le juge apporterait une réponse favorable. Je suis terrifiée à l'idée qu'elle préfère être placée en foyer. Le boss reste confiant. Il passe un bras protecteur autour des épaules de Lison, qui ne manifeste aucune émotion. Nous avons vingt minutes d'avance.

Je m'éloigne pour aller chercher des cafés. J'essaie de me détendre. L'UC est encore fermée pour quinze jours, pour nous laisser reprendre nos marques. Pendant notre absence, ils ont tout remis à neuf, effaçant les moindres traces du drame. Le décès de Sarah Treville a été annoncé par voie de presse, sans précision sur le lieu ni les circonstances de sa mort.

Pandialé a planté un rosier au pied de la grille d'enceinte, à l'endroit où le corps est tombé. Tous les matins, elle y dépose des offrandes. Le boss a fini par m'avouer que le gouvernement avait obtenu la formule de la drogue, à la livraison de Martinez. La signature du pacte de non-prolifération a eu lieu à Dubaï en toute confidentialité. La version officielle est bien différente. Le Premier ministre a assuré aux Français que la drogue du cannibale était une affaire classée, depuis que le réseau russe a été démantelé. Sa déclaration m'a sidérée. Mon sentiment d'impuissance est vertigineux.

Mon chef m'appelle, interrompant mes pensées. La Kowalski se tient à ses côtés, tailleur immaculé et café en main. Ses yeux bleu givré brillent d'une chaleur inhabituelle. Elle a l'air ravie de nous recevoir.

— Alors, c'est le grand jour ? demande-t-elle, extatique.

Je garde le silence. Elle nous invite à prendre place dans son bureau, sort l'épais dossier qui rassemble les documents de notre parcours du combattant et le pousse vers nous, triomphante.

— J'ai de bonnes nouvelles. J'ai reçu hier un appel du juge. Il voulait des informations complémentaires avant de prononcer l'adoption définitive de Lison. Je ne vous cacherai pas que j'ai eu peur. Mais le problème semble s'être réglé de lui-même. Quelqu'un l'aura rassuré, ajoute-t-elle avec un clin d'œil à l'intention du boss.

J'interroge mon chef. Il me chuchote à l'oreille :

— Un geste d'apaisement de monsieur DGSI pour enterrer la hache de guerre.

Je ne dis toujours rien. La psy reprend :

— Madame Priya Dharmesh et monsieur Maurice Carpentier, ici présents, vous êtes ici pour l'adoption de votre fille…

— Non, tranche Lison.

La psy se décompose. Je me fige dans mon fauteuil. Le boss attrape ma main, m'invitant à laisser parler la petite. Je me concentre sur le tremblement des lèvres rosées de la Kowalski, qui finit par articuler d'une voix chevrotante :

— Que voulez-vous dire… ?

Lison se lève, posant une main sur mon épaule et l'autre sur celle du boss. Elle répond alors, pleine de fierté :

— Je suis ici pour adopter mes parents de substitution. Priya Dharmesh et Maurice Carpentier. S'ils veulent de moi…

Un gouffre s'ouvre sous mes pieds. De joie, enfin !

Remerciements

Je remercie,

Ma machine de guerre d'éditrice, Lise Chasteloux. À ses côtés, mes peurs font demi-tour.

Mon précieux comité de lecture. Ils sont mes bouées, mes phares et mes coups de fouet :
– Dans le rôle de Jason Bourne, James Bond et Dexter : Vincent Corvec.
– Dans le rôle du démineur de la dramaturgie : Vincent Fontano.
– Dans le rôle de la lumière au bout du tunnel : Claire Payet.
– Dans le rôle de mon premier lecteur et père de mes enfants : Sébastien Riquier.
– Dans le rôle de maître Capello : Frédéric Viguerie.

Les lecteurs de *Priya, la fille du boucher*, pour leurs retours enthousiastes et leurs nerfs à toute épreuve.

Les piliers des vocaux du jeudi, pour leur soutien indéfectible : Anne-Laure R., Anne-Sophie B. et Anne-Sophie L., Anne-Sylvie G., Constance B., Dorothée D., Julie D., Laurence M., Véréna H., Virginie D.

Et La Réunion, ma terre de cœur.

Table

Cet ouvrage a été mis en pages par

<pixellence>

N° d'édition : 623860-0
Dépôt légal : mars 2024
Achevé d'imprimer en janvier 2024 en Espagne par Liberdúplex